欣梦享
ENJOY LIVING

"我放过她，
谁来放过我？"

澜笙

著

江苏凤凰文艺出版社
JIANGSU PHOENIX LITERATURE AND
ART PUBLISHING

图书在版编目（CIP）数据
爱意循环 / 澜笙著. -- 南京 : 江苏凤凰文艺出版社, 2024. 11. -- ISBN 978-7-5594-8986-9
Ⅰ. I247.5
中国国家版本馆CIP数据核字第2024CC1692号

爱意循环

澜笙 著

责任编辑 王昕宁
特约编辑 刘丽波 马春雪
装帧设计 光学单位
责任印制 杨 丹
特约监制 杨 琴
出版发行 江苏凤凰文艺出版社
南京市中央路 165 号，邮编：210009
网 址 http://www.jswenyi.com
印 刷 文畅阁印刷有限公司
开 本 880 毫米 ×1230 毫米 1/32
印 张 9.5
字 数 263 千字
版 次 2024 年 11 月第 1 版
印 次 2024 年 11 月第 1 次印刷
书 号 ISBN 978-7-5594-8986-9
定 价 49.80 元

目录

L o v e c y c l e

第一章 分手

黎婠婠今天迟到了。

对于她的迟到，领班很不高兴。

“今天可是何家大小姐的生日宴，我好不容易给你争取来的机会，一晚上赚的钱顶你在外面干一个月，赶紧的吧。”

黎婠婠勉强笑了笑。一水儿的服务生推门而入，唯独黎婠婠最吸引人眼球。一进包厢，她就引起了所有人的注意。她有着妩媚多情的气质，可又生了一张无比清纯的脸。有人窃窃私语，视线已经忍不住投了过去。

一旁的几个女人轻笑：“黎婠婠，你怎么出来打工了？你那个传说中的男朋友呢？”

其他服务生闻言，略微诧异地看了一眼黎婠婠，然而她眉眼不动，抬眸望向了坐在最中间的男人。江城首富戎行野。

作为今天的寿星，何嘉敏坐在离他最近的地方，俨然是一副女主人的姿态。

“嗯，男朋友破产了，只能出来工作。”说完，黎婠婠起身离开，她这一走，包厢里的男人们的魂儿都快被勾走了。

何嘉敏扭头去看戎行野，发现男人并未看向门口，心里觉得舒服了些。也是，戎行野才不会那样肤浅。

“刚才那个人你们认识？”

“怎么不认识？当初她爸黎擎还在的时候，黎家如日中天呢，现在……”

话还没说完，旁边的人心领神会，露出了不怀好意的笑容。

“哗啦啦——”

酒杯突然落地，吓了何嘉敏一跳。戎行野点了根烟，起身往外走，何嘉敏着急地道：“行野？”

“太吵。”

话是这么说，可大家都看得出，他生气了，一时间包厢里的人都不敢吭声了。

黎婠婠送完甜品，推开员工休息室的大门，就看到了坐在那里的男人，一副等着跟她算账的模样。戎行野这样的男人，身材、长相俱佳，涵养和财富也不缺，自然是充满挑战欲的。可是两人“交往”三年，黎婠婠觉得今天的他一点儿都不吸引人了。

男人双腿交叠，坐在阴影里，眼神冷冷地盯着黎婠婠：“没钱了？”

“是啊。”黎婠婠冷淡地说道。

黎婠婠向来乖巧懂事，突然这么牙尖嘴利，戎行野下意识地眉头一蹙：“等会儿我让沈确给你打钱，我很忙，没事别闹脾气。”他这是低头了，语气也和缓了下来。

黎婠婠缺钱，认识她的人都知道。

果然，黎婠婠听到这话的时候，非常高兴：“这是雇用我三年的最后一笔工资吗？”

戎行野盯着她：“黎婠婠，你到底想做什么？”

黎婠婠笑着说：“我想分手了。”

男人的表情一愣：“想明白了再说。”

黎婠婠的语气十分坚定：“想明白了。”

戎行野起身离开：“我给你三天时间考虑。”

黎婠婠的长发垂在身侧，细腰盈盈一握：“不用了，我想好了。”

空气仿佛凝滞了。男人摔上门离开。黎婠婠打开手机，消息还停留在她进入包厢之前的页面。

爆！创嵘集团总裁与何氏融资千金好事将近，即将迎来奢华婚礼！

戎行野要结婚了。他们协议恋爱了三年，当初说好的，他不想被家族掌控婚姻，她必须在关键时刻扮演好他女友这个角色，用来堵住家里人的嘴，而他则必须帮她解决黎氏的债务问题，两人各取所需。

这些年她也一直恪守着这个原则，配合他。只是情到浓时她总会有几分错觉，觉得他们是相爱的。这条热搜直接将她拉回现实，戎行野还来找她，他难不成想让她当他婚姻里的第三者？她打开手机软件，将戎行野所有的联系方式都拉黑了。

黎婠婠换好衣服，结算完今天的工资，刚走到路口准备回去，就看到了那辆熟悉的车。

沈确一如既往地看向她，说出来的台词都不带变的。

“黎小姐，戎总在里面等你。”

黎婠婠觉得纳闷，这个向来不等人的男人，居然硬生生地等到她下班？她不是很想上车。

沈确看出来了：“黎小姐，别让我为难。”

黎婠婠拉开车门，就看到了坐在后座的男人。

车子缓缓地启动。过了好一会儿，男人愤怒地开口：“拉黑我？黎婠婠，你最近是不是胆儿肥了？嗯？”

黎婠婠没想到戎行野这么生气：“咱们已经分手了，那就好聚好散。”

戎行野的脸色沉了下来，他只觉得这个女人现在是得寸进尺：“滚下去！”

车子从黎婠婠面前疾驰而过，留给她两道猩红的尾灯残影。夜风将她身上的鸡皮疙瘩吹起来，黎婠婠在原地站了很久，才抖了抖身子。她自顾自地往前走，也不奢望在这个地点能打到车。手机电量告罄，她寻思着走回市区估计天都要亮了。

黑暗中，突然有光芒亮起，车子的大灯照得黎婠婠睁不开眼睛。

好不容易适应了光亮，她睁开眼睛，对上了戎行野不耐烦的视线。他刚才不是走了吗？怎么又回来了？

男人不悦的声音响起："走得比乌龟还慢，还不上来！"

黎婠婠很想有骨气地说自己不上车，可下一刻男人已经摔上车门，迈着长腿直接朝她走来，拽着她将她塞进了车后座。

…………

车直接驶回了半山别墅。这里是戎行野的房产之一，在顶楼能把江城尽收眼底。黎婠婠在这儿看了江城三年，没想到撕破脸了，还能被戎行野给叼回来。

本以为戎行野会直接跟她谈判，哪知道这个男人将她丢在客厅，自己上楼洗澡去了。

黎婠婠在客厅等了一会儿。趁着戎行野洗澡，黎婠婠想偷偷溜走。她估计是因为吹夜风发烧了，走路有些跌跌撞撞，拉开门时，与门口的女人猝不及防地对上了视线。

很熟悉的一张脸，眉眼与自己像极了。黎婠婠有片刻的恍惚。

白雪显然也感到十分惊讶和错愕，盯着她的脸看了一会儿，然后一脸防备地道："我叫白雪，我来送戎先生落在我家的外套。"

白雪紧紧地抱着袋子，好像生怕黎婠婠下一秒钟要来抢一样，强调了一句："他说让我亲自还给他。"

黎婠婠看着她冷笑了一下，行啊，看来戎行野对自己这张脸很满意，身边居然有人跟她这么像。

白雪见黎婠婠不吭声，自己进来，发现鞋柜里只有两双拖鞋，一双黑色的一双粉色的，她直接将粉色的拖鞋拿了下来。

黎婠婠道："那是我的。"

戎行野洗完澡出来的时候，才发现客厅里没人。他沉着脸下楼就听到了这句话，声音冷冷地开口，带着点讽刺。

“这里没有任何一样东西是你的。”

戎行野就是这样，乐意宠着你的时候，你想要什么都成，你得罪他了，他就让你毫无尊严。

黎婠婠对上了白雪略带讥讽的视线，她突然觉得心口滞涩难忍，随即轻轻地冷笑一声，然后走进屋内，当着戎行野的面，换了一身衣服：“今天穿的还你了，现在这身衣服是我自己买的，跟你戎行野没半毛钱关系。”

说完这句话，黎婠婠木着脸和白雪擦身而过。

“戎先生……我是不是让你们不高兴了？”过了良久，白雪站在门口，不安地看向戎行野。那眼底的怯意，跟黎婠婠当年如出一辙。

半山别墅向来非豪绅不可入住，更不可能有什么出租车。

有车在黎婠婠身边停下，她扭头，就见到了陆斯昂探出车窗的头，还对她打了下双闪：“有美丽的女士需要我送她回家吗？”

黎婠婠捋了一下头发，果断地朝他走去，明明穿着最普通的衣服，却显得风情万种。

在外面被冷风吹得浑身冰冷，一上车，黎婠婠就被暖气包围，整个人也变得活泛了起来：“谢谢！”

“你又把戎行野惹生气了？”陆斯昂突然开了口。

“我哪儿敢啊？”黎婠婠依旧是那副散漫的态度，看着窗外发呆。

陆斯昂是圈内为数不多的知道她跟戎行野的关系的人，在他的面前不需要隐藏。

“去哪儿？”

“嘉和公寓。”

陆斯昂差点一个急刹车：“怎么？戎行野破产了？让你住这种地方，哪个区啊？”

“江北人才公寓，我前不久搬过去的。”

陆斯昂笑了笑：“你要是跟戎行野分手了，不如考虑考虑我，起码我不会这么没风度，半夜让女士一个人在荒山上走路。”

黎婠婠将他手上的烟掐灭：“抱歉。”

第二天，黎婠婠收到了舅舅发来的微信消息，让她去他家一趟，有事要当面说。

黎婠婠拖着疲惫的身子到了舅舅家，刚打开门，一巴掌就落了下来，直接将黎婠婠的头打偏了过去。

“我给你打电话为什么不接？”

黎婠婠只觉得脸颊一阵火辣辣地疼，下一个巴掌又要落下来了，黎婠婠想也没想，一把攥住了她的手。

“你还敢还手！”刘润丽跳着脚道，“别忘了你外婆还在医院，没有我跟你舅舅的同意，你别想见到她！”

刘润丽见黎婠婠沉默着，也不想把事情做得太绝，冷笑着坐到一边的沙发上。电视机里还在播放着今天的娱乐新闻。屏幕上，英俊、矜贵的男人面对媒体记者的采访，坦然地说：“对于我喜欢的女人，我自然会加以保护，让她风雨无忧。只是目前我还没有交往的对象，有的话会通知大家。”

心口处那股滞涩感再次席卷而来，被这句话撕扯，再拉长，黎婠婠有些分不清是脸疼，还是哪里疼。

他们在一起二年，结果在他的嘴里，她毫无痕迹。

也是，他们之间不过是一场合作。

刘润丽尖锐的声音再次响起，她一边剥着茶几上的橘子，一边道：“你舅舅的公司最近收益不好，这个月你外婆的医药费你自己去医院交。”

黎婠婠回过神：“舅舅不是说他负责？”

“他拿什么负责？你表姐不用吃不用穿？”

刘润丽摔门离开，黎婠婠疲惫地坐在地上。

安静地坐了一会儿，黎婠婠抹了一把脸，起身离开舅舅家。

时间不等人，她得尽快赚钱。

四天后。

戎行野刚下飞机，沈确问道："戎总，要回半山别墅休息吗？"

"去一号公馆。"

沈确了然。那是戎行野在三年前把黎婠婠带回去的地方，她大部分时间都在那儿等他，或者是被司机接到半山别墅陪他。

戎行野的心情还算不错，因为他刚谈成了一笔大生意。这几天他没理那个女人，这回她应该知道他的态度了。

按照她以前的习惯，估计她已经做了他喜欢的小点心，准备跟他道歉。

过了好几天了，她也该知道自己错在哪儿了。

看在她这几年乖巧、懂事的份儿上，他可以再给她一次机会。

黎婠婠嘛，气不过三天的。

车子停下，戎行野下了车。进了门，却没等到飞扑过来撒娇的女人。

他蹙眉换上拖鞋走进去。厨房空荡荡的，餐桌上也没有他预想中的吃食。他直接上了楼。

卧室里没有任何变化，干干净净的，她的护肤品、衣服，包括平时戴在头上的发箍都放在那儿。有风将窗帘吹起来，这个房间里没人，他感觉不到属于黎婠婠的气息。

"人呢？"戎行野终于忍无可忍地问道。

在这儿照顾黎婠婠的保姆一脸为难的表情："小姐她一个星期没回来了，打电话也不接，我还以为她跟您在一起呢。"

戎行野拿起手机，甩给沈确："联系她。"

想让他低头？黎婠婠，你真是搞不清楚自己的身份。

黎婠婠刚结算了兼职的工资，又把戎行野送给她的手链拿去二手店卖掉，正好可以补上这个月外婆的医疗费。

沈确发消息过来的时候，黎婠婠的心情还挺好的。

沈确：黎小姐，你在哪里？戎总回来了，见不到你，他很生气。

生气就生气！黎婠婠直接把沈确拉黑，把他的短信删除。

黎婠婠自从上次发烧后就一直病着。下午，她吃完药就急匆匆地赶到了兼职的地方。刚进店里，老板就热情地迎了过来："你可算有时间过来了。你不在这儿，订单都少了许多。"

"最近有点儿忙。"

"行，你的本事我放心，穿麻袋都好看，不过来了几个不好应付的，你留意点儿。"

黎婠婠顺着老板手指的方向看过去，愣了一下，没想到在这儿也能遇到戎行野，还是在他带别的女人买衣服的时候。

见她不动，老板小声道："你要是不去，那几个模特都想上的。"

"去。"她捋了一把头发，笑得妩媚，"谁把钱往外推啊。"

何况是戎行野的钱，她拿得可一点儿也不手软。自尊和清高解决不了昂贵的医疗费，也换不回外婆的健康。

黎婠婠从另一边的扶梯上了二楼，就听到了白雪的声音。她的脚步一顿，看向他们所在的方向。

"戎先生，真的要给我买吗？我从来没来过这样的地方，不用我自己去试穿吗？"

戎行野的助理米丽的声音响起："不需要，这里有专人试穿衣服，若是你喜欢会有专人记下来，到时候送到你的居所，专门量身定制的。"

白雪带了闺蜜丁小洁一起来的，丁小洁惊喜地道："白雪，戎先生对你太好了。"

黎婠婠神色木然地看着摆成一排的衣服，有日常休闲装，也有小礼服。

黎婠婠知道，更衣室外面的幕布一拉开，戎行野跟白雪就会在那儿欣赏她，如同看展览一般，对她品头论足。不过无所谓，他只要肯付钱就行，衣服是白雪买的，提成是她的。

黎婠婠换好衣服，红色的幕布被拉开，她带着标准的微笑走了出来。她穿着一身简单的白色套裙，因为气质很好，长发黑亮柔顺，显得她整个人清纯无比。

白雪一看到她，脸都黑了，怎么是她？

黎婠婠目不斜视，尽量专业地展示这件衣服的设计。店长出来介绍设计理念，并且称这是一条百搭的裙子。

白雪坐在戎行野边上，忍不住去看戎行野。身为女人，她不得不承认黎婠婠的美丽，几乎是她一出场，店里所有人的目光就都落在了她的身上，那么戎行野呢？他是否也放不下？

米丽一把摁住了白雪的肩膀，打断了她即将开口说的话。

白雪想起她平日里的警告，抿着嘴唇死死地盯着黎婠婠。

“阿雪，这个模特跟你长得好像，你穿这套衣服肯定更好看，让戎先生买这个。”一旁的丁小洁催促道。

白雪轻声道：“这个模特就是我跟你说的黎婠婠。”

丁小洁立刻看向了黎婠婠，又扫了一眼戎行野。

男人目光沉沉地盯着黎婠婠。

丁小洁咬着嘴唇：“她居然还敢来找戎总！你等着，我去给你出口气。”

“喂，能不能不要动了？这套衣服我都看不清，看衣服还是看你啊？”

尖锐的声音突然响起，店里的所有人都看向了丁小洁。白雪觉得有点丢人，丁小洁却以为自己镇住了全场：“没听见我说的话吗？你这个模特不专业啊。”

黎婠婠转了个身。

“这套衣服不好看，去换，换到让我们满意为止。”

听到丁小洁的话，店长的脸都黑了，要不是店里还有其他顾客，他早就翻脸了。黎婠婠退了下去，又换了一身礼服出来。雪白的轻纱将她姣好的身体轮廓包裹着，繁复的红色玫瑰顺着裙摆荡漾开来，长发被盘起，修长的脖颈显得整个人高贵、迷人。

白雪不由自主地抿着嘴唇。

“阿雪，我觉得这里没有一套衣服能配得上你，咱们不买了吧？”

“是吗？那让她换了吧。”白雪故意贴近戎行野，“你觉得呢？”

所有人都看向了戎行野，黎婠婠又换了十几套衣服，男人笑了笑：“的确不适合你。”

白雪见状，得意地看向了黎婠婠，语气柔和了下来：“算了吧，婠婠姐姐出来工作也不容易……行野哥哥送我哪一套都行。”

“还换吗？”戎行野问道。问的是黎婠婠。

黎婠婠笑了笑：“换，让客户满意，是我的宗旨。”

男人冷冷地盯着她：“那你就换个够。”

黎婠婠果断地转身下台，不想让自己在他面前失去表情管理。

老板赶紧跟了进来：“这个戎行野怎么回事？那两个女的明显是在针对你。你们认识？”

黎婠婠面无表情，忍着心里的难堪道：“不认识。”

戎行野的脾气，她还是知道的，无非就是记恨她主动提分手的事，他向来小心眼，睚眦必报。

黎婠婠再次出来，又换了几套休闲类的衣服，看起来青春活泼，这个风格很适合白雪。

“怎么样，喜欢吗？”戎行野看着展示衣服的黎婠婠问道。

白雪一愣：“我挺喜欢的。”

“那就都买了。”

店长早就不耐烦伺候这几个人了，赶紧道谢：“谢谢戎总！”

米丽负责刷卡付钱。

洗手间外，白雪见黎婠婠在洗手，讥讽道：“听说你很缺钱，看来是真的。”

“是啊，白小姐下次再有这样的生意，请一定要联系我。”黎婠婠才不会把送上门的钱往外推。至于戎行野，她已经提出了分手，男人没了，钱总得保住。

“你！”白雪显然对她的态度不满意。

之前一直吹空调，黎婠婠感觉自己的头更疼了。懒得跟白雪在这儿争论，她现在只想回家，然后吃上退烧药好好睡一觉。

“黎婠婠！”白雪伸手猛地将她拽回来，黎婠婠本来就觉得头昏眼花，被她拽得一头撞到了墙上，眼前一黑，站立不稳。那一刻，头疼欲裂的她索性不再硬撑，顺着墙软软地滑倒下去。

太累了，她想休息一会儿，却在余光里看见戎行野猛地迈开长腿，朝她跑了过来。米丽紧随其后。

“黎婠婠！”戎行野蹙眉将她打横抱起来，“去医院，联系霍司丞。”

米丽马上打电话。

等到达医院后，确认黎婠婠只是发烧，因为最近没有好好休息，戎行野才松了口气。

霍司丞见他这么紧张，开口道：“虽然只是个小感冒，但如果需要住院的话，我现在就安排床位。”

戎行野只留下一句：“不必。”黎婠婠不喜欢医院，他清楚。

开了点药，司机就把他们送回了一号公馆。

黎婠婠昏昏沉沉的，只觉得回到了熟悉的环境，还听到了熟悉的声音。柔软的床铺塌陷下去，她习惯性地在枕头上蹭了蹭，再次昏睡过去。她知道有人在碰她，可是她感到眼皮沉重，心绪翻腾，无力顾及。在梦里，她仿佛置身于医院的走廊里，鼻息间萦绕着医院里消毒水的气味。护士推着车从她的身边走过。身边陪着她的人有很多，可是哪几人是盼着她好的，她不知道。她只知道树倒猢狲散，公司濒临破产，手术室的红灯亮起。

“爸爸……

“爸爸，你不要走。”

“爸爸！”黎婠婠觉得自己的心口仿佛被一团火烧着，让她肝胆俱裂，疼得身体麻木。

醒来时，黎婠婠看着头顶的天花板，镜面上倒映着她的模样。黎婠婠以为自己产生幻觉了。再睁开眼睛，发现自己还在这里的时候，她猛地坐了起来。身上的衣服已经换成了柔软的睡衣。门被打开，戎行野站在那里静静地看着她。黎婠婠恍惚间以为，自己从来没离开过一号公馆，还是在这里穿着精致、漂亮的衣服，化着没有瑕疵的妆容，等待着这个男人回来。

黎婠婠揉了揉眉心。

“要吃点什么？喝粥？还是再给你准备点小菜，或者营养餐？”他神态自若地询问，好像什么都没发生过。

黎婠婠揉了揉眉心，发现自己的额头还在发烫。

“几点了？”她开口询问，声音哑得像被掐着脖子。

戎行野走近，伸手摸了一下她的额头：“快十点了，你从昨晚一直昏睡到现在。”

男人难得露出温情的一面，黎婠婠突然想起去年她也生了一场病。那时候她给他打了三个电话，可他不仅没有接，还在拍卖会的现场被记者拦下，因为他斥巨资给女明星买了一套珠宝，并且要送对方回家。半个月后，那位明星就成了创嵘集团的代言人。后来他没解释，她也没有闹，因为她害怕自己没资格。

黎婠婠在床上寻找手机，戎行野淡淡地开口：“在找这个？”她抬眸，他的指间把玩着的正是她的手机。可爱的粉色手机壳跟他身上的整体气质极其违和。

“还给我！”她一整晚没看消息，还不知道外婆怎么样了。

戎行野慢条斯理地道：“想知道消息的话，就先把饭吃了。”

“那我要喝粥。”黎婠婠了解他，所以不想跟他周旋。

戎行野想要什么，她也很清楚。男人立刻吩咐下去，很快一碗养生粥就送了上来。

李妈照顾了她三年，自然了解她的口味。入口即化的口感，恰到好处的火候。对于这碗粥，黎婠婠没什么好挑剔的。

戎行野就在旁边看着她小口小口地喝着。

“我吃完了。”

“才吃五口你就饱了？鸟都比你能吃。”男人沉下脸。

黎婠婠擦了擦嘴：“我要去看外婆，再说，咱们已经分手了，好聚好散不行吗？”

“我守了你一个晚上，你醒来就想跟我说这个？”戎行野凉薄地一笑，手指顺着她的脸颊蹭了一下，感受着指腹下细腻的触感。

“黎婠婠，你是不是忘了我们的约定，我解决黎氏的债务问题，你做我的女朋友。”

“当年我是说过，但前提是您是单身。”

黎婠婠觉得心头冒火：“三年的时间，一点情分也没有，是吗？你都要结婚了，是想让我做第三者吗？”

“是你自作聪明，我又没说结束。”

黎婠婠气得胸口上下起伏，掀开被子就要下床。

“上哪儿去？我让你走了吗？在这儿给我好好待着。”戎行野觉得再跟她说话都得被气死。

“我要跟你撇清关系，你听不明白是吗？”黎婠婠觉得身心俱疲。

男人直起身子，居高临下地看着她：“你知道你在拒绝什么吗？”

她当然知道戎行野的意思，随即冷冷地一笑：“要我继续待在你身边也行。”

戎行野眯起眼睛：“你想开什么条件？”只要她开得出价，他就给得起。戎行野有这个底气和能力。

“你知道我想要什么，给我戎太太的身份。”黎婠婠盯着他。

戎行野下一刻嗤笑出声：“天还没黑，你就做上梦了。”

听到他的回答，黎婠婠丝毫不感到意外。也是，戎行野这样的人，怎么会真的爱她？更何况她一无所有，只有一身债务。戎行野除非得失心疯了，不然怎么会放着何嘉敏不娶，来娶她？退一步讲，即使他愿意，创嵘集团的股东们也不会允许他做出这个决定。

“那就没什么好说的了，戎总一表人才，是我配不上你。”黎婠婠掀开被子起身，要离开。

“怎么，你有钱付你外婆的医疗费？”

一提起这个，黎婠婠就觉得心头冒火：“你不要用外婆威胁我，我说过，我不会跟已婚男人在一起。”

“我还没结婚，何况……”男人坐到了一旁的沙发上，缓缓地打量她的全身，病后虚弱的女人，却依旧有着令人惊叹的美丽。

“我和何嘉敏只是商业联姻。所以，在我发话之前，你就在这儿给我好好待着，你外婆我自然会负责。”

房门被重重地关上，手机也没有留下。她走到门口拧了拧门把手，戎行野竟然把她关在房间里面了！

“戎行野！你放我出去，戎行野！”

男人直接去了书房。

李妈一脸担心地跟了进来：“戎先生，婠婠小姐她的病还没好，您还是……”

“你照顾好她就行，其他的事不用你操心。”戎行野显然不想听劝。

沈确跟着米丽上楼，自然也听到了黎婠婠的声音。

“狐狸精。”米丽小声开口。

沈确侧头：“你是不是忘了自己的本分？戎总的事轮得到你插嘴？”

米丽抿着嘴唇，一脸不甘心地跟了上去。

“戎总，这是公司里必须由您亲自过目的文件。”沈确把东西摆在书桌的另一头。一号公馆里很少有戎行野办公的东西，这里的东西大多是为黎婠婠购置的，书架上也都是她爱看的书。地上还有她没事干的时候画画时留下来的画具，还有一台缝纫机。十分有少女感的房间。戎行野坐在这儿，显得格格不入。

米丽见戎行野现在没开始工作，开口道："何家那边询问，您什么时候有空能过去吃顿饭，何老夫人下周八十大寿。"

戎行野没吭声，反倒是靠在椅背上盯着米丽。米丽感到头皮一麻。

沈确立刻道："戎总，没什么事的话我们先走了。"

"去吧。"

一到楼下，沈确就看着米丽一脸不甘心的模样道："如果你还想待在创嵘，就好好掂量掂量什么话该说什么话不该说。你的位置，多得是人能顶上。"

米丽恨恨地看向楼上，她就是搞不明白，一个黎婠婠，怎么能让戎行野这么着迷？

戎行野正在处理公司的事，他给黎婠婠的手机充了电，开机后许多消息弹了出来。密密麻麻的打工信息，不管什么工作，只要能日结工资，她都会去接。中间夹杂着几条讨债、威胁的消息，还有一条备注是舅妈的号码发来的辱骂她的信息。点开来，内容简直不堪入目，戎行野长这么大，都没见过这么多羞辱人的话语。一想到黎婠婠这三年来从未跟他说过这些还有她那倔强的神色，他就感到心头有一丝细密的疼痛在蔓延。

黎婠婠是到了吃晚饭的时间，才被李妈给放出来的，她也顾不得其他，直接去书房找了戎行野。男人穿着家居服，正在处理工作，听到她进来也没抬头。

"想明白了？"他问道。他以为，她来找他是来服软的，本来就是她的问题，何况他已经给了她台阶。

"戎总，我的选择从始至终没有变过，我跟你结束了就是结束了。"

戎行野没想到，她被关在房间里那么久就得出了这么一个结论，一时感到有些气结，脸色也跟着沉了下来。

黎婠婠拿上手机，戎行野道："就这么走了？"

她停住脚步："你如果肯借我点钱，我会无比感激你，我真的很需要钱。"

戎行野盯着她："你继续待在我身边，你需要的都唾手可得。"

黎婠婠不说话，倔强地站在那儿，真是让他恨得咬牙。

“稍后沈确会联系你打钱。你走吧，以后别再让我见到你。”

黎婠婠赶紧往楼下跑，真的是毫无留恋。可男人如魔鬼般的声音在后面响起。

“如果再让我看到你，到时候要走要留，可不是你说了算了。”

黎婠婠浑身一震，笑着道：“戎总放心，我们天差地别，您能去的地方，我以后尽量避免。像我这么不识相的女人，您就忘了吧。”

反正她一无所有，等她拿到了钱，再想办法拿到自己和外婆的证件，她就带着外婆离开这里，换个城市，她不信活不下去。

至于戎行野，她已经给了自己的全部，不再亏欠。

黎婠婠赶到医院的时候直奔病房，外婆今天的状态一如往常。

“黎小姐，你可算来了。”护士长无奈地道，“是这样的，张主任现在去开会了，他让我转告你，你们家老太太这病有希望了。”

黎婠婠的眼前一亮：“真的吗？不是说正在联系外国那个医生吗？现在联系上了？他愿意来？”

“您先别激动，是这样的，倒不是我们医院联系上的，而是何家请来的。我们这边能不能让他过来还不清楚，但如果成功了，这手术过后的费用……可得上百万。”

黎婠婠抿着嘴唇道：“没关系，我去筹钱，请张主任一定帮帮我。”

护士长点头：“好的，我知道了。”

黎婠婠悬着的一颗心也算放下来了。回到病房，放下外套，她坐了下来，同时拿起老太太的手贴在自己脸颊上。因为常年卧床，这个优雅的老太太如今已经只剩下一层皮包着骨头，粗粝的手指抚摸着娇嫩的皮肤，黎婠婠却觉得温暖如旧。

“外婆，今天张主任说，能救你的外国大夫来了。你一定能醒过来的，婠婠一定会救你的。”

病房内除了老人平稳的呼吸，就只剩下机器的嘀嗒声。

黎婠婠去打了一盆热水回来，替外婆擦身、梳头后才出去询问护士：“我舅舅、舅妈他们来过吗？”

护士觉得无语：“你的舅舅、舅妈什么时候来过？”

黎婠婠笑了笑，转身去了阳台那边，给闺蜜楚昔打了个电话。

三十分钟后，黎婠婠下楼把东西交给她。

“你想明白了，真的要把这条项链给当了？”

“戎行野给的，当了就当了，死当不赎。”

“现在二手市场那么乱，保不齐只能卖个几十万。”楚昔觉得有点可惜，要不是怕戎行野知道，能找个很好的买家，价钱也不会才这点儿。

“给真金白银就行。”

“行，我去帮你问问买家。”楚昔看着她，“你看起来憔悴了不少，跟戎行野真的闹掰了？”

“嗯，我跟他说好了，他答应把该给我的钱给我。”

楚昔想了想：“你有什么困难一定别瞒着我。”

“放心吧！”黎婠婠笑着道。

“对了，你跟霍司丞怎么样了？”

楚昔耸耸肩：“就那样。”

黎婠婠纳闷地道：“你跟他还没说清楚吗？”

“扯不清就不说了，我先走了，免得回头撞见他。”

黎婠婠眼瞅着楚昔开车走了，这才返回病房，路上遇到了霍司丞。

男人朝她微微颔首：“怎么来医院了？”

“我外婆在这家医院。”

霍司丞原本应该跟她擦肩而过，却突然问道：“最近楚昔跟你有联系吗？”

黎婠婠哪里会告诉他，反问道：“你们是夫妻，你问我这个问题？”

霍司丞道：“我已经半个月没见到她了，你要是见到了，替我问一句，要不要搬走？”

黎婠婠觉得戎行野的朋友中就没一个会说人话的。

黎婠婠去了一趟舅舅家。她跟外婆的基本证件都在他们这儿，她忍气吞声，就是想把这些东西拿回来。不能再让刘润丽摆布她了。

黎婠婠回到舅舅家的时候，刘润丽正在敷面膜，还叫了个美甲技师来家里给她美甲。

“哎，这个颜色不正，换一个吧。”

刘润丽正在看电视呢，一看到门口站着的黎婠婠，差点一句“死丫头”就骂出口了。

“你干吗跟个鬼似的站在门口？”

“我不跟你废话，我来拿我的证件。”黎婠婠单刀直入。

刘润丽闻言，笑着靠了回去：“你拿去做什么？你妈当初撇下你们不管，我跟你舅舅照顾着老的，还要伺候你这个小的。你吃我们的，喝我们的，现在找了个有钱的对象，就想跟我们说再见啊？你这个小白眼狼还有没有良心？”这几年，她只要问黎婠婠要钱，黎婠婠都能弄来，她越来越贪心了。

“那你也不能死扣着我的证件，大不了咱们打官司，谁也落不着好。”

刘润丽冷笑着道：“你想要这些东西也不难，你舅舅的公司最近遇到点困难，你也知道。喏，这个地址，你去把供货商谈下来，什么事情都好说！”

黎婠婠看了一眼，是个高尔夫球场的地址。为了外婆，她咬咬牙：“这是你说的！”

只是她万万没想到，等她抵达那个地址后，见到的供货商会是戎行野。尤其是她之前还在他面前再三保证，绝对不会让他在江城再看到自己。

戎行野站在窗边，用一口流利的外语打着电话，眼神充满兴味地瞥向了黎婠婠，仿佛等待着丛林里的猎物主动送上门来。

黎婠婠后退了两步。

“怎么，这么舍不得我？才分开多久，这就主动送上门了？”男人挂断电话，自顾自地坐下，长腿交叠，审视着黎婠婠的反应。

“欲拒还迎？你的手段能不能再高明一点？”戎行野冷冷地讽刺道。

黎婠婠直接被气笑了：“我怎么不知道戎总跟我舅妈还有联系，你是不是很喜欢玩这种猫捉老鼠的游戏？”

“的确有意思，不过我更喜欢看到你这样的反应。”戎行野直接承认。

黎婠婠就觉得刘润丽怎么会让她一个门外汉来谈什么供货商的事，合着早就跟戎行野串通好了，等着她主动送上门，自己进入圈套。

“你这样有意思吗？”

“只要能达成目的，我自然觉得有意思。”

戎行野朝她微微一笑：“过来。”

黎婠婠的确朝他走来了。戎行野以很放松的姿势靠在沙发上，可是下一瞬间，她端起茶几上的茶杯，直接朝着男人泼了过去，随后快速朝门口跑去。

黎婠婠不敢走电梯，就直接从楼梯往下跑，也不敢从大门走，而是冲向了后面的停车场。正好有一辆车要走，黎婠婠想也没想，就冲到了车头前面……

尖锐的刹车声响起。陆斯昂摘下墨镜探头蹙眉道：“黎婠婠，你碰瓷啊？”

黎婠婠可不管那么多，拉开车门钻了进来。

“快走！”

陆斯昂的手指在方向盘上敲了敲：“凭什么？真把我当司机啊？”

“陆少，我真有急事。反正您也要走，无论去哪儿，总之把我带出去，丢在路口我自己坐公交都行。”

陆斯昂朝她笑了笑，然后脸色一变：“不行，下车！”

黎婠婠深吸一口气，随后凑近道：“您要是不送我，回头我就告诉戎行野，我之所以要跟他分手，就是因为我爱上你了。我急着跟你私奔呢，跟他在一起的每一天都是煎熬，我在他身边想的都是你陆斯昂！”

陆斯昂直接气笑了：“你当我是冤大头，是吧？黎婠婠，你有没有良心？

上次你被他赶出来还是我送的你呢，你就这么投桃报李的？”

黎婠婠立刻用无辜的眼神看着他：“陆少，帮人帮到底嘛，就找个路口把我一丢就好，以后有机会我一定报答你。”

“真是被你坑死。”陆斯昂边发动车辆，边恶声恶气地道，“系好安全带！我丑话说在前头，你跟戎行野那点破事可别扯上我！否则别怪我卖了你。”

黎婠婠扯了扯嘴角，呵呵，哪敢指望你？你跟他可是穿一条裤子的人。

红色的跑车划出一道流畅的线条，疾驰而去。

见终于出了会所，黎婠婠这才松了口气。

陆斯昂瞥见她这样，冷笑着道：“怎么，好好的日子不过，非要闹？跟戎行野玩猫抓老鼠的游戏呢？”

黎婠婠将头转向窗外：“你哪只眼看到我想跟他玩？”她巴不得离戎行野远一点。

陆斯昂闻言，也不发表任何意见，只管开自己的车。

另一边，戎行野正准备去追黎婠婠。

随身的保镖戎毅开门，见到他一身狼狈的模样，于是问：“戎总？”

戎行野沉着脸：“黎婠婠呢？”

“监控显示，上了陆少的车。”

戎行野扯开了衣领，出了门：“去给我拿一套新的衣服，盯着黎婠婠。”

“是。”

等他再下来时，才看到白雪在风口里站着。

“行野哥哥。”脸色苍白的少女犹如一朵铃兰花，悄悄地在风中绽放，小脸被风吹得煞白，显得十分可怜、娇弱。

戎行野的神色很冷淡：“知道自己的身体不好，还站在风口做什么？你怎么过来的？”

白雪咬着嘴唇不说话，丁小洁也来了，她着急地道：“戎总，小雪不知道您去哪儿了，只能让戎延把她送来，又怕耽误您的事，于是就在这儿等着。

她的身子弱，您别说她了。”

戎延算是戎家的小辈，这段时间倒是跟白雪混得关系不错。

戎行野没搭理丁小洁，道：“让司机送你回去，你想要进娱乐圈，也给你安排好了。”

白雪心中一喜，她从小就有当明星的梦想。她提出来了，他就帮她实现，这怎么不算偏爱呢?

“行野哥哥，谢谢你！”白雪觉得十分开心，没想到自己在戎行野这儿如此特别，这让她的心情瞬间变好。

“回去吧。”戎行野说完就上了车。

看着车队在她的面前离开，白雪不免有些失望。

戎延已经开车过来了，见状摁了下喇叭：“小雪姐姐，上我车，我送你。”

丁小洁兴奋地道：“我们这就过来。”

一上车戎延就道：“怎么我二叔没送你们?”

丁小洁赶紧道：“不知道戎先生去忙什么，估计又跟那个黎婠婠有关。戎少，你们男人都喜欢黎婠婠那样的吗？”

戎延赶紧道：“我才不是那样的人，黎婠婠怎么能跟小雪姐姐比？”

白雪的脸色并没有缓和。

…………

黎婠婠可管不了那么多了，她虎口逃生，只想先躲一躲。

“还是之前那个公寓？”陆斯昂问道。

“对，麻烦了。”黎婠婠回过神。

“怎么吓成这样？戎行野还能把你吃了不成？”

黎婠婠抿着嘴没回答。

很快就到了，黎婠婠耸耸肩：“算我欠你两次人情，回头有机会的话我还你。”

她开门下车。陆斯昂正好接起电话，也没来得及回答她，再看时，人已经走远了。这速度，跟后面有鬼追似的。

“什么事？”电话那头是戎行野。

“你把人给我带哪儿去了？”

陆斯昂觉得好笑：“你的女朋友你问我要？你钱没了是不是还得我赔给你？”

“你带走的，我不问你问谁？”

见戎行野真的生气了，陆斯昂挑眉道：“放心，人我刚给你平安送到家，你要抓人就亲自来。你这意思还真是放不下了？当初不是说随便找个女人应付那些怀疑你有某些问题的长辈吗？转眼三年过去了，还跟人来真的了是吧？”

“谁告诉你我放不下了？”戎行野直接挂断了电话。

黎婠婠在家里躲了两天，正准备出去想办法找工作，再咨询一下法律相关业务，怎么跟刘润丽谈判，就接到了楚昔的电话，说在楼下等她。

她下了楼，楚昔正倚靠在跑车的车头前，见到她，朝她笑了笑。

“东西卖了四十万，已经是最高价，钱我等会儿给你打到卡上。”

“小昔，谢谢你。”

这笔钱，能解决她的燃眉之急，只是外婆的病，这些还不够。

“这辆车好眼熟。”

“霍司丞的，我直接开出来了，今晚我跟你挤挤吧，不想回家去。”

“还跟霍司丞闹别扭呢？”

“都要离婚了，谁还管那么多？你以为我开玩笑呢？我现在一个人搬出来了，行李都在后面。”

黎婠婠回头看了一眼，只见后座塞满了东西：“所以你刚才跟霍司丞吵架了？真的想好了？”

“不然呢，这种事还有开玩笑的？我本来在出差的，半夜赶回来处理这些事情。”

黎婠婠沉默下来：“所以咱们现在是难姐难妹。”

黎婠婠不了解霍司丞，但就凭着霍司丞是戎行野的发小，她就觉得两个人都不是好东西。

“说起来，你嫁给霍司丞多久了？”

“喜欢他十二年，嫁给他两年，很快我就是前妻了，跟你这个前女友差不多，我们俩这是什么命？”楚昔一边打开车门一边感慨。

黎婠婠摸了摸车身：“挺帅。”又点点头道，“所言甚是。”

“不说这个，走，今天庆祝我们单身。先帮我把行李搬上去，你也打扮一下，我带你去喝酒、蹦迪。”楚昔说。

楚昔带她去的是江城目前最热闹的酒吧，进去后豪迈地大手一挥，要喝最好的酒！

戎行野今晚有个慈善晚宴，人才刚上车，就接到了黎婠婠的手机打来的电话。

“你好，请问您是这位女士的朋友吗？她在这儿喝多了，您能不能来接她？”

助理沈确还在副驾驶座上等他的指示，戎行野只沉默了一瞬便道：“我现在来接她。”

“戎总？”沈确震惊地道，这样的情况在戎行野身上从未发生过。

等戎行野到达酒吧的时候，舞台上的音乐震耳欲聋，台上的女人摇曳生姿，魅力十足，台下的欢呼声鼓动着男人的耳膜。

戎行野只觉得自己额头上的青筋都在蹦跶，这个女人！真是欠收拾。

黎婠婠很久没这么酣畅淋漓地热舞了，只觉得这段时间的烦心事，尽数被酒精与极致跳跃的身体律动所带走。结果舞台的灯光一暗，她还没反应过来，就被一个矫健地跃上台的人钳制住了手臂，直接扛下了舞台。健硕的身体传来熟悉的气息，黎婠婠闭着眼睛也能把人给认出来！

“戎行野！你放我下去！”

男人狠狠地打了一下她的屁股：“闭嘴。”

“不行，我想吐！你放我下来！”

戎行野脚步不停，直接从后门出去，刚到巷子口，只觉得后背传来一股热乎乎的感觉。

“黎婠婠！”

最近的五星级酒店。戎行野火急火燎地想要控制住黎婠婠，可惜这个女人实在不听话，又哭又叫还骂人。他今天也算是见识到了，谁跟他说黎婠婠以前是什么千金大小姐，温柔端庄的！

戎行野不管她了，让沈确看着她，自己先上楼洗澡去了。再多看这个女人两眼，他都得气死。

黎婠婠才懒得管这个狗男人去哪儿呢，自己在大堂坐热了，就自顾自地出来坐在花坛边上，吐了两口。

“戎总，黎小姐不肯上来，在楼下的花坛附近坐着。”

“不想上来就让她在下面吹风，还要我唱儿歌哄她不成？”

不识好歹，活该吹风冷死她。戎行野不耐烦地扯了扯浴袍，又进了浴室。如果不是黎婠婠，他肯定不管！

黎婠婠捂着额头。她仰起头，看到一个人站在那儿看着她。

“婠婠？”男人的声音温和，见她穿得单薄，坐在花坛边上，他赶紧脱下了身上的风衣外套给她披上。

黎婠婠的神色有些恍惚，她呆呆地看着他。

“怎么一个人在这儿？我刚才还以为我自己看错了。”宋清让伸手想摸一下她的额头。

黎婠婠避开了。

宋清让缩回手，垂眸道：“你喝醉了吗？要不要我送你回去？”

黎婠婠过了好一会儿才把人认出来：“这大半夜的，你怎么在这儿？”

“我来这儿跟客户谈生意。我上个星期去看外婆，没遇到你，让护士给你留了消息，你收到了吗？”宋清让柔声道。

黎婠婠当然收到了，只是不方便联系了。宋清让是黎擎的养子，外面的人都说他有可能是黎擎的私生子，他只有逢年过节才到家里跟她一起吃饭。他学习成绩出众，长相清俊，一毕业后就在黎氏工作，爸爸出事前，也是他陪在身边来回奔波。可是宋清让的能力太小了，他如何能力挽狂澜，让一个上市企业不破产？何况，他只是养子，黎家的债务与他无关。

“你现在有自己的日子要过，别关心我的事了。”黎婠婠说着要起来。

宋清让赶紧扶她起来：“我送你回去吧，你现在住在哪里？”

黎婠婠想了想，拿起兜里的手机给楚昔打了一个电话，她蒙到现在，到现在她都没想起来楚昔去哪里了。

结果电话刚一接通，就听见霍司丞冷冷地道：“在忙，有什么事明天说！”

然后“啪”的一声就把电话挂断了。

黎婠婠觉得十分无语。

“你去忙吧，我自己打车回去。”虽然她也不知道要去哪儿。

宋清让要送她，黎婠婠把外套脱下来还给他：“清让哥哥，你为我做得已经够多了。听说你开了一家公司，祝你前程似锦，我的事情你就不要操心了。”

“婠婠，我们是一家人，你干什么说这些呢？”宋清让追上来，“你只要知道，你需要我的时候，我就永远在你身后。”

黎婠婠没吭声，随手招了一辆出租车：“我先走了。”

“我这个周六去看外婆，这你总不能拒绝我。”

黎婠婠点了点头，上了车，直接报了医院的地址。

沈确没有接到戎行野的命令，也只能让司机开车跟了上去。

宋清让一直站在原地，直到出租车没了踪影。

戎行野洗了五遍澡，才觉得身上没那股怪味了。

“人呢？还在楼下数蚂蚁？”他坐在沙发上，点了根烟问道。

沈确道：“黎小姐已经走了。”

戎行野冷笑着。

沈确犹豫着道：“您没吩咐她必须上来，我就让司机跟着她了。需要带她回来吗？”

“带回来干什么？再吐我一身？她不是想飞吗？我倒是要看看，离开了我，她想怎么飞。”

“那何家的家宴，您还去吗？”

“去，怎么不去？老头不是着急给我送钱吗，送上门的生意，还有放跑了的道理？”戎行野靠在沙发的靠背上。

沈确调转车头回来：“那黎小姐那边？”

戎行野没吭声，沈确立刻闭嘴。

…………

黎婠婠在医院里陪护了外婆两日，导师张弛给她打了个电话。

黎婠婠赶回学校，张弛道：“你不是着急找工作吗？剧组那边我打了招呼，对方还没开机，我手里有个广告，你要不要来试一下。”

“谢谢老师。”黎婠婠正愁这两天找不到好的工作呢。虽然手头还有钱，但外婆动手术要准备不少钱，她手里这点钱还不够。

“代言人选好了吗？场景呢？”

“场景就在这儿，学校作为主要场地，代言人等会儿你就见到了。”

张弛带着黎婠婠前往校长办公室：“这位代言人是个关系户，能力如何还不清楚，你小心对待。”

黎婠婠可不在乎谁是代言人：“没事儿，对我而言，准时给工资就好。”

张弛敲了敲门。

“进来。”

黎婠婠跟着张弛走进去，一进门，就看到了坐在那里的戎行野，还有坐在他身边的白雪。黎婠婠的神色一僵，白雪更是神情复杂地看着她。

“戎先生，我给你介绍一下，这是我们系主任张弛，他可带出了不少有名的学生，很多是享誉国内外的大导演，也有不少出色的作品，这是他带的学生黎婠婠，小姑娘在学校刻苦用功，专业能力很不错的，她参与编导的作品也不少，不过还没独立拍过影片，婠婠啊，你跟戎先生打个招呼，来。”

黎婠婠犹如被蛇盯上的猎物，看着男人那漫不经心的眼神，抿着嘴唇上前道：“戎先生你好，我是黎婠婠。”

男人却似乎没听见。

校长尴尬地一笑：“黎婠婠同学虽然年轻，还没毕业，但是专业能力非常强，很有天赋，年轻人拍摄，应该更懂当代年轻人想要的是什么。”

戎行野这才微微掀起眼皮：“叫什么来着？”

黎婠婠咬着牙回答道：“黎婠婠。”

故意沉默几秒，戎行野才点点头：“好的，合作愉快。”

黎婠婠深吸一口气，皮笑肉不笑地道：“谢谢戎总给我这次机会，我一定会好好拍摄。”

下一刻，她朝着白雪伸手：“您好，期待合作愉快。”

白雪看了一眼戎行野，想让他换掉黎婠婠，戎行野却没说什么，白雪也只能签了合同。

拍摄地点就在学校大门口，要展现青春的活力与状态，现场录音也要字正腔圆。白雪磨磨蹭蹭地化完妆出来，负责拍摄的小组成员都等得快不耐烦了，在看到她穿的高定套装和网红妆容时，都傻眼了。

黎婠婠道：“不好意思，这个妆容是我们的同学给你安排的吗？”

丁小洁是拍摄前才赶到的，那会儿黎婠婠他们还在布景、打光，为拍摄做准备。

这会儿听到黎婠婠发问，立刻嗤笑道：“开什么玩笑？你们找的那个化妆师是隔壁街化妆店请来的吧？化的妆一点也不高级。”

一群学生集体无语。可黎婠婠不能置身事外，她是拍摄组导演，最后成片效果如何，直接关系到她的学分。

“不好意思，这个妆容不行。”

丁小洁冷笑着道：“你可不要公报私仇啊！”

黎婠婠面无表情地道：“白小姐，我们拍摄是有基本需求的，不需要打扮得像走红毯，希望你基于现实情况来选择着装，不然拍出来也是废片，也是要被驳回重拍的，你也不希望浪费彼此的时间吧。”

白雪比丁小洁聪明，闻言道：“好的，婠婠姐姐，你说什么就是什么。”她笑着说完还不忘跟其他人道歉，“不好意思啊，耽误你们的时间了，我请你们喝奶茶。”

说完，转身就面无表情地上了戎行野准备的房车。

“那个黎婠婠就是故意针对你啊！小雪！”丁小洁气得不轻。

白雪冷笑着道：“我才不管她，只要行野哥哥重视我就好。给我换个妆容吧，显得清纯一点的。”

白雪再次出来，黎婠婠过去跟她讲站位和从哪里看镜头。白雪表示没什么大问题。然而她毕竟没经过系统化的表演训练，每次面对镜头连站位都找不好，声音太轻，也没办法现场收音。

每次刚开始就被黎婠婠喊“咔”！

白雪的心里觉得委屈，看向了坐在那里的戎行野。

“先休息一会儿吧。”黎婠婠觉得等白雪找到状态怕是不可能了。

白雪委屈巴巴地坐到了戎行野身边，丁小洁向来是她的传声筒：“戎总，这个黎婠婠明摆着是针对我们家小雪呢！”

戎行野眉头一蹙，一言不发。

白雪的心里泛酸，面上却还是笑着的：“其实是我做得不好，行野哥哥，我会多跟婠婠姐姐学习的。”

戎行野看了她一眼，起身离开。

这边，黎婠婠在想办法既能让白雪出镜，又不会把全部焦点放在她身上的取景方式，正打算用群像的时候，白雪叫来的奶茶到了。丁小洁拿起一杯，朝着黎婠婠走去。

黎婠婠正在勾勒接下来的镜头画面。

“黎导。”

黎婠婠一抬头，滚烫的奶茶直接朝她泼了过来，还好她下意识地拿起了手上的纸笔，画本被泼了个湿透，她的手也被烫得发麻。

“喂，你干什么？”

“婠婠！你没事吧？”女同学围了过来。

“我又不是故意的！”丁小洁一脸无辜的表情，“黎婠婠，你没事吧？”

身边的同学立刻道：“那边路口有洗手池，婠婠，你快去冲一下！”

冰凉的水浇在手上，黎婠婠觉得视线有点模糊，她仰起头把眼泪憋回去，突然想起小时候有一次调皮，在家里也是这样，烫得起了水疱，然后爸爸心疼地骂了全家人，细心地给她涂药膏，抱着她去看医生……

可是那个会心疼她的人，再也没有了。

“你这是要哭了？”一个男人的声音响起。

黎婠婠抬头一看，竟然是许久不见的陆斯昂。

初秋，他穿着一件鲜艳的薄风衣，像超模出行似的。

黎婠婠道：“没有，刚才风大，迷了眼睛。”

“明明就是要哭了。”陆斯昂偏头过来，才看到她被烫红了的手，“你的手怎么了？谁干的？”

“没事儿。”黎婠婠的手还得冲一会儿，看起来挺严重。

“你这不是个事儿，上车，我带你去医院处理。”

“不用了，这边还等着我开机呢。”她这个导演跑了，等会儿怎么拍？

陆斯昂见她不吭声，看向了另一边的剧组。戎行野身边的人他能认不出来？

“戎行野也在这儿？他看着你这样？”

黎婠婠都没注意他在不在：“我跟他已经没关系了。”

陆斯昂“啧”了一声：“我挺不想管你这人的，沾上你准没好事，但我这人善良。”说完，黎婠婠被他塞进了一旁的红色跑车里，还没来得及说话，他一脚油门开了出去。

“喂！我还有人等我回去拍视频！”

“你的手不要了？医院就在附近，不想留疤就闭嘴。”陆斯昂懒懒地道。

到达医院后，他的手撑在方向盘上询问道："急诊室不用我带你去了吧？"

"我自己有腿。"黎婠婠无奈地道，说完下车。

还好她冲水及时，医生给她上了药。

陆斯昂靠在一边："大夫，小姑娘爱漂亮，不会留疤吧？"

"应该不会，不过要多注意，记得随时换药，新皮长出来那几天会很痒，自己克服一下。"

陆斯昂道："我去药房拿药，你别乱跑啊。"

黎婠婠到外面等候，手机里有张弛发来的消息。

张弛：在哪里？

黎婠婠：医院。

张弛：那你不用着急回来，这边我替你拍，你回头负责剪辑就行，先把手弄好。

黎婠婠也不想回去，就算再自我否认，她也不得不承认，看到戎行野跟另一个女人出现在自己的面前，还是会有一股喘不上气的感觉。

陆斯昂拿着药回来，停在了她面前。

"为男人伤心呢？"

"我哪有？"黎婠婠嘴硬道。

"装什么？行了，哥今天下午没事干，带你去玩两把？"陆斯昂往她边上一坐，询问道。

黎婠婠也不想回去看白雪跟戎行野："怎么玩？"

"跟我一起，还能让你没得玩？走！"

第二章 纠缠

戎行野一直等会议结束才下车，下来时发现白雪已经收工了。

“行野哥哥，今天主创团队都很辛苦，我也学了好多，我们请他们吃饭吧。”白雪凑过来撒娇。

戎行野转头对沈确道：“去安排。”

“谢谢行野哥哥。”

至于黎婠婠，戎行野不问，白雪自然也不会提。

直到到了酒店包厢，坐下来的时候，戎行野才发现黎婠婠跟他们不在一起。

“导演，你们点菜吧，想点什么都可以。”白雪俨然是一副女主人的姿态。

张弛接过菜单。

就在这时，戎行野开口了：“人都来齐了？”

“都来了，难得有人请客吃饭嘛。”张弛回答。

“这不是少一个吗？”戎行野继续问道。

白雪的笑容一僵：“行野哥哥，婠婠姐姐很早就离开了呀。”

戎行野蹙眉：“什么时候？”

黎婠婠的几个同学心直口快地道：“手都受伤了，当然先去医院啦。”

“什么受伤？”男人蹙眉一问，包厢里的气氛顿时如同进了冰窖。

“其实也没什么，就是……”白雪见丁小洁吓了一跳，赶紧出声。

“我没问你。”戎行野的手指点了点桌面，“怎么受伤的？”

“还能怎么受伤的？这个丁助理也不知道怎么送奶茶的，简直是把滚烫的茶水往人家的脸上泼。还好婠婠用手挡住了，只烫伤了手，就去医院了。也不知道伤得如何，但今天吃饭肯定来不了了。”

有旁边的同学拉了一下这个开口的男同学。可是他觉得，即便是投资方也得讲道理吧。

“行野哥哥，不是的，小洁不是故意的。”

戎行野似笑非笑地看着她：“既然这样，给她打个电话，等她来了再点菜吧。”

白雪与丁小洁都感到有些忐忑，拿捏不准戎行野是个什么意思。

陆斯昂带着黎婠婠来到了郊外。

黎婠婠的手机刚一响，男人立刻将她的手机抢了过来，丢到了后座。

“你干吗？”

“跟我出来玩还跟别人聊天？我可不允许哦。”

黎婠婠觉得无语：“我又不是你的谁。”

“哦，那可不好说，乾坤未定，一切皆有可能。”

“这话是这么说的？”

“你明白我的意思就成。”陆斯昂嬉皮笑脸地道。

陆斯昂将车停在山顶的平台上。

“这是哪里？”

陆斯昂打开副驾驶一侧的门：“出来你就知道了。”

黎婠婠没控制好面部表情，直接翻了个白眼。

陆斯昂低头一笑，揽着她的肩膀就过去了。

一片宽阔的草坪，上面有滑翔翼，还有几个工作人员和来玩的游客。

“老板。”

陆斯昂朝他们打了个招呼：“给我两套护具，我带她飞一下。”

黎婠婠一愣，然后瞪大了眼睛：“飞？这……”

这座山下有十几座小岛。

“下面是湖？”

“不是湖，我干吗带你来？过来！”

陆斯昂拽着她的胳膊，给她穿戴好护具，随后痞气地一扬眉毛，拍了拍左边的胸口：“哥哥带你飞。”

黎婠婠不肯上去，陆斯昂直接将人塞进了前方座位，然后一屁股坐到了她后面，将两个人拴在一起。

“好了，黎婠婠，这世上最奇特的美景，将出现在你的面前。准备好了吗？”

“没有！”黎婠婠恐高，这会儿压根不敢动，可是陆斯昂已经快速跑了起来。

“啊！”黎婠婠闭上眼睛开始尖叫，人已经腾空而起。

那一刻，世界在她的脚下，身后是男人结实的怀抱，这是她唯一能感受到的实物。风在往脸上吹，能感觉到飞快地从她的指尖流逝的清凉感。

“黎婠婠！睁开你的眼睛看看。”

“我不敢！”

“怕什么？敞开胸怀，美景就在你的脚下！”

黎婠婠感觉到面前有刺眼的阳光，她微微睁开眼睛，然后就看到了太阳在云层之中闪现，山川湖海泛着粼粼波光。这一瞬间，心口堵塞的那口气，瞬间消散殆尽。

“好看不好看？”男人在后面问道。

黎婠婠点点头，大声回应：“好看！”

陆斯昂拿起手上的摄影机：“来，朝着镜头打个招呼，露出笑容来。”

“陆斯昂，风突然变大了！”

“风大才好飞呢。”

男人似乎越发兴奋了。一直到降落，黎婠婠的这颗心都悬着。

“太美了！”

“跟我出来不后悔吧？”陆斯昂笑着问道。

“不后悔！”黎婠婠说完还举着包扎好的手，“要是手没受伤就更好了。”

然而他们谁也没想到，早已有人认出了他们，并且把这一幕给拍了下来，还把照片和视频发到了朋友圈里。

戎行野自然也看到了，陆斯昂对黎婠婠又搂又抱，黎婠婠笑得那么甜。

好，很好，戎行野直接将手机丢在了桌上。沈确见状，偷偷出了包厢，打电话给俱乐部。

“陆少！”工作人员跑了过来，“有人找您。”

“谁啊？神通广大啊！还能知道我在这儿？在我身上装监控了？”陆斯昂一边吐槽一边接起电话，“哪位？”

“我是沈确。”

“哦，什么意思？要来玩？”陆斯昂吊儿郎当地问道。

“您把黎小姐送回来吧！她还得回来聚餐。”

陆斯昂抿着嘴唇：“你自己跟她说，她想回去我再送。”

黎婠婠一愣，接起电话，听完后好心情瞬间荡然无存：“我立刻回来。”

陆斯昂看她挂断电话往外面走去，默默地跟了上去：“你真的要回去？”

黎婠婠朝他扭头自嘲地一笑：“我好像也没有什么选择的权利。”

沈确返回包厢，俯身在戎行野的耳边低语了两句，总算抚平了他暴躁的怒意。

“点菜。”

男人一发话，众人如蒙大赦。这时候，赶紧有什么选什么，谁还敢挑菜？

“听说张教授带了不少好学生。”戎行野突然开口。

张弛斟酌着用词：“戎总客气了，学生们也争气。”

“总会有不听话的学生。”

戎行野说完，白雪立刻道：“行野哥哥，你放心吧，我一定会好好跟张教授学习的，不会给你丢脸。”

“学习归学习，交朋友也得擦亮眼睛。”

这个丁小洁是白雪的老乡，说是品学兼优，还申请了创嵘的助学基金，结果在白雪身边不是挑拨离间就是惹是生非，今天还敢对黎婠婠下手，就这样的人品还配拿资源?

“沈确，调查清楚，停了她的助学基金，既然是创嵘资助她来的J大，也由创嵘出面取消。”

白雪跟丁小洁都脸色一变，丁小洁还没来得及解释，就被沈确请出去了!

陆斯昂将车停在门口，跟着黎婠婠下车，立刻有人来将车开走。

“你也要跟着我上去？”黎婠婠诧异地问道。

陆斯昂挑眉：“嗯，没吃饭，我上去蹭一顿。”

黎婠婠心想：你差这一口饭吗?

两人刚准备进去，就见丁小洁低着头跑出来。

上了二楼，黎婠婠直接走到了包厢门口。戎行野就坐在最上首，他直直地望向了她，还有旁边冒出来的陆斯昂。

男人的脸上露出轻蔑的冷笑。

张弛道：“来了？赶紧坐，就等你一个人呢。”

正好丁小洁走了，戎行野的身边空出了一个位置。不过同学们宁可挤在一起，也不愿意往戎行野那边靠过去。

白雪没想到陆斯昂会跟黎婠婠在一起，赶紧挤出甜笑，拉开身边的椅子：“陆少，坐这里吧。”

“我让他坐了吗？”戎行野突然开口。

陆斯昂扯开椅子，直接坐了下来：“怎么着，吃你一顿饭都不行？几天不见，抠搜成这样了？”

白雪维护戎行野：“陆少，你别开玩笑了，行野哥哥不是这样的人，只是有些人让他不高兴罢了。”

“哦，原来你都有代言人了？”陆斯昂突然脸色一变，话里带着挑衅的意味。

气氛再次变得有些尴尬。陆斯昂直接扯开自己身边的椅子，拽了拽站着的黎婠婠，让她坐了下来：“吃饭！他不请你吃，我请你，我还少了这顿饭钱不成？”

白雪委屈地道：“行野哥哥，我没有那个意思，我不是……”

陆斯昂却不等她把话说完，耸耸肩：“行了，开饭吧，都快要饿死了。”

大家闻言纷纷开始动筷子，赶紧吃完跑路才要紧。

“我让你动筷子了？”戎行野盯着黎婠婠那只裹成粽子的手，突然开口。

“说的是啊，怎么亲自动手？医生不是说了，这段时间要尽量减少活动？我来我来！免得又要被人说不会照顾人。”陆斯昂直接帮忙夹菜，就差喂进黎婠婠的嘴里了。

“他就会脸黑吓唬人，别人怕他，我可不怕。”陆斯昂笑眯眯地对黎婠婠道，“来，吃菜，甭理他。”

两人之间显得又暧昧又尴尬，大家头顶的“八卦小雷达”都亮起来了。

“婠婠，你下午一直跟陆少在一起吗？”有人大着胆子问道。

陆斯昂啊！风靡全国的赛车手，长相英俊又家世不凡，最重要的是他可比戎行野这个老是黑着一张脸的人显得亲近多了。

“哎，我好不容易等到的约会机会，你说出去了惹得她不高兴，下次不跟我出去玩了怎么办？”陆斯昂一脸无奈的表情。

“陆少，这么说，你在追求我们婠婠啊？”

“嘭”的一声，白雪身边的盘子碎在了地上，直接打断了陆斯昂的话。所有人都看向了面前少了只盘子的戎行野。

白雪强颜欢笑：“刚才是我不小心。”

黎婠婠可不想在这个时候被人注意：“我去上厕所。”

在卫生间里躲了一会儿，黎婠婠才打开隔间的门出来。

白雪已经在那儿等着了。

黎婠婠面无表情地从她身边经过。

“黎婠婠，你都跟行野哥哥分手了，就不能别出现在他面前吗？”

“关你何事？”黎婠婠擦了擦手，慢条斯理地打量着她，“咱们的交情还没到这份上，你走你的阳关道，我走我的独木桥，不要来教我做事。”

白雪气得脸都白了。

两人不欢而散，一前一后回到包厢。

“去哪儿了？怎么才回来？”陆斯昂开口问道，饭菜都凉透了，大家吃完又等了她们一会儿了。

黎婠婠道：“我刚刚去问了问领班，在这里打工给多少工资。”

黎婠婠的外婆需要很多钱治病，还有家里也一直跟她要钱，这一点同学们都知道。所有人都见怪不怪，陆斯昂倒是头一回听说黎婠婠在到处打工。

丁小洁一直给白雪打电话，白雪干脆把丁小洁给拉黑了。

一顿饭接近尾声，张弛打算带学生走了，就怕戎行野又跟黎婠婠过不去。

“戎总，今天谢谢您的款待。学校里有门禁，我这就带学生们先回去了，明天白雪同学的拍摄会准时进行的。”

“行，再见。”戎行野的心情似乎好点了。

到了楼下，戎行野让人开车送他们，陆斯昂拽过黎婠婠：“上我的车。”

黎婠婠为了方便打工，不住校，这一点大家也清楚，也没人觉得奇怪。

白雪眼瞅着戎行野蹙眉要说什么，立刻捂着心口艰难地呼吸起来：“行野哥哥，我好难受……”

“你又怎么了？”戎行野询问的空当，陆斯昂已经把黎婠婠塞进了车里，车子疾驰而去。

“我肚子好痛……痛一晚上了……”白雪死死地拉着戎行野不肯放。

戎行野垂眸看她，然后吩咐戎毅：“开车去医院。”

另一边。

陆斯昂一脚油门，车子蹿了出去。黎婠婠筋疲力尽地道：“前面路口把我放下来吧。”

“那可不成，半道上你被人拐走了算谁的？”

黎婠婠道：“那你送我去丽景湾。”

“丽景湾？你怎么又不住人才公寓了？”

“我去我闺蜜那儿。今天给你添麻烦了。”要是戎行野真的盯上陆斯昂，她还得欠人一份人情。

“什么叫麻烦？我这人有‘白骑士综合征’，看不得女人受委屈。”

黎婠婠被他逗乐。陆斯昂偏头看了她一眼，女人的眼角眉梢都带着笑意，可如果真的高兴，不会笑意不达眼底。

“你跟戎行野又纠缠在一起了？”

“能不提这个人吗？”

“行，算我多话。”陆斯昂把人送到丽景湾，见黎婠婠下车，他边降下车窗边道，“跟他在一起这么辛苦，不如真的考虑考虑换个人，比如我。”

“等哪天你爱上我，我也爱上你，我就考虑一下跟你在一起。”

“呵呵，条件还挺高，非得爱上才能在一起？”陆斯昂纳闷地道。

“我已经冲动一次了，总不能次次都冲动，那多没劲啊。”黎婠婠转身朝他挥了挥手，到丽景湾门口打电话给楚昔，让她叫保安放行。

陆斯昂在门口抽了根烟，才嗤笑了一声驱车离开。

楚昔给黎婠婠开了门拿了拖鞋：“我的姑奶奶，你这是什么造型啊？战损装？”

黎婠婠没好气地换上拖鞋，自顾自地往里走：“一言难尽，别问了。”

话音刚落，黎婠婠就看到楚昔疯狂地对自己使眼色，接着她就看到了坐在客厅里，显得疏冷、矜贵的男人——霍司丞。

黎婠婠顿时觉得一个头有两个大，清了清嗓子低声道：“他在！你怎么让我进来了？”

“我还能为了男人不让你上楼？”

“你说得好听，但是尴尬的是我啊。”

黎婠婠说完，就见霍司丞将视线冷冷地落在楚昔身上，一边接起电话：“行，我马上来医院。”

说完，伸手捞起外套。

门被重重地关上，黎婠婠跟楚昔对视一眼：“我是不是打扰你们俩的好事了？”

楚昔翻了个白眼：“能有什么好事？你去洗洗吧。”

黎婠婠挑眉笑道：“一起？”

一起就一起！楚昔拿上红酒跟精油进了客房的浴室：“上次咱们一起泡澡还是高中那会儿吧？”

那个时候，黎家还正处在商业巅峰期，楚昔家就在她家隔壁，老是来找她玩。高中时的少女就算一起洗澡，也是不敢多看对方一眼的，现在想想，少女时代也终究结束了。

…………

霍司丞赶到医院时，医生正在给白雪做检查。

戎行野蹙眉道：“你看看她，她一直说不舒服。”

霍司丞跟主治医生聊了聊，又看了一眼白雪：“没太大的问题。”

“确定？”

“不然你换个医生？把我急匆匆地叫过来就为了这事？”

戎行野没吭声，霍司丞直接回自己的诊室了。

戎行野拉开椅子，盯着白雪，长指灵活地旋转着沉甸甸的打火机。黑色的打火机上刻着一条黑龙。这是黎婠婠用第一次打工赚的钱给他买的，这些年以来，他一直舍不得换掉。

想起那个女人买了礼物，却不敢在他的生日宴上送给他，非要等到他的生日快过了才拿出来，见他真的收下，眼睛里迸发出惊喜……戎行野的眼神不自觉地变得温和了起来。这个女人以为跟陆斯昂在一块儿能改变什么？别说今天陆斯昂只不过是帮她的忙，就算他真的想娶她，他也得过他这关！

戎行野的手指动了动，他正想起身，白雪却在此刻，掐着点儿似的醒了过来。

“行野哥哥……”

戎行野侧头看了她一眼，眼底没有任何温度，让她的心跟着一跳，瞬间落下眼泪。

“别哭了。”

白雪脸一红，立刻把眼泪憋了回去：“我以为，行野哥哥生我的气，再也不理我了。”

戎行野收回目光：“你有什么事直接去找沈确，没事别拿自己的身体开玩笑。”

那么黎婠婠呢？她惹的麻烦还少吗？听说你可是为她做了不少呢。

质问的话卡在喉咙间，白雪抿着嘴唇告诉自己，黎婠婠已经是过去式了，他都舍不得她落泪，她又何必跟黎婠婠计较？

“还有你身边那些乌七八糟的朋友，少接触。”

白雪还没答应，戎行野已经走了。她有些失落地躺在床上，算了，丁小洁那家伙成事不足败事有余……白雪已经把丁小洁的电话号码直接拉黑，要不是因为丁小洁，自己也不会被行野哥哥骂！

……

黎婠婠睡了一晚上，得知白雪今天还在请假，拍摄得延期，干脆买了束鲜花跟楚昔一起来了医院。

哪知道到医院时，病房里已经有人了。

宋清让正在给外婆擦手，见黎婠婠开门进来，温和地道：“婠婠。”

黎婠婠感到十分诧异：“你怎么真的来了，工作不忙吗？”

“周六不上班，想着来看看外婆。知道外婆还没醒，就买了点水果给护士台那边，感谢她们照顾我们的外婆。外婆喜欢桔梗，你看看放在这儿合适吗？”

黎婠婠再不想让宋清让接近自己，还是会被他这样的关怀方式感动到。

楚昔挑眉：“你还真是一如既往地细心。”

黎婠婠去检查了一下外婆，看她还在沉睡，默默地坐下来陪着她。

“我去问过张主任，说是能给外婆动手术的专家来了？”

“嗯，对，但是那位专家是为了别的病人来的，张主任正在努力联系。”

“有什么需要帮忙的，一定要告诉我。”宋清让道。

“嗯。”

见黎婠婠没什么兴致说话，宋清让犹豫着道：“你现在住在哪里？”

“住在我那儿啊。”楚昔一笑，“你就别担心啦。”

宋清让感到有些失望：“那就麻烦你照顾婠婠了。”

“我跟她从小到大的情谊，不用你说，我也会好好照顾她的！”

趁着宋清让去帮忙取药，楚昔凑近黎婠婠道：“其实宋清让这人还行，长得帅，工作能力也强，主要是他喜欢你。”

黎婠婠帮忙把外婆的床单换好：“算了吧，像我这样的，何必拖累别人？”

“你真的不考虑？”

“要不你考虑一下？”

楚昔摇头：“你知道的，我这样的就不祸害别人了。宋清让一看就是个好好先生，我受不了。”

宋清让回来的时候还给两个人买了饭菜。

“楚昔喜欢吃酸辣土豆丝，应该没点错？”

“没错，都说你细心了，还准备了甜汤，以后谁给你做老婆都有福气。”

宋清让微微一笑，把筷子递给她们。

吃过午饭，宋清让的来电非常多，黎婠婠见他忙个不停，也不想耽误他，就让他先回去。

“那么婠婠，我下次再来看外婆，你有什么需要帮忙的一定要来找我。”

几乎宋清让前脚刚走，楚昔就急匆匆地要跑路。

“我先走了啊，家里大门的密码你知道的。”

“你急什么？”

“霍司丞来这儿上班了，我现在不跑，等会儿说不定就被他逮到了。”楚昔为了避开霍司丞，还专门绕他的科室远一点才走。

病房里一下子安静了下来。

黎婠婠等下午医生们上班的时候，去找了张主任。

“那位专家？黎小姐，我联系过，但对方的助理一直在推脱，我这边也是心急如焚，你的手术费用筹够了吗？”

黎婠婠道：“我在想办法了，肯定可以的，还请您再帮帮我。”

“黎小姐，你们家老太太在我这儿看病也不是一年两年了，你放心，我一定会尽全力，但结果如何还是要看那位专家是否愿意。”

黎婠婠当然知道。可是何家跟她又没有任何关系，哪儿会卖面子给她？她得想想办法。翻了翻通讯录，她想到一个人也许能帮她。

黎婠婠打车到达何家的时候，还在门口等了半小时，林星才急匆匆地出来。

“何小姐现在在约造型师改衣服，我只能趁着这个时候出来一会儿。你找我什么事？”

黎婠婠抬头看了一眼站在自己面前的女人，曾经林星大学刚毕业，就做了自己的私人助理。

黎婠婠坐在旁边的花坛上，腿有点发麻。

林星眼神复杂地看着她，黎婠婠开口道：“我不是故意来麻烦你，是我的外婆病了，有个脑科专家被何家请回来了，我想进去拜访何家老太太，看看能不能救救我外婆。”

林星一怔：“这事不可能。何家把人请回来，虽然说老爷子现在没事，但万一突然发病呢？肯定要防患于未然的。如今何小姐保不齐要跟戎行野订婚了，若是老爷子有什么问题，这订婚宴还得拖一年，何家绝对不会允许出现这种情况的。”

“若是以前还好说，现在……”林星说到这儿住了嘴。今时不同往日，谁还愿意沾染黎家半分？

“我外婆危在旦夕，如果不是格外紧急，我不会来求你的。”

“不行，何小姐找我了。这点钱你拿着，以后别来找我了。”林星说着把钱塞进黎婠婠手里，然后匆匆离开。

黎婠婠看了一眼何家大宅。这里以前……是爸爸买给妈妈的庄园。物是人非事事休。她一定要救外婆，哪怕付出任何代价。

林星进了何家，何嘉敏正在挑剔：“这几件都不行。”

一见林星回来她就蹙眉道：“你去哪里了？知不知道我挑衣服很关键？”

“不好意思，何小姐，刚才有点事出去了一下。”

“我知道你以前是在黎婠婠身边工作，不过你要搞清楚，你现在是为我工作。”何嘉敏说话的声音温温柔柔的，可是表情非常冷淡。

“行野已经答应了来家里吃饭，我想选一套最适合我的衣服，之前你选的那一批都差一点。”

何嘉敏说完，去打了个电话，一回来见到林星还站着，打了个响指道：“出去！”

“是。”

何嘉敏无语地摇了摇头。不过很快，她的好心情就荡然无存了。手机里收到了一组照片，都是戎行野带着一个叫白雪的女人购物的照片。

何嘉敏不是会乱砸东西来发泄情绪的人。

事实上她从小就知道，婚姻自主对她而言是一种奢侈，她不会为了一个无关紧要的无名小卒，来打乱她联姻的步伐。

黎婠婠一直在何家门口蹲到了半夜，等到大门彻底关闭，这才捶了捶麻木的双腿，迎着夜风离开。

如果何家不肯帮忙，她能求的，也就只有一个人了。一想到自己前两天拒绝了他，现在又要回去想办法求他，黎婠婠觉得自己可笑得厉害。

沈确看了一眼墙上的时钟，起身道：“戎总，去吃饭吧？”

戎行野点头。正当他起身的时候，座机电话响了。

沈确立刻接起来："总裁办。"

前台一愣："沈特助？这边有一位黎婠婠黎小姐，她非要见戎总，需要叫保安将她请出去吗？"

沈确看向了戎行野。

男人不吭声。

"戎总。"

"刚才不是说吃饭嘛，走吧！"

戎行野起身，总裁办的灯光暗了下来。

前台挂了电话后道："这位小姐，我们戎总不在，您下次可以提前预约！"

黎婠婠也没强行要上楼，戎行野这是摆明了在为难她。

戎行野直接走的 VIP 电梯。黎婠婠走到地下通道的路口拦下的出租车。等戎行野的车从地下车库出来右转，黎婠婠才对司机道："跟着他们就行。"

司机纳闷地看了一眼黎婠婠："抓奸啊？"

黎婠婠无奈地一笑："哦，那可抓不完。"

"哎，小姑娘啊，我当司机这么多年看习惯了，你们这些人谈恋爱找不到靠谱的，也不要跟这种人一起！"

黎婠婠点点头："师傅，你说得是，我也就试试，不行就算了。"

司机叹了口气，还好戎行野的车很好找。戎行野是那么好跟的？出租车司机能一路跟着不丢，纯粹是戎行野故意而为的。

戎行野也没去哪儿，因为前面的路口堵车，大家都寸步难行。戎行野下了车，选了一家西餐厅用餐。黎婠婠甩上车门，朝他跑了过去："戎总。"

戎行野就跟聋了似的自顾自地往餐厅走。

"黎婠婠？你在这儿干什么？"身后传来一个女人的声音。

黎婠婠扭头，就见到了穿着一身小礼服的徐宝儿。

徐宝儿上下打量了她一眼，这个黎婠婠，怎么在哪儿都能遇到！

前段时间也不知道来了什么大人物到她家转了一圈，让人把黎婠婠的所有东西都拿走了，甚至包括她留在家里的户口本之类的东西，能带走的都带走了。

“表姐！”黎婠婠突然一反常态，露出了一副很惊喜的模样，走到了她的身边挽着她的胳膊，“你也来餐厅吃饭，我等你好一会儿了。”

徐宝儿瞪圆了眼睛：“谁是你……”

黎婠婠盯着她：“你是来相亲的吧？要么帮我，要么你这次相亲会出现意外。”

徐宝儿咬牙：“你搞什么鬼？”想进餐厅就进去好了，干吗死缠着她？

“帮我进去。”黎婠婠说完，朝着徐宝儿旁边的男士一笑，“不介意吧，这位先生？”

黎婠婠一笑，那个男人微微发怔，低下头清了清嗓子道：“当然没问题，是徐小姐的表妹，是吗？”

“对，我来陪她相亲。”

三个人看起来有说有笑，进入餐厅的时候，自然也没有人阻止。

这家餐厅实行的是预约制度。还好遇到了徐宝儿，不然她根本进不去。

黎婠婠一进餐厅就上下打量，戎行野居然坐在大堂，只是那气场，暗示着生人勿近，不过旁边还是有人跃跃欲试地想来搭讪。

徐宝儿一想到今天相亲时有个黎婠婠在旁边，心里就着急。坐下来后，对面的那个男人倒是显得很有绅士风度。黎婠婠抽空扫了一眼，人倒是比较斯文有礼，是刘润丽喜欢的类型。

黎婠婠努力降低存在感，一直看着戎行野在的方向。

很快，门口传来了惊呼声。

“是陈颖！是陈颖！”

“妈呀！真的是，能合照吗？我的天。”

只见穿着修身鱼尾裙、妆容明艳的女人从旋转门里迤逦而来，走到了戎行野身边。黎婠婠一愣，那个男人的脸上总算露出了一个笑容。

“是陈颖跟戎行野？也是，除了他，还有谁能把陈颖叫出来吃饭？”

“能发微博吗？”

徐宝儿觉得今天这次相亲算是彻底完了。来一个黎婠婠就算了，再来一个陈颖，她被衬托得跟个小土妞似的。

“徐小姐不点菜吗？”

徐宝儿回过神，朝对面笑了笑，点餐后柔声道：“不好意思啊，我选的餐厅不太安静。”

“没关系，我觉得环境挺好的，听说你还在读大学？”

“是的。”

“表妹还没点吧？表妹？”

黎婠婠被徐宝儿捅了一下，才回过头。灯光下，女孩的眉眼显得越发娇媚动人，男人再次一愣，视线就挪不开了。

“谢谢！给我一杯白开水就好了。”

现在外婆的事没搞定，她哪有心思吃饭？要是真的坐下来吃饭，徐宝儿非得黑脸不可。

眼瞧着服务员要给戎行野上酒，黎婠婠直接起身朝着那边走去。

徐宝儿巴不得她赶快走呢。

“你表妹怎么走了？”

“走就走呗，我们的关系也不是很好的。”

“戎先生，又在这里遇到了。”黎婠婠走上前，漾起标准的笑容，接过了服务员手里的酒，“我了解您喝酒的习惯，还是让我来吧，希望您给个机会。”

戎行野撂下刀叉：“我不认识你。”

因为戎行野，因为陈颖，周围所有人都在看这边。这话一出，众人的目光或惊讶或鄙夷地落在了黎婠婠身上。

然而黎婠婠的厚脸皮早就被戎行野给锻炼出来了，现在只是给戎行野倒个酒，又算得了什么呢？

只要能达成目的，怎么都行。

“戎先生不认识我不要紧，只希望戎先生能给个机会。”

“你们餐厅怎么回事？”

服务员反应过来，立刻打了个响指，让人把黎婠婠请出去。

徐宝儿只觉得丢死人了，根本不敢看周围的人的眼神。

“你表妹是不是认识戎行野？”

“怎么可能？”

男人却直接起身：“抱歉，今天的相亲到此结束吧。”

徐宝儿一愣，男人却直接走到了黎婠婠身边。

“不好意思，我的女朋友让戎先生感觉到不开心，我们先走了。”

男人脱下西装外套，裹在黎婠婠身上，朝她温和地一笑：“走吧。”

黎婠婠觉得十分纳闷，这个男人搞什么？这样想着，人已经被男人虚虚地揽着肩膀带出了餐厅。

至于徐宝儿的反应，她也无暇顾及。

黎婠婠这么一走，自然也看不到戎行野陡然阴沉下来的脸。

被门口的冷风一吹，黎婠婠清醒了不少，她将外套还给对方：“谢谢你，不过我就是来找戎行野的，刚才只是利用了你们。”

男人柔声道：“嗯，我知道。”

黎婠婠这会儿才看了他一眼：“你不相亲了？”

“我看得出你们表姐妹的关系不怎么样。我不继续相亲，纯粹是觉得我跟你的表姐不太合适。”

“这些也与我无关。”

男人被她说得有些哑口无言。

“我还要在这儿等戎行野，不好意思，打断你的相亲了。”

黎婠婠说完，朝他摆摆手，找了个花坛坐下，对面就是戎行野的车。

真是可笑，在一起那会儿天天等他的车来接，分开了，还得等，真是兜兜转转，从不由得她选。

然而男人却没走，反而去一旁的便利店打包了一份三明治和牛奶过来。

黎婠婠蹙眉：“你到底想干吗？”

“你想等，我陪你等。”

徐宝儿从餐厅出来就打电话跟刘润丽抱怨，这个梁谨说是什么从海外回国，父母都是知识分子，结果还不是看黎婠婠漂亮，就屁颠儿屁颠儿地跟上去了！她完全没留意到角落里的两个人，一边骂梁谨一边打车走了。

黎婠婠没搭理他，梁谨也不生气，就这么陪她坐着。

直到戎行野出来，黎婠婠赶紧起来：“戎总。”

然而男人看也不看她，自己上车离开前还让人送陈颖离开。

直到车队离开，梁谨才道：“算了吧，无论你想求戎行野什么，他不会给你机会了。”

梁谨打开车门：“你住哪里？我送你回去。”

黎婠婠转身道：“不用，我们不熟。”

梁谨看着女人穿过车流，纤细袅娜的背影消失在视线里，心中有些说不出的滋味。

…………

戎行野昨晚上没睡好，中午到公司的时候脸都是黑的。文件堆积在办公桌上面，他看一份文件骂一个人。一个个员工面如死灰地从他的办公室出来，吓得后面的人都不敢进去了。

“戎总，您要的美式咖啡。”

戎行野蹙眉，刚想骂人，微微抬眸就看到了女人熟悉的手腕。抬眼一看，果然是挂着创嵘工作牌的黎婠婠。

戎行野嗤笑一声：“本事挺大，怎么混进来的？”

“多谢戎总给机会。”

要不是沈确招架不住了，主动帮忙，她哪能进来？

戎行野闻言立刻变脸：“当我们创嵘是什么？”

“我已经是总裁办的实习秘书，虽然专业不对口，但正好匹配贵司的招人标准。戎总，我是经过正规手续留下的。”

“怎么？不拍你的宣传片了？上我这儿打工来了？”戎行野瞪了她一眼。

黎婠婠觉得有些无语。还不是因为白雪生病了，让大家伙都停工等着？

心里这么想，黎婠婠嘴上却很甜。

“当然是为了找机会和您见一面。”

戎行野合上钢笔：“出去。”

黎婠婠也不着急，适可而止。

沈确等了一会儿，也没见戎行野打电话来质问，反倒是看到黎婠婠出来，去茶水间。看来……这次的决定又对了。

“怎么是你？”米丽正在泡茶，见到人进来，还以为是新来的实习生。看到黎婠婠那张脸，她直接傻眼了。

黎婠婠料到会遇到她，朝她笑了笑：“怎么米助理如今也要自己泡茶了？”

米丽蹙眉，左右看了看，才低声质问道：“你怎么会在这儿？”

黎婠婠耸肩：“显而易见，正规程序进来的。”

黎婠婠一走，米丽立刻给还在医院的白雪打电话。

“怎么回事？现在黎婠婠来给戎总当秘书了……”她说完，那边的白雪一愣。

…………

戎行野的心情，代表了今天集团员工的状态。

黎婠婠三年来从来没来过戎行野的创嵘集团，顶多是跟着沈确在车里等他下来。何况她又不打算在这儿上班，沈确也就没安排事情给她。

她的工作，只是在有员工被骂的时候进去送送茶水和点心。

送第四次的时候，戎行野终于忍不住问道：“怎么，我看起来很缺水？”

黎婠婠见他似乎还在生气，于是讨好道：“戎总，灭灭火气？”

“看着你我就来气，灭不了。”

黎婠婠走到他跟前，伏小做低：“听说您连午饭都没吃，要不等会儿我去给您做？想吃点什么？”

“看着你吃不下去。”

“我做完就撤，您绝对看不到我。”黎婠婠举手发誓，一脸诚实的表情。

戎行野听了觉得心口发堵："这都不是我要的答案。"

"戎总，我知道错了，我错上加错，您大人不记小人过，成不成？"

这还像句人话。戎行野的心里稍稍舒服了一些，但也仅限一些！再多就没有了。

看着她眼睛下面的黑眼圈，再看看又瘦了几分的尖下巴，男人没好气地道："又想要什么？"

黎婠婠见他的语气缓和了下来，赶紧说出了自己的目的："我想见何家老太太一面。"

"我就知道，没事求我，你不会出现。"纵然已经猜到结果，但亲口听她说出来，戎行野还是免不了有些生气。

黎婠婠见他生气，立刻解释道："我外婆的病很需要那个国外的医生，而我想要见到那个专家，只能去求何家。戎总，你帮帮我吧。"

"我是商人，没好处，凭什么帮你？"

黎婠婠想了想："您不是想见到我吗？我给您当生活助理，随叫随到，直到您厌烦了我，怎么样？"

戎行野沉默下来，这个答案显然不是他想要的，可是如果能达成目的，也不是不行。黎婠婠这个小兔子，他早晚是要叼回自己窝里的。

"你不是要去请何家的那位专家，人家正好请我吃饭，你去不去？不去我可先走了。"

"去！"黎婠婠立刻振奋起了精神，"谢谢戎总。"

黎婠婠跟着他走出了办公室的门，沈确就在门口等着，戎行野一下午没出现，总裁办现在已经没什么人了。

"何家家宴在一品居。"

"嗯。"戎行野根本无所谓何家的家宴在哪儿办。

三个人进了电梯下楼，现在已经没有资格跟着的米丽硬生生地将一支水性笔折断了。她不好过，自然要把这些消息发给想知道的人。米丽不敢直接找何嘉敏。何嘉敏就算知道了也不会对黎婠婠做什么。在她看来，只要不影响她联姻就好了。

米丽直接把消息发给了白雪，也不用过多描述，她那样敏感的性子就能脑补一出大戏。

一品居是会员预约制，一天只接待八桌客人，都有包间接待。

戎行野到的时候，何家一家子都到了。

连何嘉敏的两个弟弟、三个堂姐弟都在。见到他，他们齐刷刷地起来叫“行野哥”。

戎行野扯了扯唇角，只剩下何嘉敏旁边的位置。他要是坐下来，岂不是成了何宏华的小辈。

戎行野站着没动。何嘉敏意会，赶紧起身，将何宏华身边的位置让出来，戎行野才肯进来。

何宏华扯了扯嘴角：“安排得突然了点，公司今天很忙？”

“还行。”戎行野随口应答。

黎婠婠权当自己是个透明人。可惜再怎么透明，她这张脸也是让人无法忽视的。

何嘉敏的几个兄弟姐妹都看到她了。

“黎婠婠？你现在是在行野哥公司上班？”

被点了名，黎婠婠抬眸笑了笑，不否认也不承认。

何嘉敏的笑容不变，却很淡。

“婠婠，你也坐吧。”何嘉敏的弟弟何嘉俊突然开口，一边让服务员另外加个椅子。

何夫人却冷笑着道：“嘉俊，人家黎小姐是来工作的，你让人坐下吃饭，岂不是失礼？黎小姐最懂规矩了，别理会这孩子。”

谁都知道，当年何嘉俊追求过黎婠婠。刚才戎行野一进来，何嘉俊先看到的不是他，而是他身后跟着进来的黎婠婠。还好手上拿着的是手机，要是碗筷碰撞发出声音，可就丢人了。

何太太的意思，家里人都听得明白，黎婠婠早就不是当初的那个黎婠婠了。一想到儿子对她的喜欢，何太太的心里就难受。

正说着，何太太自己的筷子倒是落了地。

黎婠婠刚准备弯下腰，何嘉俊的心都疼了，戎行野就点了支烟：“怎么，这一品居连服务生都没有？”

何家人今天是来催戎行野订婚的。毕竟消息都放出去了，两家也应该达成共识了。总不好连个日子都没订下来，集团就开始融资？没订婚就是名不正言不顺，到底缺了点什么。

哪知道戎行野一张嘴就是这么一句话，何嘉敏的脸色难看得精致的妆容都遮掩不住。

所有人都在盯着黎婠婠。她继续弯腰将筷子捡起来，去换了一双，戎行野的脸色彻底沉了下去。

何太太挑眉笑着问道：“戎老太太上次说想喝我们家的果茶，今年园子里炮制了不少，回头我让人送过去。”

戎行野随意地答应了一声。

“听说老爷子最近从疗养院刚回来，还想去旅游、登山，看来身子骨儿还安泰，我有个好友的外婆也不大好，能不能让那位专家赏个脸，也来看看？”

一直不吭声的何老太太板着一张脸：“不是我们不讲人情，这不怕一万只怕万一，这位医生是万万不能离开的，只能请你们多担待了。”

黎婠婠的脸色一变，她看向了戎行野。

男人眯起眼睛：“一天都不行？”

“我们不敢冒这个风险，不过如果咱们成了一家人，也不是不能商量。”

他戎行野还偏偏不吃被人要挟这套。

何太太又让黎婠婠倒茶，何嘉俊起身道：“我来吧。”

何宏华跟戎行野自然有自己要谈的东西。

然而随着戎行野的脸色越来越差，何宏华也觉得谈不下去了。

当滚烫的茶水不小心泼到黎婠婠手背上的时候，戎行野直接起身。

“怎么着，我带来的秘书你们何家当保姆使唤？何家的规矩忒大，奉陪不起。”

戎行野扯开凳子，在安静的包厢里发出极其刺耳的声音。

“走。”

戎行野一发话，戎毅立刻从外面把包厢的门打开。

何家的人只能眼巴巴地看着戎行野走了，只有何嘉俊这个傻子呆呆地叫了一声：“你别这么扯她，她疼！”

戎行野连头也不回，只是将黎婠婠箍得更紧了。

何宏华一拍桌子：“不识相的刺头儿。”

何太太的脸色也变得难看了起来。

等何家人一上车，戎行野早没影了。

“这样的脾气、性格，我们嘉敏嫁给他，指不定得受多少委屈。”

“你刚才就不该刁难那个黎婠婠，黎擎都死了多少年了，你跟他的女儿过不去做什么？”

“谁知道黎婠婠和戎行野到底是什么关系？还有那个女人把嘉俊迷得走不动道！这不是逮着我们家的孩子欺负吗？还想从我们家带走医生，别以为我不知道，那个黎婠婠的外婆跟老爷子的病不是一样的吗？今天咱们谈婚事，他倒是好，把她带来了，这是嘉敏还没嫁过去就带着她下咱们嘉敏的脸呢，我绝不会同意。”

何宏华叹了口气，没吭声。但戎行野跟创嵘，他必须拿下，要论江城里谁家首屈一指，还得是戎家。

“这门亲事，不能断。”

“你是猪？手打算脱层皮？别人让你倒水你就倒水？”戎行野一把将她拽上车，甩给她一瓶看不出品牌的药膏。

“霍司丞家里研发的祛疤膏，还没上市，他说效果很好。”男人说完，盯着她那只伤痕累累的手，眉头皱得能夹死苍蝇。

黎婠婠不想看他。

“你这是什么表情？说你说错了？让你捡筷子你不会叫别人？你是服务员？打工打上瘾了？”

黎婠婠没好气地道：“我只是为了专家的事情讨好何太太，谁喜欢当服务生了？”

这话还算有点道理，毕竟这人一碰到关于她外婆的事就是让她下跪，她也干得出来。

黎婠婠焦虑地道：“张主任跟我说这个专家非常权威，如果他回国了，我外婆还不知道得等到什么时候呢。”

“我自然有办法，你去求，还不得欠他们一个人情？没瞧他们今晚看都懒得看你一眼？”男人扯过她的手，打开药膏替她抹上。清亮的凝胶一抹上，那种酥麻的刺痛立刻缓解了不少。

黎婠婠抬眸，男人英挺的眉眼隐匿在暗夜中，也唯有车辆行驶过时的路灯光影让她偶尔看到了他眼底的专注……还有一点不易察觉的怜惜。

“行了，不想留疤就自己每天勤快点涂，不够了就去问霍司丞要。反正你方便得很。”楚昔跟她好得穿一条裤子，要个祛疤膏能多难？

“今天谢谢你了。”要不是为了她，戎行野也不用跟何家请求什么。

“真要谢谢我，就少气我一点。”

戎行野说完，黎婠婠不敢看他，随后发现车子驶去的方向好像是半山别墅。

“戎总，前面有个地铁站，放我下去就好了，我坐地铁回家。”

黎婠婠这样急着撇清，戎行野却一边看文件一边慢悠悠地道：“不是要给我当助理？陪我回家拿个文件，不过分吧？”

他都这么说了，黎婠婠还能说什么？只希望这人能有点绅士风度，别是为了骗她。

戎行野看着她因为紧张而绷直的脊背，干脆单手撑着下巴看她。

黎婠婠这人，跟他在一起三年，家里有事她不肯说，送她礼物，她每次收下都不戴。明明两个人的关系也算亲密，她却总是不肯打开心扉。有时候他也捉摸不透，她到底在想什么？

黎婠婠感受着旁边灼热的视线，深吸一口气，尽量靠窗。

好不容易到了半山别墅，男人一下车就径直往楼上走。

她没跟着上去，选择在楼下等着。

“喵。”脚边有毛茸茸的触感，是她刚来的那年戎行野的朋友送来的一只黑猫，他给它取名叫路西法。在他晚归的那些日夜里，就是路西法一直陪伴着她。相比较起来，她更像是它的主人。

“路西法，这几天有没有想我？”黎婠婠伸手将它抱起来，挠了挠它的下巴。

路西法舒服地眯起眼睛，发出咕噜噜的声音。

戎延一进门，就看到了黎婠婠。

“你怎么又回来了？缠着我二叔想干什么？”

这话黎婠婠的耳朵都听得起茧子了。她似笑非笑地看着他：“怎么，二叔是你一个人的？那你装包里得了。”

戎延气得想打人：“你说什么呢？”

“喊什么？”不知道什么时候下楼的戎行野盯着他，“谁把他放进来的？”

戎延看到戎行野，一下就跟被掐了脖子似的。

“二叔。”

“在我家嚷嚷什么？”戎行野一下来，路西法就眯起眼睛盯着戎延，还朝着戎延发出警告似的低吼，因为他身上的味道闻着很陌生。

戎延觉得在黎婠婠面前丢了脸。

“二叔！白雪姐姐还在医院里呢，你怎么又跟这个女人搅和在一起？”

“门在那边，自己走，别逼我把你扔出去。”

戎延脸色涨红着道：“二叔，你能不能对我好点？”

戎行野懒得搭理他。

戎延嘟囔着道："你对黎婠婠比对我这个本家侄子还好。"

戎行野将文件拿给黎婠婠，看了他一眼轻启薄唇："以你的智商，我确实要怀疑一下你是不是戎家的孩子。"

戎延撇嘴："二叔，我就是想让你去看看白雪姐姐，她一个人在医院呢，她那爸妈什么都不会，压根儿帮不上忙……二叔，你就去看看吧。"

戎延说到这儿，还狠狠地瞪了一眼黎婠婠。也不知道二叔看上她什么，不过就是漂亮了点儿。

"快点走。"

戎延抿着嘴唇："我还有话要说呢。"

"你哪来这么多话？"

趁着戎行野还没不耐烦，戎延赶紧道："我想开个影视公司，就签约小雪姐姐一个人！我要捧她。"

戎行野掀起眼皮："毛都没长齐全，你就想开公司？我的钱就这么好拿？"

戎行野骂人时向来嘴毒，戎延吃了瘪，只能灰溜溜地离开。

"那戎总，我也走了。"黎婠婠忐忑不安地道。

戎行野一挥手，随便她。

黎婠婠松了口气，拿着文件火速离开，仿佛身后有狗在追似的。

戎毅看了一眼："您真的放她走？"

这可不是戎行野的作风。

男人面朝大海，点了根烟："我喜欢让她自己回来，这样才有捕猎的快感。"

急于一时，没意思。

翌日一早，黎婠婠就体会到了当戎行野助理的难受之处。

创嵘的工作强度之大，根本不是她一个初出茅庐的学生可以承受的。光一早上就是公司、商场、工厂连轴转。

黎婠婠和戎行野回到公司的时候，已经有客人在办公室等着戎行野。

黎婠婠趁空给医院打了个电话。

“黎小姐，今天你外婆的状态一切都好，另外有一位宋清让先生今天来过，还问起你了。”

“好……谢谢！”

黎婠婠回到工位的时候，发现大家都在看着她。

“怎么了？”

“黎婠婠，你的追求者都到楼下了，你还气定神闲的，刚才是去给他打电话了吗？”总裁办的另一个实习生神色古怪地问道。

黎婠婠蹙眉，追求者？

“而且好像是何家大少。”

黎婠婠感到有点诧异，走到落地窗边往下看，何嘉俊居然开着他的红色跑车，车内后座摆满了红色的玫瑰花。两个硕大的粉色爱心气球下面拉着横幅，上面写着她的名字。

黎婠婠的心里有点着急，不知道这个何嘉俊到底要干什么！

以前不知道拒绝了多少回，等他出国读书了这件事才算消停，怎么过了这么多年了，他又“卷土重来”了。

因为楼下这么张扬的求爱方式，创嵘的所有人很快都知道了公司有个员工叫黎婠婠。

戎行野不知道什么时候走到她的身边，面无表情地盯着她：“给你开工资，让你在这儿谈恋爱？”

“不好意思，戎总。”

戎行野转身就走，看他的样子就知道，这是生气了。黎婠婠追上去，却只能吃个闭门羹。

办公室里，戎行野还在生气，沈确敲门：“戎总，何小姐的电话。”

戎行野坐下，伸出手，沈确将电话递了过来。

“有事？”

“刚才我弟弟给你惹麻烦了，你别跟他计较。”

戎行野刚想说“既然知道给我惹麻烦了，凭什么让我别计较”，就看到黎婠婠端着茶水，朝着他讨好地一笑。

他换了种语气，柔声道：“不会。”

“那就好，没必要为他大动肝火，我今晚想跟你吃顿饭，你能不能赏脸？”

戎行野看了一眼黎婠婠，答应了下来：“好。”

“太好了，我这就去预订餐厅。”

戎行野挂断电话，刚想叫黎婠婠出去，就听她问道：“今晚你能不能跟她提一下专家的事？可以不用提我，就说有个朋友需要找他。”

戎行野冷下脸：“你当我是什么？送我出去和亲交换医疗物资？”

呃……形容得很贴切。

“你又不用出卖色相，只是问问。”

“何嘉敏图不图我的色相你不清楚？”

戎行野瞪了她一眼：“出去！”看着就烦。

黎婠婠气馁，却只能出去。

沈确硬着头皮将文件拿给戎行野，并让他决定剩下的行程安排。

“老宅那边，老太太问什么时候回去吃饭。”

“不回去，一群八竿子打不着的亲戚，叽叽喳喳吵得要命，没把他们从公司股东里踢出去已经是我仁至义尽了。”

何嘉俊不知道什么时候离开了，黎婠婠从办公室里出来。所有人看着她的脸色，都在猜想她一定是被戎行野骂了一顿，不然脸色怎么难看成这样。

黎婠婠坐在工位上，并没有什么工作，白雪还没回去开工，反倒是张弛联系了她，说有一部电影的分镜希望她能帮忙。黎婠婠当然义不容辞，好歹跟着张弛能干点跟拍戏沾边的活儿。而且她马上要毕业了，能在履历里多添一笔也好。

一整个下午她就用最简单的水笔和铅笔在白纸上涂涂画画。反正她一个莫名其妙空降的人多半是关系户，谁敢找她的碴？

戎行野从办公室出来的时候，黎婠婠没发现。总裁办的人都起身站在电梯口等着戎行野，只有她专注得压根儿没留意到周围的动静。

直到沈确咳嗽了两声，黎婠婠才抬起头，发现所有人都在盯着自己。

戎行野神色冷冷地道："你们人事部现在招的都是些什么人？还是觉得我们创嵘的工资很好挣？"

黎婠婠赶紧起来，抓起纸塞进自己的包里，跑了过来。

然而戎行野不想等她，直接进了电梯。

黎婠婠知道这个男人又发火了。不等旁人冷嘲热讽，她立刻跟上他。

所有人都见鬼了似的盯着她，觉得这个新人是真的发疯了。

电梯门再次打开，为首的男人瞥了一眼，黎婠婠面无表情地走了进来，当着众人的面扬起笑容道："戎总，您把我忘了。"

戎行野嗤笑出声："你胆儿挺肥的啊。"

"我也是担当重任的，走吧！戎总。"她关闭电梯，把那些窥探的视线隔绝在外面。

何嘉敏这次选的餐厅比较远，是在海边的空中餐厅，傍晚的时候过来，能看到夕阳西下的美景。戎行野抵达时，正好夕阳西下，沙滩上还有人在嬉笑，霓虹灯也在逐渐亮起，是个浪漫的地方。

可惜黎婠婠无暇欣赏："我外婆的事……"

"在这儿等着。"

男人关上车门，带着沈确跟戎毅去了餐厅。只留下一个司机在这儿陪着黎婠婠。

这个地方远离市区，信号不太好。黎婠婠玩了会儿游戏，干脆去海滩上吹风。

漂亮的单身女人与大海，原本就是最美的风景。有大胆的人上来要电话号码，她摆手拒绝。

戎行野眯起眼睛盯着楼下的那一个小点，吐了口烟圈。

何嘉敏刚从洗手间回来，坐下来的时候，看着对面的男人。

黑色的衬衣打开了几颗扣子，露出半片胸膛。里面起伏的肌肤、挺括的胸膛，包括这个男人冷漠而审视的目光，都让她觉得脸红心跳。

何嘉敏笑了笑："今天突然约你，没有打乱你的行程吧？"

"还行。"戎行野言简意赅地道，但已经很不容易，对不感兴趣的人或事，他向来不会废话。

何嘉敏省略白雪那一段："今天嘉俊给你添麻烦了，他这个人就是这样，你别跟他计较。"

戎行野似笑非笑地看着她："你们家的事，我自然不好管，但他总不能一直想一出是一出。我们集团门口也不是他的演唱会现场，这也不是个事吧。"

何嘉敏笑得温柔："当然，我知道你的意思，嘉俊那边我会跟他说清楚的，连我爸都说让嘉俊多跟你学学。"

何嘉敏说着，替戎行野倒了一杯酒："这家餐厅的味道不错，我也打听过，说这款酒是你爱喝的。"

戎行野看着那杯酒，眯起眼睛，眼底的冷嘲之色更甚。这款酒哪里是他喜欢的？分明是黎擎喜欢的。

还不是因为黎婠婠？那时候因为半夜在院子里等他，她发了高烧，梦里喊着黎擎，又说什么自己过十八岁生日的时候，要喝爸爸最爱喝的酒，拼命闹腾着不要喝药，躺在床上小小的一个，一直掉眼泪，让他暴躁地满城去找这款酒。

闹得人仰马翻，总算找了出来。

何嘉俊年少时对她十分痴迷，现在见之不忘，有什么奇怪的？

没人比戎行野更清楚，黎婠婠有多大的魔力。

戎行野转回视线："有心。"

得到他一句夸奖，何嘉敏觉得都快开心死了。

从黎婠婠的角度看去，餐厅里，俊男美女，未婚夫妻，多么美好的画面，而她一个不该存在的第三者站在角落里，显得又碍眼又多余。她突然觉得嗓子有点痒，不知道戎行野能不能把专家给请过来。

“黎婠婠。”她一扭头，下一刻后脖子有些疼痛，人瞬间陷入了昏迷。

餐厅内，戎行野抿了一口酒：“那个国外的专家，治疗水平怎么样？”

何嘉敏听懂了他的意思，笑了笑道：“我爷爷现在身体还算硬朗，也是想等看到儿孙们完成终身大事，总不能最后这么一点心愿也不能达成？至于这个专家，我一个小辈，也不好说什么。”

戎行野只当没听懂何嘉敏的暗示。

“请那位专家帮我治疗一个人怎么样？”

“这……”

“那个人对我很重要。”戎行野说完，何嘉敏很想质问是什么人，黎婠婠吗？但话到嘴边又咽了回去，她笑着道：“我回家问问，再给你答复，好吗？”

“行，吃饭。”

何嘉敏点点头。

饭后，何嘉敏约戎行野散散步。只是他们到了沙滩上，却没见到黎婠婠。

难道她回车上去了？

戎行野觉得心底有些急躁，朝着车子走去，沈确正在附近。

“黎婠婠呢？”

他心里有些不安，根本等不及沈确回答，直接拿起手机给黎婠婠打了个电话。

可是对面只剩下忙音。

“戎总，需要去把黎小姐找回来吗？”

“她不会无缘无故消失，立刻去找！”戎行野沉声道。

第三章 危机

黎婠婠是被手上的刺痛给惊醒的。她一睁开眼睛，就看到了一个男人坐在自己的对面。她的瞳孔一缩，以为见鬼了。

外面的天已经黑了，听得出来附近很热闹，或许是楼下传来的动静，这里更像是某个别墅。但她从未来过这儿，也没见过这个男人。

他坐在对面的椅子上，手撑着下巴，看她露出很害怕的样子，笑了笑。

“这真的是戎行野的女朋友？”

“千真万确，谈了三年了。”

那等会儿更刺激了。

夜风猎猎，陆斯昂骑着摩托车赶到平时的聚会地点时，就有人朝他跑了过来。“昂哥，你可算来了！不知道哪儿来的一群人把山路给封了，不让上山！”

这个地方是陆斯昂包下来的，只要他来赛车，就会暂时封闭路段。

“什么人？”

“不知道，我怕他们要闹出大事，一群人有开跑车的，有开赛车的，还有骑摩托的，说什么最高奖励五千万！”

陆斯昂盖上头盔：“上去看看。”

男人俯身扭动油门，流畅的车身线条犹如暗夜中的黑猫一般，车尾灯在弯曲的山路上成了一道红色的闪电。

另一边。

男男女女，混乱的现场。山道上到处都是打开的香槟和放出来的彩带。

陆斯昂刚一上来就有人来拦着，他直接冲了过来，拦的人也怕被撞上，直接避让开来，这下子陆斯昂的人也直接紧随其后。戎延已经彻底吓傻了，想走也走不掉了，张仲尧这厮不知道搞什么玩意儿。

花钱让人去撞黎婠婠，但不能撞下去？这算什么东西？这叫什么事儿？

这个黎婠婠又不会遁地术，万一有一丁点儿事情，就完了！

“张仲尧，你搞什么？你不是说随便给她个教训！”

“我要做什么轮得到你一个姓戎的管？”张仲尧一脚把戎延踢开。

棒球棍指着远处，所有人朝着那边看去。

就在悬崖最边上，十字架上，一个长发女人被捆在那儿，根本动弹不得。

张仲尧一笑：“悬崖，女人，钱，规矩你们懂的。”

戎延颤抖着嘴唇，爬起来：“你疯了啊！”

这些人如果刹不住车，就可能直接撞在黎婠婠身上，以降低自己掉下去的可能！可是这样黎婠婠不死也得残废，更可怕的是掉落悬崖，下面可是大海！还被绑在木架子上，她只能等死！

戎延觉得后悔了，此刻无比后悔！早知道他就不该跟这个疯子合作！

盘山路，赛车，也赛命。只要有一把赢了，那么多钱就到手了。

张仲尧一打响指，那些车如离弦之箭一般冲了出去。热闹、喧嚣和尖叫声被车流带走。周围归于平静，只有山顶的那一盏红色的灯在旋转。

就在这时，一道亮光划破夜空。

伴随着引擎的轰鸣声，一辆摩托车直接冲到了张仲尧跟前。一双长腿落地，陆斯昂摘下头盔，手肘撑在把手上，眯起眼睛。

“张仲尧？我当是谁，原来是你小子。”

认出人后，陆斯昂的身体往后一仰：“什么时候回来的？跑到我的地盘来闹事了？”

张仲尧看着陆斯昂，眼底不是没有失望的。他要等的，可不是陆斯昂。

“陆斯昂！你快去救黎婠婠啊，他拿她当悬赏，就在那边的悬崖上！绕上了盘山路她就只能等死了啊！”

戎延被人摁在地上，嘶吼着、咆哮着。陆斯昂收起脸上玩世不恭的笑容，看向了那盏亮起来的红灯，以及山路上不断从密林中冒出来的车灯，耳边传来轮胎在车道上摩擦引起的刺耳的响声。

陆斯昂长腿一跨，冲过来就想揪着张仲尧打。

张仲尧身边的人拦着，立刻跟陆斯昂车队的人闹起来了。

“你打我？怎么，那个女人跟你也有点关系？有意思。”张仲尧冷笑着，那双眼里仿佛也染上了阴毒的笑意。

陆斯昂一把将手机丢给自己的小弟：“打电话给戎行野，告诉他张仲尧绑架了黎婠婠，再不来，以后也不用来了！”说完，戴上了头盔，抓起一旁的棒球棍直接冲了上去。

“昂哥！”几个人跟了上去，生怕陆斯昂吃亏，另一个人拿起他的手机找到了戎行野的电话号码打了过去。

张仲尧等的就是现在，怎么会让人拦着？

此刻戎行野正在送何嘉敏回老宅的路上，电话响起的时候，他以为陆斯昂是为了最近找碴的事来质问的。“什么事？”

“是戎哥吗？我是小蔡，一个叫张仲尧的男人抓了黎婠婠，正在悬赏玩‘亡命之徒’游戏，昂哥现在冲上去了！他让我给你带句话——现在不来，以后都别来了。”

“在哪儿？”戎行野问道。

何嘉敏吓了一跳：“行野。”

戎行野挂断电话：“停车！”

司机猛地把车停下。戎行野直接下了车，一把将何嘉敏给拽了出来，随后将司机赶下车，直接自己驾驶汽车，掉头返回！

“行野！行野！”何嘉敏站在原地看着离开的车，傻眼了。她望向沈确，希望沈确能给她一个解释。然而沈确立刻上了戎毅的车，直接打电话开始联系人。

“去象牙山。”沈确刚才听得清清楚楚的，看来今天黎婠婠的失踪是有预谋的。希望最后没事。

象牙山，因为上面有一座悬崖挺拔而起，如同大象的象牙而得名。

黎婠婠就在象牙尖的位置。原本就不怎么牢固的十字架在夜风里被吹得摇摇欲坠，她看着山上不断地闪现的车灯，闭上眼睛，又不甘心地睁开眼睛，死死地盯着前面的路面。陆斯昂一边往前面冲，一边看着远处的十字架上的纤弱身影。都是什么事啊！陆斯昂拧动油门，速度已经提到了最快，车子几乎快成了一道闪电。

后面的几辆车，他上来就一棍子截停，前面的竟然还有赛车和跑车。

陆斯昂咬紧后槽牙，好几次都跟死神擦肩而过，终于把最前面的车逼退、截停的时候，人还没喘口气，一辆车飞快地从他的面前掠过，张仲尧在主驾驶的位置上朝着他一笑。

陆斯昂狠狠地骂了一句，再次发狠一般地追了上去。

“张仲尧，你停下！”

然而男人笑得猖狂，速度加快，悬崖近在眼前，黎婠婠就在眼前。

张仲尧任凭陆斯昂发狠地砸他的车，速度也没降下来。他看着车上的录像机，当这个女人跌落山崖的时候，这一幕一定很美吧。

黎婠婠只能看到冲她而来的一辆车旁边，有个人正骑着车，冒着生命危险极力阻止。是谁？无论是谁，都是她的救星！

“救救我！”求生的本能让她忍不住哭着喊救命。

陆斯昂急得快要吐血，然而张仲尧却猛地一个急刹车，陆斯昂开车的速度很快，一时间没办法停下来，硬生生地用膝盖上的护具顶住了缓冲的压力，代价是整个人直接飞了出去，在地上滚了三圈。

黎婠婠张大了嘴巴，绝望地闭上眼睛。

张仲尧甚至在此刻慢慢地倒车。他哼着小曲，慢条斯理地眯起眼睛，点了一支烟，然后朝着黎婠婠一踩油门，疾驰而去。

黎婠婠不敢睁开眼睛。

“不！”陆斯昂朝她的方向伸出了手！

然而他们之间的距离实在是太远了，张仲尧就是个疯子！

就在张仲尧即将撞到黎婠婠的那一刻，千钧一发之际，一辆黑色的越野车猛地从岔路口蹿出来，全速前进，直接将他撞了出去！

张仲尧瞪大了眼睛，看到了戎行野的脸！下一瞬间，他的车子侧翻。

陆斯昂强撑着身体爬起来。

戎行野打开车门下来。

“你以为这就结束了吗……”张仲尧的右手动了一下，摁下了一个按钮。

戎行野猛地扭头，就见十字架顷刻间失去支撑，直接倒了下去。黎婠婠来不及做出任何表情，就消失在了戎行野的视线里。

“黎婠婠！”陆斯昂惊呼一声，下一瞬间，一个矫健的黑色身影从眼前一跃而过，随后毫不迟疑地从悬崖上一跃而下！

陆斯昂瞪大了眼睛，这回什么声音也没发出来。

戎行野……居然跟着跳下去了！与他同样沉默、震惊的是张仲尧。没有人敢相信，戎行野那样的人，会跳下悬崖去救一个女人！

跌下去的时候，黎婠婠其实什么也没想，她只是在跌落到海里的时候本能地屏住呼吸，可是冰冷的海水从四面八方朝着她涌来。她被木架子带动着浮起来，紧接着看到有人也跳了下来，朝着她快速游来。

被海浪拍晕前，她感觉到一股大力将她拽了回来。那霸道、阴冷的气息继续环绕着她。昏迷前，耳边响起男人熟悉而强势的声音。

“黎婠婠！不准睡！”

怎么可能？怎么会是他……

沈确赶到现场的时候，山顶一片狼藉，半山腰的那些人他懒得管！可是当他听到陆斯昂说戎行野跳下悬崖的时候，沈确以为自己的耳朵出问题了。但是片刻后，他意识到陆斯昂不可能胡说八道，还好提前找了搜救队过来，直接按照搜救流程，以最快的速度开始搜救。

陆斯昂不肯去医院："我怎么能去医院？我起码得看到他们人没事吧！"

戎行野是跟他打小一起长大的朋友，黎婠婠和他虽然谈不上感情深厚，但她是在他的眼皮底下出事的，他怎么能就这么丢下他们一走了之呢？

虽然这段时间那个混账东西一直给他使绊子，可看着人死，那是两码子事。

张仲尧的人想把张仲尧带走，沈确怎么可能给他这个机会？

陆斯昂也不会同意。

"发现戎总的坐标了。"

戎行野的身上有定位器，同样的，戎毅的身上也有，所以能第一时间定位到。

"走！"

沈确跟戎毅赶到海边的时候，直升机在海面上搜寻，探照灯照射在水面上。戎行野抱着黎婠婠从海里走出来，浑身湿透，脸上正在往下淌水。男人的身上有不少伤口，还好他有强健的体魄，带着人游到了岸边。

"老板！"

戎行野沉下脸，看着怀里呼吸平稳的黎婠婠。戎毅已经带着人跑了过来，想伸手接过黎婠婠，戎行野不肯："救护车到了吗？"

"已经在路上了。"

"先去医院，给她做个全身检查！"

戎毅诧异："您的身体……"

"我没事。"戎行野低头看了眼紧闭双眼的黎婠婠，"张仲尧呢？"

"已经被我们摁下了。"

男人的目光一闪："报警！"

这种人必须付出代价！

…………

医疗器械的嘀嗒声在黎婠婠的耳边嗡嗡作响，听不清楚，声音很混沌。

“不是说观察？已经两天了还没醒，你的医术是不是不行了？”

“她的各项指标很正常，你能不能正常点？还有你，腿不要了？回你的病房去。”

好吵……黎婠婠微微睁开眼睛，又立马闭上了。

戎行野突然道：“我刚才好像看到她睁开眼睛了。”

霍司丞面无表情地道：“人在昏迷的情况下眼睛睁开可能是生理原因，脑部供血不足、脑梗死都有可能。”

“你要是不行就别当这个医生了！”

霍司丞替黎婠婠检查：“真的没什么事，你的伤比她严重多了，好吧，估计这两天就能醒了，跟我换药去！”

“我等会儿去。”

“随你便，别死在我的医院。”

护士开门进来：“戎先生，你该换药了。”

男人没动弹，只是盯着黎婠婠，发现她的嘴巴起皮，巴掌大的脸上毫无血色。“能给她喂水吗？”

“病人在恢复自主饮水的能力之前，可能会被水呛到。可以拿棉签蘸一些温水抹在她的嘴唇上。”

戎行野盯着黎婠婠，拿出棉签，蘸了点温热的水，给她涂抹在嘴唇上。

男人的喉结滚动，赤裸着的上半身还包着纱布，后背上新伤、旧伤混杂在一起，却充满了奇异的吸引力，让人忍不住朝他看去。

“上药吧。”戎行野拿大拇指的指腹在黎婠婠唇上一抹，坐了回来。

“哦，好的。”

护士拿出药：“戎先生，最近要忌口，等伤口好了再正常饮食。”

“嗯。”戎行野不咸不淡地答应着。胸口的伤口隐隐作痛，他不禁想起医生的话。

“差一点儿就命中要害了，别小看这个木刺，你摔下来的时候伤口又在海水里浸泡过，一定要好好养着。”

霍司丞也很是惊讶。

“为了黎婠婠跳崖，为了黎婠婠两天没合眼，你栽进去了啊？”

胡扯，什么栽进去了？黎婠婠因为自己受了无妄之灾，他要是连她都保护不了，还算什么男人？

沈确敲门进来：“戎总，白小姐听说了您的事情，哭着闹着要来见您，人就在门口。”

“叫她回去养着，提醒她一遍，她的眼睛很重要，不准她落泪。”

“好的，另外……三老爷来了，说是为戎延求情的。”

“他们还有脸来求情？”戎行野一激动，刚包扎好的伤口差点崩开。

“戎先生，请您冷静。”护士赶紧安抚他。

戎行野抽出手，将衬衫穿好：“照顾好她。”

高大挺拔的男人起身，走到门口的时候，白雪还没离开。戎延一家人就在走廊上站着。白雪还没来得及说话，戎行野一脚就将戎延踹得跪在了地上。戎延的父母吓了一跳，又急又气。

“行野啊，到底是一家人，你何必动这么大的火气呢？”

戎行野冷笑着道：“他这是违法犯罪！”

戎峰的脸色一变：“行野，阿延真的知道错了，我会好好管教他，你饶了他这一次。”

白雪吓了一跳，颤抖着声音靠近：“行野哥哥，小延他……你别……”

戎行野侧过头，眼神阴冷地盯着白雪：“这儿有你什么事？不想待在这儿就让人送你回去。”

白雪脸色煞白，身子哆嗦着，被沈确面无表情地带着离开。

白雪看着沈确：“沈特助，我能不能问一个问题？”

“白小姐请说。”

“如果那天晚上的人是我，行野哥哥也会这样做吗？”

沈确不想回答，白雪却一定要问个明白。

“我不是戎总，我不能确定。”

沈确说完，不等白雪反应过来，转身就走。

黎婠婠再次睁开眼睛的时候，看到了戎行野的身影。

他发现黎婠婠真的睁开眼睛了，猛地起身。

“哎，戎先生，你的伤口！”

戎行野现在哪里还顾得上伤口？他连忙跟护士说：“去叫医生！”

霍司丞进来要给黎婠婠检查：“你得让开啊，不然怎么检查？”

戎行野这才不情不愿地站在边上，皱着眉头道：“怎么眼神呆呆的？你确定没问题？”

霍司丞带着专家过来，拿起检查单道：“你要是不放心，等会儿给她安排一套详细的检查，你跟黎婠婠都去。现在能清醒过来是好事，估计还得做个心理评估。”

戎行野心里说不出来是什么感觉，头一次没反驳霍司丞：“行。”

“目前看来一切状况都挺好的，先做检查吧。”

“我马上去准备，等会儿你带人过来。”

等人都走了，戎行野才坐到了黎婠婠的床边：“还认不认得这是哪里？”

黎婠婠很想说自己失忆了，什么也不记得，然而话到嘴边，先咳嗽了起来。戎行野皱着眉，轻手轻脚地将她扶起来，拍着她的后背。

“你受伤了？”她的声音显得她那么弱小。

戎行野垂眸：“没什么大碍。”比这个更严重的伤，他都受过。

“咯咯咯——”

“别说话了，先去做检查，有我在，没事的。”

黎婠婠笑了笑：“我好像第一次听见你这么说话呢。”

三年了，他可从来没说过类似的话。

“喜欢听，你以后好好表现，多的是机会听，前提是你得没事。黎婠婠，你是我从海里拼死救回来的，不准你有事，知道吗？”

这个男人，真是一如既往地霸道。

“婠婠！”楚昔打开门进来，把大包小包往沙发上一丢就冲了过来，直把戎行野撞得踉跄了一下。

“你怎么搞成这样的？要不是我发现你两三天没回家，打了你的电话被霍司丞那货接了，我还不知道你出事了呢。你打算瞒着我到什么时候？”

戎行野不耐烦地道：“她才苏醒，你再给她晃出点毛病来？”

楚昔的身子一顿，她这才惊恐地发现戎行野居然在这儿。楚昔挪回视线，低声道：“他怎么在啊？你们不是掰了吗？”

戎行野双手抱胸：“你的声音可以再大声一点。”

霍司丞推门进来：“可以去检查了。”正打算走，又扭头回来盯着楚昔，“你给我在这儿别动，回头我有事找你算账。”

楚昔下意识地一缩脖子，拉着黎婠婠的手道：“我倒大霉了。”

黎婠婠根本来不及问她跟霍司丞又怎么了，护士就过来接她去检查。

楚昔一个人待在病房里坐立难安，刚出去就撞上了宋清让。

“楚昔，婠婠呢？”

“她去做检查了，我先躲一躲，等会儿再回来。”免得被霍司丞给抓到。

宋清让皱着眉头道：“婠婠在哪里做检查？我能不能过去？”

“护士都在呢，你就放心吧。”

楚昔转念一想，疑惑地问道：“你不去上班吗？婠婠的消息你是怎么知道的？”

宋清让的眼底闪过微光：“有熟悉的朋友跟我说好像看到婠婠被送到了医院，我不相信，联系了她两天都没她的消息，我这才过来看看。”

楚昔点点头：“原来是这样。”

宋清让笑了笑：“那我在这儿等婠婠。”

楚昔也没废话：“我回头再来哈！”说完赶紧顺着楼梯口偷偷地溜了。

宋清让在病房门口等着，戎行野和黎婠婠做完检查回来，就看到了他。

“婠婠！”

宋清让赶紧走了过来，朝着戎行野伸出了手。戎行野却停也不停：“闪开。”他用肩膀一下顶开了宋清让，将黎婠婠带进了病房。

宋清让一愣。

戎行野回头见宋清让还在，低头问黎婠婠："你要不要睡会儿？"

"我才刚醒过来，而且我还有好多话想问你。"

戎行野垂眸："想问什么？"

戎行野刚坐下，黎婠婠就看到了站在门口的宋清让。她马上想要爬起来，戎行野皱着眉头道："不是让你别动？想变成傻子？"

宋清让缓缓地走近，将带来的东西都放在了床头柜上："婠婠，你的身体怎么样？"

"还在等检查结果，我觉得没什么事。"

宋清让看着她苍白的小脸，眼底的心疼都要溢出来了。

戎行野冷眼瞧着："呵呵，没什么事？昏迷了两天，我看你是快傻了。"

闻言，宋清让瞥了一眼戎行野："这两天多亏戎先生照顾婠婠了，接下去我会照顾婠婠的，戎先生日理万机，就不麻烦你了。"

戎行野似笑非笑地盯着他，很想说"你算她什么人？"

宋清让也不给他说话的机会，对黎婠婠道："外婆那边前两天出现了波动，医院联系不上你，我着急坏了。"

黎婠婠一听，紧张得赶紧爬起来："那她现在怎么样？是不是不太好？"

"还好，来了一位专家，说是专门治疗外婆的病。她现在已经转到了特殊病房，霍家那边专门有人负责，我每天能去探望一次，你现在人没事就是最好的。"

专家？黎婠婠下意识地将视线落在戎行野的身上。男人一副不想搭理她的傲娇模样。

就在这时，霍司丞拿着报告敲了敲门："报告送来了。"

楚昔赶紧跟了进来。霍司丞把报告递过去，宋清让跟戎行野同时伸手。

楚昔抬头望天，这算什么？她都替黎婠婠尴尬死了。

"血检报告已经出来了，曾经被注射过类似催眠类的药物。人会丧失知觉，但是可以根据指令去做任何事情，所以监控里看到的她主动上车的行为应该是她在被注射药物后做出的。”

霍司丞想了想接着说道：“其他没什么太大的问题，我担心的并发症目前没有征兆，之后如果有头晕眼花、耳鸣、身体酸痛、意识模糊的情况一定要赶紧就医。幸亏当时你被人及时救起，不然后果不堪设想。”

所以那个时候在海面上看到朝着自己游过来的人，真的是戎行野？不是自己的错觉。黎婠婠神色复杂地看着这个男人，他是不是疯了？他知道那是多高的悬崖吗？如果下面是万丈深渊，他就跟她一起死了。他竟然能为她做到这个份上！

霍司丞面无表情地汇报完毕，也不管黎婠婠的反应，转头对着戎行野道：“出来，正好有事找你。”

戎行野瞥了霍司丞一眼，对护士道：“劳烦等会儿替她擦擦身体，把病号服换了，她爱干净。闲杂人等没事干可以走了。”

后头说的自然是宋清让。戎行野向来想不给谁面子就不给谁面子，从不考虑对方的看法和态度。要是顾及他人，那就不是戎行野了。

宋清让被这么说也没生气，点头道：“戎先生说得对，婠婠，你在医院里还需要点什么？我去帮你准备，也不好总是麻烦外人。毕竟爸爸走之前，托付我照顾好你。”

戎行野的后槽牙一紧，外人？他跟黎婠婠就差个结婚证了，算哪门子外人？这个不知道哪儿冒出来的养子现在来摘他养了三年的果子？进了他嘴里的东西还有被人抢走的道理？

“你想让谁留下照顾你？”戎行野把问题甩给了黎婠婠，看她的选择。她要是敢选择这个不知道从哪儿冒出来的家伙，可别怪他翻脸无情。

所有人都看向了黎婠婠。

“我知道你很关心我，但是我爸爸已经死了，你对我没有任何义务，你过好自己的日子就好了。”过了良久，黎婠婠抬眸，对宋清让道。

仿佛是意料之中的回答，宋清让什么也没说，对她温和地一笑：“好，无论你选什么，我都尊重你的决定，你只要记得，无论发生任何事，这世上总有一个人会为你打开一扇门。”

“嗤……”戎行野打破了这份温情。

宋清让站直身子：“我先去照顾外婆，等你的身体好了你就去看她。”不等黎婠婠拒绝，他又说，“这是我唯一能为你做的，别拒绝我，你总有分身乏术的时候，外婆的身边也离不开人，出现像之前那样的情况，没个人做决定怎么办？”

黎婠婠沉默下来，这算是戳中了她的死穴。

戎行野觉得不耐烦：“用不着，现在她有专人照顾，只照顾她一个人。”

宋清让温和地道：“谢谢戎先生，只是外人总是比不过亲人，外婆也会很想念我们的，那么婠婠先麻烦你照顾了，回头我来接她。”

霍司丞乐得看好戏，这个宋清让不简单啊。这年头能让戎行野吃瘪的人，他好久没见到了。

宋清让一走出病房，神色就冷了下来。这个戎行野根本不适合婠婠，看那脾气，婠婠必定受了很多委屈。叔叔要是在天有灵，怎么舍得让他的掌上明珠受这样的委屈？婠婠……一定要等我。

“你出来。”

戎行野狠狠地瞪了黎婠婠一眼，才跟霍司丞一起出来：“什么事？”

“你去何家要挟了一番，还把人家老太太气得住进了医院，人在楼下等着，你光在楼上待着，这世上哪儿有瞒得住的秘密，你这是把黎婠婠架在火上烤。”

“这件事我心里有数。”

“你有数就行，也不怕自己累死。”霍司丞露出一脸嫌弃的表情。

戎行野觉得十分无语：“你连自己的老婆都管不好，还来教育我？楚昔跟你闹离婚闹得满城风雨，你倒是在这儿坐得住。”

说到这里，两个男人沉默了下来。算了，大哥别说二哥。

“那张家那边怎么说？张仲尧现在被关押在看守所，估计会被判得不轻。”

戎行野不以为然地道：“他做出这些事之前，不是早就料到后果了吗？他必须受到法律的制裁。法院怎么判，那是法院的事。连戎延那小子也一样要乖乖接受法律严惩，何况是他？”

病房内，刚溜回来的楚昔一屁股坐了下来：“我的妈呀，刚才我的冷汗差点儿就流下来了，还好我躲得及时。”

楚昔给自己剥了个橘子：“宋清让看起来挺温和的，刚才对着戎行野说话那架势，我都怕戎行野下一秒就发火。”

黎婠婠看着她吃得正香：“你是来看病人的还是来吃饭的？怕霍司丞怕成这样？”

楚昔赶紧把嘴里的橘子咽了下去：“别提他，OK？言归正传，你怎么把自己搞成这样？”

黎婠婠觉得无语：“很显然，我这个人贪生怕死，胆小怕事，我是不会主动找死的。你知道张仲尧吗？”黎婠婠怎么也不记得有这号人。

“知道。”楚昔沉默了一下道，“你弄成这样，别告诉我和张仲尧有关系。”

楚昔张了张嘴：“我还说戎行野转性了，居然陪着你在医院，合着你就是被他给坑的。”

倒不是说楚昔一定知道戎行野身边的人的事情，而是戎行野跟霍司丞是发小，楚昔当初那么痴迷霍司丞，跟霍司丞有关的人事物，她一定会搞清楚的。

“你被你爸爸保护得这么好，当然不会知道这个人，说实在的我对他也不熟，只知道他跟戎行野是死对头，之前离开了江城，去了什么地方我就不知道了。”

楚昔有些犯愁：“我听别人说他这人打小就阴恻恻的，谁招惹了他就相当于贴上了甩不掉的牛皮糖。哦，对了，何家那个老太太住院了，楼下好大的阵仗，我连电梯都上不来，还是走楼梯爬上来的。”

黎婠婠一怔：“何家？她怎么了？”

“外面没什么消息，但我的门路多，知道跟戎行野有关。”楚昔神秘兮兮地凑近，“听说是戎行野大半夜派人去了何家，把给他们家老太爷看病的专家接走了。何家人自然不同意啊！但戎行野的脾气你又不是不了解……我寻思着都这样了，何家还想把孙女嫁给他，怪不得戎行野不把何家当回事呢。现在圈子里都在议论这件事。”

“那外面呢？”

“外面只流出了戎行野前几天跟陈颖吃饭的图片，说是两家联姻受到影响，戎行野又要跟陈颖好了，反正消息真真假假的，烟幕弹多得很。”

楚昔“啧啧”两声道：“他虽然不怎么样，但还不至于像你说的那样完全狼心狗肺，好歹对你外婆他是尽力了。”

黎婠婠喝了口楚昔倒的水，也不知道是因为水暖和，还是身子暖和了，好歹舒服了一些。至少她是应该感谢戎行野的。无论之前他们有多少不愉快，她还是感激他的时候多。

李妈来给黎婠婠送营养餐的时候，还叮嘱了哪一份是给戎行野的。

黎婠婠喝了口汤，也没问李妈怎么自己不去送，想来戎行野那人不想吃就不吃，自己要是真的对他不闻不问，他回头又得给她脸色看。她拿上食盒下了床，打开门的时候，却看到了白雪。

白雪看到她的时候，神情黯然。

黎婠婠并不意外会看到白雪，戎行野也从没说过他跟白雪的关系。她的心里有很多猜测，可是看到白雪的那一刻，她还是没由来地感到一阵难受。

戎毅看着黎婠婠手上的食盒，立刻打开了戎行野病房的门。

正打算退回病房的黎婠婠：大哥，你挑事是吧？

果然，白雪的脸色一白，仿佛纤细的身子都在摇摇欲坠。

见病房的门已经被打开了，里面有很多人，有人故意打趣道：“一定是婠婠妹妹。”

大家向外面看去。

“外面有两位妹妹，你想吃哪位的？”

黎婠婠才懒得玩这种游戏。她打算把保温饭盒交给戎毅就走，戎行野的声音已经传出来了："我让你就这么走了吗？"

戎毅这个木头桩子马上严格地执行了戎行野的命令，只盯着黎婠婠。

进去就进去。黎婠婠走进来的同时，白雪也跟了进来。

之前觉得白雪像黎婠婠，这会儿两个人站在一起，倒是看出区别来了。说像，也不像。

"做了点什么？"戎行野神色如常地问道。

"李妈说都是一些家常菜，没有发物。"黎婠婠回答完毕就想走。

戎行野蹙眉："回来。"自己救她一回，她又闹腾什么？还在这么多人面前给他脸色看。

黎婠婠扭过头笑了笑："不是您说让我好好养好伤嘛，我还觉得头晕呢。"

白雪抿着嘴唇："行野哥哥，小雪也给你做了营养餐。"

我会比黎婠婠做得更好，做得更棒，我的眼里只有你，你要我做什么都可以。

白雪的话戎行野是一句都没听进去，可黎婠婠先前说的那句却着实戳中了他的肺管子。

"是吗？头晕你就在这儿休息。"

"戎总，我在这儿不合适。"黎婠婠道。

"是吗？我看你在这儿挺合适的。"

白雪见此情景，哭着离开。见状，病房里的人纷纷说要去看陆斯昂。

众人走后，黎婠婠突然问道："他们为什么去看陆斯昂？他怎么了？"

听到黎婠婠终于问起了陆斯昂，戎行野把玩着她的一缕头发："受伤了呗。"

"为什么？"

"你很关心他？"

"你不希望我问，我就不问了。"

戎行野却突然开了口："你被张仲尧绑走的那天晚上，陆斯昂也在，只可惜他拦下了那些车，没拦下张仲尧。”

黎婠婠的瞳孔一缩：“陆斯昂也在？”所以，那时候那些车没上来，是因为被陆斯昂拦下了？

“不是说要去见他？等我把饭吃完，一起去。”

黎婠婠点了点头。

陆斯昂的病房跟他们不在同一层。见到戎行野带着黎婠婠过来，陆斯昂没好气地道：“还记得我呢。”

戎行野略微抬了抬下巴：“腿怎么样？”

“伤筋动骨一百天，暂时得养着。你怎么样？”后面这话问的是黎婠婠。

“做了身体检查，暂时没什么事，陆斯昂，这次真的谢谢你了。”

陆斯昂摆摆手：“难不成还看着你出事吗？没多大点事。真的要谢我，回头找机会请我吃饭就好。”

这边，白雪回到自己的病房，一想到黎婠婠又跟戎行野纠缠在一起，心里很是不安，她转过头，小声道：“沈特助，我不想继续待在医院了，我能不能回行野哥哥给我准备的房子里？”

沈确一边看着报表，一边回答：“医生说你随时可以出院，如果你有要求的话，我会让人送你过去，还有什么要办的吗？”

“那个，我爸爸妈妈也来看我了，能不能给我换个大一点房子，就像一号公馆那样的？我不是想抢婠婠姐姐的东西，我就是问问可不可以。”

沈确想也没想就回答了：“抱歉，那是戎总送给黎小姐的私人产业。”

见白雪沉默下来，沈确道：“没什么事的话我先去忙了。”

沈确走后，白雪面无表情坐回了床上。她握紧手机，她不会放走行野哥哥的，谁也不能夺走他！

沈确派来的人很快上门了，白雪却突然提出了要求：“我到时候跟你们一起去接我的父母吧，顺便带他们去向戎先生道谢。”

“好的。”

黎婠婠出院的那天，戎行野原本想去接她，结果半路上接了个电话，是老宅打来的。何家老太太在八十大寿前夕被他气得住进了医院，老太爷那边请来的医生被他二话不说就给请走了。何家那边自然不乐意，戎行野连个解释都没有，现在家里人都叫他回去解释。

戎行野皱着眉头，他十分厌烦家里数不清的破规矩。他好不容易才从老宅脱身，沈确那边就接到了李妈的电话。他接过手机，起身走到庭院里："怎么回事？你说明白了，谁去了一号公馆？"

"她说她叫白雪，是带着父母和两个弟弟过来的，说是戎先生你的意思。"

戎行野的脸色沉了下来："我知道了。"

另一边，黎婠婠打车到了一栋独栋小楼的院门口。她付完车费后，推开门走了进去。

黎婠婠大一那会儿为了让外婆能够过得好，只能不停地满足舅舅舅妈的"胃口"，但是因为还在上学，导致很多工作没办法做，她能想到的只有卖货。后来她认识了向璃，跟她一拍即合。黎婠婠设计了不少款式，主打的原创款更是让自己在业内小有名气。逐渐地，黎婠婠的店铺有了固定的买家群体，如今官网自助下单的日销量都很不错。她现在没地方住，货就拜托向璃这个原工厂小老板帮忙代发了。

"你真会挑时候，我刚到了一批原材料。"

向璃把一大包货打包给了黎婠婠："等你的反馈，你说行，我就大批量制作和发售，当然，你的店永远是第一批。"

"OK。"黎婠婠正想去楚昔那儿，叫她一块儿帮忙做品控。

她的店能在网络上五花八门的圈子里保持自己的独特品位，就是因为黎婠婠做好了产品把控，她的店里虽然产品不多，但每样东西的质量都够好。

戎行野的车停在一号公馆的时候，白家那老两口正把看上的东西往带来的编织袋里塞。"这个好，闺女，我能不能带回去给你奶？"

白雪不耐烦地皱眉："现在日子跟以前不一样了，爸，妈！你们能不能有点格调？"她刚说完，就感觉到了不对劲。扭过头，就看到戎行野站在门口，脸色阴沉地盯着她。

白雪仿佛心跳漏了一拍，怯生生地道："行野哥哥。"

白家老两口的动作一顿，他们打量了戎行野一下："小雪，这就是你对象吧？哎哟，你可真给我们长脸，这对象找得不错啊。"

楼上，那对双胞胎还在拿着戎行野弄来的限量版周边打来打去。

"姐，我喜欢这个，能不能让我拿回去？"

"别吵了！"白雪开始慌了，她以为戎行野今天不会出现的！

白雪看着戎行野阴沉下来的脸色，朝着他走了过去，讨好地道："行野哥哥，我……"

"你在这儿干什么？谁让你来的？"

看着那些黎婠婠布置好的东西被人弄得一团糟，戎行野的火气攀升到了顶点。当初戎行野的侄女小啾意外受伤导致双眼失明，需要输血治疗，而她是极罕见的熊猫血，医院血库告急，创嵘集团为此发布了公告，恰巧白雪跟小啾的血型相同，就去给小姑娘输了血。戎行野一直因为这件事感激她，却不代表可以一而再，再而三地纵容她。

"带着你家的人马上离开。别让我说第二次。"

白雪的脸色一变，还想撒娇求饶，就被戎毅赶了出去。

戎行野过了好一会儿才平息怒气，问沈确接下来的行程。

沈确道："您要不要先去医院见过何家老太太？总不露面也不好。"

"走吧。"何家这一趟肯定是要走的，总得给对方一个交代。

戎行野回医院露了个面，送了点戎家准备的礼，何家一直紧绷着的气氛这才缓和下去。稍稍坐了会儿，何家的人才让何嘉敏陪着戎行野下楼。

"行野，刚才我妈妈的态度有些不好，你别跟她计较。"何嘉敏开口。

"无妨。"戎行野压根儿都没留意其他人，只是想走个过场，他拉开了车门，"走吧，我让保镖送你回去。"

何嘉敏错愕地道："你不跟我一起吃顿晚饭吗？"

"还有事。"

何嘉敏感到有些失望："好吧，那下次我等你约我。"

"再说。"何家这边这门婚事他还得再考虑考虑，未必就是他们家，尤其是何嘉俊那个臭小子觊觎黎婠婠，何母又是个拎不清的，最重要的是何嘉敏的心思过重，一想到回家就要面对这么个人，就感觉没什么意思。他的脑海中闪过了黎婠婠的模样。

…………

黎婠婠隔天要去看外婆。戎行野或许是因为愧疚，她每次提出要去医院的时候，也不会阻拦，痛快地给她批了假："可以让你去，不过你别忘了回来的路。"

"所以，戎总，您的意思是，只要我现在离开，专家可能也会离开，是吗？"

"可以这么理解，不过如果你乖乖地配合，一切都不会改变，我这人从来不做亏本的生意。"不然他得罪何家做什么？总得给点好处。

黎婠婠点了点头。

到了医院，才发现舅舅徐元一家也来了。一段时间没见，徐元跟刘润丽看起来很是焦躁。

"你们怎么来了？"黎婠婠将花放下。

徐宝儿死死地盯着她，皮笑肉不笑地道："你还知道来啊？我还以为，奶奶在你这儿能得到多好的照顾呢，合着你本人也不出现啊，只让宋清让在这儿。"

黎婠婠把花插好，将多余的枝叶扯掉，才道："如果你们是来找我吵架的话，出去吵，外婆喜欢清静。"外婆是个很讲究的老太太，要是有意识，听到这些话，必定很生气。

徐宝儿气得牙根痒痒。那天相亲结束，她一回家，她妈就气冲冲地打电话给梁家问情况，结果梁太太居然主动询问起了黎婠婠，明摆着是替梁谨问的！她就知道，遇到黎婠婠就没好事。

"婠婠啊。"徐元上来帮忙，"这老太太换了主治医生，你怎么也不跟我们说一声？我还打听了好久才找上来的。”

黎婠婠看着面前这个中年男人，小时候他也疼爱过她，逢年过节会来家里看她，对她比对徐宝儿还好。只是后来翻脸太快，她措手不及，被他阴了好几次。

“舅舅，你向来无事不登三宝殿，别说这些客套话了，开门见山吧，你想干吗？”

徐元笑了笑：“我知道你向来聪明，还不是公司货款的事？婠婠啊，宝儿说你跟戎总的关系好，能不能帮舅舅一次，把这批货款想办法给清了？”

黎婠婠对徐元的这些破事不胜其烦，他就不是做生意这块料。加上刘润丽把自己家里那些沾亲带故的亲戚都弄到了公司，本来就不大的规模，还弄出了“皇亲国戚”，结果可想而知。黎婠婠大可以跟他虚伪地周旋，但她不想浪费时间，干脆直截了当地道：“我看您是没看清形势，如今我可没什么把柄在你的手上，你凭什么觉得我会帮你？”

话刚说完，黎婠婠身后的监控器里出现了起伏。“快，叫医生！”

黎婠婠也是第一次见到这个传说中的专家。人显得非常严肃，一过来就让人把黎婠婠他们请出了病房。

徐宝儿可不愿意在这儿等待，她早就觉得不耐烦了，闹着要走。刘润丽也不想待在这儿啊，可是现在他们需要黎婠婠呢。

“不要吵了！”黎婠婠猛地扭头警告。

正在连连抱怨的徐宝儿原本就憋着一口气呢，见黎婠婠居然敢凶自己，正想开口说点什么，却被徐元给拦住了。

一行人在门口等着，黎婠婠感觉自己的腿都站麻了，门才猛地被打开。

“医生，我外婆怎么样？”

“病人的意识一直很强烈，此前应该受过强烈的刺激，切忌情绪起伏，现在最大的问题是，如果要做手术的话，她的其他问题也需要一并解决，在手术过程中可能出现并发症，所以我们还需要跟国内的医生开一个会议。”

黎婠婠点点头：“好，好的，我这边随时配合。”

张主任带着专家一走，徐元立刻道："婠婠，你就帮帮我吧，你也不希望你外婆昏迷着还要为了家里的事操心吧。"

黎婠婠隔着病房的玻璃，看着躺在病床上的老太太。她随口敷衍着道："我会跟戎先生说，你下次不要随便来病房，如果外婆因为你们一家人有任何意外，那我们就鱼死网破。"徐元颤抖了一下，这些年来，无论索求什么，黎婠婠为了老太太都会答应。他当然明白他们家这层亲戚关系就像是一层薄薄的纸，随时会破损。

"好，好，我们不来，就是我货款的事儿，你得上上心啊，舅舅家里实在不行了，也只能来找你。"

黎婠婠扭过头："你走吧。"她不想再看到徐元一家，也不可能去求戎行野。

徐元一家什么时候走的黎婠婠不知道。只是去给外婆打水洗衣服的时候，看到有生病的小女孩想要爸爸讲故事，那位老父亲浑身脏污，还要擦了擦手再给女儿削苹果时，黎婠婠莫名有些鼻头发酸。

其实她也曾经是有人疼的，爸爸在的时候，没人能欺负她的。爸爸总说："婠婠是爸爸的小公主，谁让婠婠掉一滴眼泪，爸爸都把他打趴下。我们的小公主真漂亮，值得世上最好的一切。"

想起爸爸，黎婠婠觉得自己有点透不过气。离开病房后，她顺着楼梯往上走，打开了天台的门，一直走到了最边上，站在了边角上。看着远处的高楼，看着底下的芸芸众生，看着医院门口的众生相，她仰着头大口呼吸，想把眼眶里奔涌而出的泪水给憋回去。

"怎么每次看到你都在掉眼泪啊？"男人轻佻的嗓音响起。

黎婠婠猛地转过头，眼泪就这么猝不及防地滴落了下来，陆斯昂坐在轮椅上，原本漫不经心的表情突然就有些发怔。此刻女人逆光而站，那落在尖尖的下颌的泪仿佛也淬了光，让他的反应迟了一拍。

黎婠婠看清楚是陆斯昂后，伸手快速抹掉了下巴上的那滴泪。

"没什么，你怎么会在这儿？"

陆斯昂挑眉："事先说好啊，我可没故意跟踪你，我转院前没想到这里这么安静，我在病房里待得烦了，想上来躲一躲，透透气。"

这话黎婠婠信。"放心吧，我没想歪。"

"对我这么放心呢？"陆斯昂问道。

"咱们初中就认识，也没说过几句话，难不成现在有什么改变吗？"

陆斯昂挑眉："你说得也是，不过我以前看你就跟个不食人间烟火的白天鹅似的，成天扬着你那长脖子，我对你这种人可不感冒。"

黎婠婠也不生气，她小时候长得跟个洋娃娃似的，从小到大跟在她身边的人不少。

"你那会儿能好到哪儿去？我爸爸还叫我离你这种人远点呢。"

"翻旧账，是吧？"

"不是你先开始的？"

话是这么说，事实上在这个圈子，彼此都是知道对方的存在的。圈子里没秘密，当然真心的朋友也不多，大多为利而来，彼此未必多熟悉，但也算见证过彼此青春年少时的样子了。两个人说着说着，莫名地一笑。

"上次的事情谢谢你。"

陆斯昂摆手："不是你，我也会去救的。张仲尧这人是个疯子，他在我的地盘上闹事，我不会允许的。"

"无论如何，也谢谢你救了我，还害得你受伤了。"

一个赛车手的腿有多重要，黎婠婠是明白的。

"行了，心领了，我不喜欢煽情的戏码。"

黎婠婠诚恳地道："反正我欠你一个人情，以后你有需要我的地方，尽管开口，我会尽我所能。"

"成啊，你现在的用处可大着呢。"自从戎行野为了救黎婠婠跳下悬崖后，外面都在传，她能在江城"呼风唤雨"了。

黎婠婠看了一眼时间："那我先走了。"

陆斯昂微微颔首。

就在黎婠婠握住门把手的时候，他叫住了她："黎婠婠。"

黎婠婠扭头。

"如果你在戎行野的身边待得不开心了，我可以帮你离开他。"

黎婠婠一愣："为什么帮我？"

没人比他们更清楚这么做的后果，陆斯昂根本没必要为了她跟戎行野作对。

"不是说了嘛，你就当我'白骑士综合征'发作了，我这个人啊，就喜欢刺激、冒险的事情。"陆斯昂朝她一笑，自信而笃定，好像这场游戏只等她发送请求就能随时开始。

"我相信你会来找我的。"

黎婠婠觉得他在说笑。她没那么大的价值，真的要两个人对上，只为了她这么个落魄的千金，陆斯昂图什么？

哪天他们两个握手言和了，她夹在中间又算什么？

戎行野在办公室发第三次火的时候，沈确终于在公司等到了黎婠婠。

黎婠婠只扎了个高马尾，青春洋溢的模样让充满低气压的总裁办瞬间鲜活了起来。职员们一个个假装忙碌接电话，实则都用眼角的余光偷偷打量着她。

戎行野其实最近大动作不少，因为张仲尧的事，张家跟戎家已经到了剑拔弩张的地步了。

黎婠婠推门进来的时候，戎行野抬眸看了她一眼，继续看着电脑屏幕。

黎婠婠放下包，然后提着食盒过来："吃饭了吗？我特地去弄了几道家常菜，是你爱吃的口味，算是报答你的救命之恩。"

两个人之间的气氛还算不错。

沈确敲门进来："戎总，这是最近筛选出来的邀请函，您看怎么安排？"

戎行野点了点头，正准备随手翻开的时候，黎婠婠眼尖，看到了上面的游轮派对。她想起了导师张弛说过，全球知名导演史蒂文会参加这次游轮派对，并且傅氏集团的总裁傅寒州也会出席。

之前他们一直想跟史蒂文的团队合作拍那部电影，因为他们有最权威最成熟的技术，但是因为融资问题，张弛跑上跑下地忙活，也没能打动史蒂文。说白了还是钱的问题。

戎行野看她的眼睛发亮，用钢笔点了下桌面："感兴趣？"

"那可是史蒂文！哪有导演系的学生看了不激动的，您要去吗？"如果戎行野去的话，她身为助理，应该也能见到史蒂文吧？

戎行野一笑，靠回椅背："这么想去的话，不如回到我身边，别说一个史蒂文，就连投资方，创嵘也替你搞定了，怎么样？"

黎婠婠的笑容收敛起来，她就知道，戎行野哪里会这么好心地要帮她。他的每个决定，背后一定有自己的用意。

"我在等你的回答。"

"戎总，我决定求人不如求己，我这个助理当得挺好的。"

"出去！"

"哦。"

戎行野看了她就来气。小犟种。

等到了快下班的时候，戎行野才要出去，黎婠婠赶紧放下手头的东西跟了上去。戎行野的心情显然并没有好起来，他也懒得搭理她。

车队快速离开了创嵘集团，完全没留意到被门口保安拦下的人。

白雪从角落里挣扎而出，手上的食盒直接被甩在了地上，里面的汤和菜洒了一地。

"前台已经确认过了，你没有预约，女士请您离开，不要拦在这里。"

"我是你们戎总的女朋友！"

"我不管你是谁，没有预约我不能随意让你进去！"

白白雪的手死死地攥着。她拿起手机一遍一遍地打电话给戎行野，然而已经打不通了。自从那天之后，她再也得不到戎行野的消息了。她联系沈确后才得到想要的结果，她从前得到的都不会收回去。这让她燃起了希望，行野哥哥一定还在等她道歉……

想到这儿，白雪咬咬牙。

为了重新回到行野哥哥面前，她什么都愿意做的。

…………

晚上九点钟，黎婠婠联系了张弛。

“史蒂文？你确定？”张弛估计在剪辑室里，声音显得很空旷。

“我确定！就是这个游轮派对，我今天看到邀请函了。”

“你能进得去？”要是黎家没破产，张弛还能相信黎婠婠会见到史蒂文。可现在什么光景？张弛觉得黎婠婠自己糊口都艰难，还见史蒂文，这不是胡说嘛。

“您先别管我能不能进去，我自然有办法，你把咱们这个项目的剧本全本发给我，还有拟邀的主创人员名单，我去说服他。”

张弛道：“这些东西很重要，给你了你不能弄丢了！”

“我知道！”

第二天，她睡到日上三竿才在微信打工群里到处找资源，游轮果然在招聘服务生。凭借丰富的打工经验，她很快就应聘成功了。

这次游轮派对为期一天一夜，因为来的都是达官显贵，所以筛选服务人员也很严格。黎婠婠是名校大学生，又漂亮，被分配到了内场区。她的工作服是一套天青色晕染旗袍，将腰身细细地勾勒着。她把头发挽起来，配上发簪，将她的五官衬托得多了几分江南温婉的感觉。

“记住了，等会儿各位贵客到了，你们必须严格按照自己负责的区域站位。如果客人有需求，你们提供服务后要立刻回到自己的位置，以免某个区域没人，知道吗？”

黎婠婠进入内场后负责引路，她怕碰到戎行野，干脆跟人换了位置，负责酒水饮料。对方觉得纳闷，不过鉴于引路的工作比负责酒水饮料轻松，就很爽快地答应了。黎婠婠在会场里找了个角落待着，过了好久，外面传来喧哗声“戎总到了”。黎婠婠尽量降低自己的存在感。

黑衣保镖在前面开道，气场强大的男人从后面走来，大家一直好奇戎行野今天带来的女伴会是谁。直到看到一直被传说的绯闻女友，创嵘集团的代言人陈颖时，大家才恍然大悟。

何嘉敏也早就来了，跟自己的父母在一起，见到这个情况也只是保持着得体的微笑。

何母的脸色就难看多了，这个戎行野的绯闻就没断过，现在还当着这么多人的面给他们何家难堪！

何宏华倒是很冷静：“嘉俊呢？不是说快到了？”

何嘉敏反应过来，道：“说在路上了，应该已经到了，不知道躲到哪儿去了，爸爸你也知道他的脾气，他不喜欢凑热闹的。”

何宏华叹了口气，自己的儿子但凡有戎行野那小子一半的本事，今天的何家也不用被人笑话。

史蒂文年轻的时候就是鬼才，经过他操刀的电影，没有一部不卖座的。他亲手缔造了影坛神话。他带出来的团队，更是精英中的精英。但凡导演系的学生就没有不把他当偶像的。他们想成为他，又想超越他。

只是史蒂文如今很少露面，传闻他这次专心陪伴妻女度假，见他一面难如登天。

黎婠婠可不是真的来这里当服务员的。她拿上自己存放在更衣室里的行李，悄悄地上了二楼，此刻因为戎行野的到来，大家都涌到大厅里了，没人会留意二楼休息区的动静。

游轮顶层是给请来的贵宾准备的，能上这层来的人都是经过严格筛选的，黎婠婠一个外聘的工作人员还没有这个资格。

她左右看了看，拿起房卡，打开了其中一个房间。

刚一进去她就解开了旗袍领口的扣子，脱了高跟鞋，打开行李箱，一边脱丝袜一边准备换衣服，想假装成创嵘的工作人员混到楼上去。

然而就在她嘴里叼着房卡，正准备把丝袜扯下来的时候，有人突然出声道："我的腿脚都这样了，你这会儿投怀送抱不合适吧？要不咱们改天约个时间？"

黎婠婠身子一僵，诧异地看向了窗户的方向。

"你怎么在这儿？你不是在医院里吗？"

陆斯昂耸耸肩："太无聊了，正好有派对，就来玩玩呗。"他把玩着一枚古代的硬币，突然把它朝空中抛甩，然后又猛地一把接住，"所以你来这儿做什么？找我谈恋爱？"

黎婠婠敷衍地笑了笑："谈恋爱就不必了，我还有事，下次见。"她正准备离开，陆斯昂慢悠悠地道："哦，这样的话我就不高兴了，你要是不说，我就打视频电话给戎行野，说你在我的房间里。"

黎婠婠猛地转过头："你无聊不无聊？我有正经事，跟他无关。"

"看出来了，不过我现在真的很无聊，说说吧，什么事？"

"我是来找史蒂文导演的。"

"找一个导演你费劲成这样？"陆斯昂拿出手机，"是我，嗯，史蒂文在哪儿？我约他见面，成。"

陆斯昂挂完电话，看向了黎婠婠："搞定了，跟我走吧。"

黎婠婠瞪圆了眼睛："就这样？"

"黎婠婠，我不至于连个导演也搞不定，别忘了我家是做什么的。"

陆家主营媒体公司，近几年拓展副业，娱乐、体育两开花。只是黎婠婠没想到陆斯昂连史蒂文都能随便约到。

"别奇怪，我们家接下来的项目也会跟史蒂文合作，我记得你好像是读的导演系，你找他做什么？"

这个圈子里的二代就没有蠢的，总归敏感度要比其他人高。

"我们有个项目搁置了，如果有史蒂文导演的团队帮忙的话……"

"别废话，把项目书给我。"陆斯昂伸手。

黎婠婠有些犹豫。

“史蒂文是导演，但不是个纯粹的艺术家，没资本加入，他难道会替你们背书？一个项目成不成，质量跟运气同样重要，何况他都休息多久了，这次是他的太太要回国他才想起来中国，下次可不一定有这么好的运气了，有我出面，这么好的机会你打算错过？”

陆斯昂挑眉道：“我可不是每次都这么闲的。”

黎婠婠咬了咬牙，蹲在了他边上，跟他说了原本的脚本构思以及制作的难度。陆斯昂的视线逐渐从手机屏幕挪到了黎婠婠的侧脸上。皮肤很好，白皙粉嫩，能看到脸上细小的绒毛，上了一层薄薄的粉底和腮红，陆斯昂的手撑着下巴，睨着她的嘴巴上下动着。

黎婠婠说了半天，回头发现陆斯昂离自己有些近，她蹙眉道：“你听清楚我在说什么了吗？”

“听明白了，戎行野最近身边不太平，你自己小心一些。”

黎婠婠垂眸：“他身边什么时候太平过？也轮不到我去操心。”

“反正我也只是提醒你一句，江城可没有表面上那么平静。能安分点，你就安分点，不是每次都有人来得及救你的。”

黎婠婠点点头，她也隐隐约约地感觉到半山别墅的保安好像比以前多了一些，只是她今天出门很顺利，还以为没什么事了。

“行了，推我出去，带你去见史蒂文。”

黎婠婠赶紧笑吟吟地起身：“陆少，你今天特别帅。”

陆斯昂差点翻了个白眼：“我好看还用你说？”

黎婠婠刚把门打开，准备把陆斯昂推出来的那一刻，猛地又把人往房间里推，结果没拿捏好准头，把轮椅磕在了墙上。

“嘶，黎婠婠，你是想送我去死，是吧？”

陆斯昂刚说完，发现她跟做贼似的把门打开一条小缝隙往外看。

“见鬼了？”

黎婠婠吓得扭头朝他“嘘”了一声。刚才她一探头，就看到戎行野正在上楼，这也太可怕了。只差一点点，他们就要面对面了！

戎行野是来谈生意的。顶楼的门打开，傅寒州一行人已经在里面了，戎行野拿过香槟：“来迟一步，自罚一杯。”

傅寒州看了一眼戎行野：“一直都是开视频会议，倒是第一次和戎总见面。”

如今傅氏要在江城开发地产项目，就得跟戎行野这个地头蛇打交道，此前就通过朋友跟戎行野联系上了，这次他们亲自过来，也是为了开发江城的跨海大桥和新区的开发项目。江城有填海计划，开发新区，输入人才。而那一整块地，都在戎家名下。戎行野也知道政府那边已经有意开发，他有利可图，当然不会把钱往外推。

傅寒州这次也是在了解情况后，才知道江城戎家的深不可测。

“既然人来齐了，就开始吧。”

两城同属于全国经济顶层区域，开发的资金可不是小数目。

说白了，这次游轮派对虽然是娱乐性质，但其目的还是促成几家集团的合作，不过并未对外公开。

…………

黎婠婠暗中观察了好一会儿，确定戎行野不会再出现了，才推着陆斯昂出去。

“史蒂文导演已经在里面等着了。”

陆斯昂看了一眼手机：“你进去吧，我没兴趣应酬这些，我爸找我去跟亲戚朋友见面，回头你让人把你带回我的房间就行。”

说到这儿，他朝黎婠婠眨眨眼睛：“如果你不想被戎行野发现的话。”

黎婠婠知道他在开玩笑：“谢谢你。”

门被打开，黎婠婠深吸一口气，赶紧进去。

史蒂文比采访中看起来要随性一些，见到是黎婠婠一个人进来的时候，挑眉问道：“陆氏集团的经理呢？不是说约我的人是他吗？”

黎婠婠不知道陆斯昂用什么身份把他约出来的，但还是扬起了笑容：

“史蒂文老师，您好！我是黎婠婠。”

“我不认识你，如果你是假借陆氏的名义邀请我的话，我会很不高兴。”史蒂文说完，起身就要立刻离开。黎婠婠赶紧解释道：“抱歉，我的确不是什么陆氏集团的员工，但是我希望您能给我五分钟，就五分钟时间。”

史蒂文冷笑着道：“我的五分钟也不应该浪费在这上面。”

“可我坚信您不会后悔给我这五分钟。”

半小时后。

“你们的古代文明的确令人惊叹，确实可以做成系列电影，但也需要耗费一大笔金钱和很多精力。很抱歉，我不想把时间花在这上面。”

史蒂文的拒绝，让黎婠婠有些无力感，不过这也不能怪对方。

就在这时，门突然被打开了。

“怎么聊这么久？”女人温柔的声音响起，黎婠婠只觉得鼻端闻到了一股淡淡的茉莉花香，来人已经笑着朝着史蒂文走来。黎婠婠睫毛一颤，抬眸看向她。

“抱歉，遇到了一些小麻烦，瑞贝卡呢？”

“你也知道她的，说是看到了自己喜欢的男孩子，要去要联系方式。”女人坐下，就看到了黎婠婠。

“这位是……”

“哦，这是我的夫人 Melody，你是年轻人，未必认识她。”

黎婠婠道：“不会，徐梦老师就算退出影坛多年，国人也会记得她的倩影。”

史蒂文挑眉笑道：“你看，我就说你留下的足迹一定会有人记得。”

徐梦笑得格外迷人：“我进来会不会打扰你们？”

黎婠婠抢先开口：“不会，史蒂文老师，今天很谢谢你，我就先告辞了。”她的嗓音有些干涩，“不打扰您和……您的夫人了。”

史蒂文微微点头，倒是徐梦盯着她看了一会儿，道：“这位小姐，我们是不是在哪里见过呢？”

黎婠婠还没来得及回答，一位穿着粉色高定小礼服的少女从门外翩然而至，甚至视线都没在黎婠婠身上落下一眼："爹地！"

"又去哪里胡闹了？"史蒂文宠溺地嗔怪道。

黎婠婠没心思听他们一家三口说话，悄悄地从小会议室离开。她觉得自己的呼吸有些困难，一直走到外面，捂着心口，才让自己呼吸到更多的空气。徐梦果然认不出她了。

徐梦出来的时候，就看到了黎婠婠手撑着栏杆，她不由自主地走过去柔声道："这位小姐，你怎么了？不舒服吗？"

黎婠婠扭过头看着徐梦。

徐梦盯着她道："我们真的没见过吗？"

"或许曾经见过吧，不过夫人已经不记得了，那么见没见过也不重要了。"黎婠婠说完，转身就走，好像身后有猛鬼在追似的。

徐梦急忙跟上来："你姓什么？"

黎婠婠明明可以什么都不说，可还是转头道："黎。"

徐梦张了张嘴，好像突然认出了她是谁："你是……你是婠婠？"

"我能不能跟你聊聊？"徐梦有些着急，可是这时，瑞贝卡的声音传来："妈咪，这个皇冠我能戴吗？"

徐梦扭头："不可以，瑞贝卡，那是有用的。"她急切地想进去跟瑞贝卡解释，又舍不得放黎婠婠这么离开。

"你能不能……"

"有人更需要夫人你。"黎婠婠说完，扭头快步离开。

瑞贝卡探出头："妈咪，你在跟服务员说什么？"

徐梦看了一眼黎婠婠离开的方向，扭过头来道："没什么，那个皇冠不是你能戴的……"

"我知道了。"

黎婠婠只管往前走，走到了哪儿，她都没发现。冷静下来之后，她觉得刚才自己太过失态。她明明可以更好地去处理，可是看着徐梦的样子，却终究忍不住。

“你跑到哪儿去了？”这时，领班一上楼就看到了黎婠婠站在这儿发呆。

“怪不得我说在楼下没见到你人，你怎么跑上来了？楼下的人手都不够了，你还在这儿偷懒，快跟我下去。”

黎婠婠被她拉着下楼，领班神色严肃地道：“等会儿舞会就要开始了，你给我有眼色一点，端酒的时候千万别泼到贵客的身上，不然把你卖了都赔不起。”

黎婠婠点点头：“知道了。”

会场上有太多认识的人，黎婠婠隐藏在帘布后面。反正目的已经达成，史蒂文已经给了她答复，他那位神秘的太太的庐山真面目也已经揭晓，往后他们应该也没有见面的机会了。她拿起手机联系了张弛，打算跟他汇报一下今天的结果，免得让他白白等待。

宴会大厅的现场热闹非凡。

主持人也已经上台：“今晚欢迎大家莅临我们的活动现场，经过票选，我们今晚的最佳着装女士也已经新鲜出炉，让我来公布她的名字——”

音乐声响起，连灯光也暗了下来。

“是我们的陈颖小姐！”

陈颖露出一副十分惊喜的模样，享受着众人的恭维与掌声。

“顺便让我们来欢迎今日的神秘颁奖嘉宾——徐梦，徐女士！”

全场哗然，徐梦早就退圈，这些年来连社交账户都很少更新，今天出场竟然是为了给陈颖颁奖，让人不由得想到是戎行野的大手笔，为的是让创嵘集团的代言人更上一层楼。今天的照片流出去的话，陈颖的话题与热度都会更上一层楼！陈颖的事业绝对会如日中天！

陈颖与徐梦相视一笑，手牵着手上了舞台，打开了精心包裹着的礼盒里。

全场哗然——识货的人都知道，这顶皇冠是某国的女王年轻的时候佩戴过的，陈颖脖子上佩戴的那条美杜莎项链本来就已经十分名贵，再配上这个皇冠，一时间众人的心里起了别的心思。

这摆明了是在打何家的脸啊！

黎婠婠从幕布里探出头，看到陈颖下了台之后，走到从楼上下来的戎行野面前，邀请他跳开场舞。黎婠婠挪开视线，开场舞的舞曲已经开始，他想必已经带着影后转入舞池，为今日这场开场秀画上完美的句号。黎婠婠顿时觉得索然无味。

“走吧，我们去把后面的仓库整理一下。”有人拍了拍她的肩膀，黎婠婠看出来是跟她一组的工作人员，起身跟了上去。

等黎婠婠回来的时候，会场上的气氛一变。

“皇冠不见了，那就报警啊，我们怎么会知道那么大一个皇冠去哪儿了？”

陈颖坐在沙发上，神情十分焦灼：“我只是去了一次休息室换礼服，我怕皇冠会被拉扯到，所以特地拿下来放在了茶几上，等我和工作人员从内室出来，皇冠就不见了！”

“调监控！”

“不好意思，监控没有拍到。”

“那就整个游轮进行排查，难不成，还能飞了？”戎行野坐在沙发上，眸光沉沉，他倒是想知道，谁吃了熊心豹子胆，在他的眼皮子底下偷东西，偷的还是他从戎家带出来的东西。

“我刚才可是一直跟其他人在一起的，压根儿没离开过宴会大厅，休息室在哪儿我都不知道。”

有人七嘴八舌地找人证明自己不在场。

“保不齐是服务员拿的呢。”

有人这么一开口，黎婠婠这些在大堂里值班的服务员就必须自证清白了。

黎婠婠感到头皮一阵发麻，真是怕什么来什么。

“这不是黎婠婠吗？”

“我的天，她怎么混进来的？当服务员？”

一道道犀利的目光落在她的身上。戎行野的脸色从黎婠婠过来的时候，就沉了下去。

黎婠婠抬眸，对上了戎行野的视线。

“哎，你们刚才有见过黎婠婠吗？我怎么都没留意到这个人？”

不知道谁突然在角落里开了口：“我好像看到她往二楼去了。”

休息室就在二楼！这话几乎是把黎婠婠钉在了耻辱柱上。

“黎婠婠，你还有什么话说？”

“我没偷。”面对指控，黎婠婠冷冷地开口。

“偷没偷要看证据。”

黎婠婠却只是看向戎行野，重复着道：“我没偷。”

然而戎行野只是盯着她不吭声，任凭那些人奚落、嘲笑。黎婠婠的心里一沉，如果连他都不帮她，那么她今晚，恐怕很难全身而退。

“那你上二楼干什么？我记得二楼的服务员穿的衣服不是你这样的吧？”

就在此时，几个男人一起开口。

“是我让她上来的。”

“我让的。”

“跟我一起来的。”

“是我找她。”

戎行野的脸色变得更差了。

众人纷纷诧异地看向了宋清让、何嘉俊……这几个人也就罢了。怎么人在二楼的陆斯昂跟霍司丞也说话了？

明明这几个人一直在大厅，让黎婠婠上去？这不是胡说八道吗？

宋清让今天能来到这个派对现场，自然是因为他的公司如今也有了跻身江城豪门的实力，不过他是黎擎的养子，帮黎婠婠当然是合情合理的。

但黎婠婠有什么本事能让这几个男人一起帮她？

现场安静下来，直到为首的男人冷冷地嗤笑出声，他微微向前倾身，把手肘撑在膝盖上，晃动着手中的酒杯。

宋清让直接将黎婠婠拉到身后："戎总，我想其中一定有误会。"

"废什么话？监控坏了就去修。要是她没偷，你们一个个都得排着队给她道歉，我的眼底容不得沙子。"

真相很快就被查出来了，有人正好在那边拍视频记录这次活动，背景里出现的画面刚刚好就是那间休息室的门口。

视频里清晰地记录到，是一个穿着粉色小礼服的少女拿了皇冠离开！

"是徐女士的女儿？我刚才看到她们在一起！"

瑞贝卡被推搡到了人前，她红着眼睛道："我，我只是觉得很好看，想试戴一下就还回来，我不是偷。"

"刚才叫得最大声的，赶紧排队道歉，不然我的助理在你们的嘴里是贼，那我岂不是贼头？"

瑞贝卡哭得梨花带雨，一个劲儿地鞠躬道歉。戎行野却懒得拿正眼看她。黎婠婠全程只看着徐梦那心疼的眼神，顿时觉得原来女儿跟女儿之间，也是有分别的。

该道歉的都道歉了，戎行野听着这群女人哭就觉得烦躁。

怎么有些人哭就能让他想哄一哄？

"走了。"戎行野不想继续待在这儿，用眼神示意陈颖离开。

陈颖立刻提起裙子快步跟上，皇冠自然交给了戎家的人。

一群人就这么走了。

大家一看刚才戎行野替黎婠婠出头，现在居然懒得理她，都猜测他是因为这个不知道从哪儿冒出来的女孩儿偷偷戴了戎家的皇冠而生了气。

等戎行野一走，一群人也不敢针对黎婠婠了，把怨气都撒在了瑞贝卡身上。徐梦跟史蒂文自然不舍得女儿被人指责，赶紧要求她上楼去。

黎婠婠也不知道自己该去哪里，何嘉俊被家里人盯着，不敢吭声，只有宋清让一路跟着她走出了宴会大厅。

戎行野已经走了，这个男人向来目中无人，既然觉得这个地方待得不舒服就不可能等到第二天游轮靠岸。

宋清让脱下外套披在她的身上："外面风大，去我那儿休息吧，我去跟别人挤一挤。"

"不用了，我想一个人静静。"她现在谁也不想见，不想理。

宋清让向来是不会拒绝她的："好。"男人控制住想要拥抱她的冲动，转身回了船舱内。

甲板上的风浪很大，夜色沉沉，海风将她的发丝吹得凌乱。

原本还带着男人体温的西装外套猛地被人扯开，直接丢在了地上。

"我说要走你不会跟上？"

黎婠婠猛地转过头，就撞进了戎行野的怀里。感受着属于他身上独特的气息，她突然觉得又委屈，又难堪。

"一个人躲在这儿哭鼻子？"

黎婠婠深呼吸："没有。"

"张嘴。"

黎婠婠觉得他好烦，一抬头，下颌被捏住，嘴微微张开的同时，被塞入了一颗蜜桃口味的糖。属于桃子的清甜在口腔中爆开，还有浓郁的奶香味。是她最喜欢吃的口味。

"多大的人了，受了委屈还要人哄？说了百八十次，不会来找我，让我给你做主？"

一晚上都在等她过来，可她偏偏跟老鼠害怕见猫一样躲着他，这点小伎俩能瞒得过谁去？

黎婠婠觉得心里的委屈突然就在这一刻排山倒海般地出现了。

"行了，借你抱抱。"

黎婠婠才不要抱他，可是下一瞬间，男人就这么将她箍进怀里。

"这里没其他人，想哭就哭吧。"

其实黎婠婠在很多时候都是孤身一个人去面对一切，那会儿觉得自己无坚不摧，但是当有人肯安慰她的时候，她才明白，自己其实脆弱得不堪一击。

戎行野的怀抱是那样温暖、那样可靠，可是她告诉自己，这个她爱了三年的男人，她不能再继续跟他纠缠了。因为她不会成为任何人的第三者，而他也终究选择了别人，会跟另一个人步入婚姻的殿堂，成为别人的丈夫。她不能再沉沦下去。

…………

陆斯昂被家人叫走了，他得跟着去送陆星辞他们一家。临走前他对霍司丞道："你去帮我把黎婠婠找出来。"

刚才一眨眼的工夫人又不见了。

霍司丞挑眉道："虽然对黎婠婠我不该说什么，但她跟楚昔关系匪浅，我帮她是理所应当的，你跟她搞暧昧已经不止一次了，你要是来真的，恐怕你跟戎行野兄弟都没得做了。我看得清楚，对黎婠婠，他一时半会儿是放不开手的。"

陆斯昂却没把这句话当回事："你也知道，做兄弟那么多年了，也不能什么好事都是戎行野的。"

"你来真的？"霍司丞诧异。

"那可不好说，帮我把人找出来。"陆斯昂说完，让自己的助理推着他离开。

霍司丞觉得这日子过得有点魔幻了。

戎行野闹了这么一场，何家跟戎家两家联姻的事情又变得扑朔迷离了起来。戎行野今晚压根儿没给过何嘉敏一个眼神。可前段时间何老太太进了医院，戎行野跟何嘉敏有说有笑的照片流出来，大家也都是看在眼里的。那今天这个陈颖是怎么回事？

对于戎行野的这一举动，她刚想发怒，就见到自己的父母喜滋滋地从隔壁的拍卖厅里出来。

“嘉敏，行野呢？你应该好好谢谢他，他帮我们家把早些年流出去的古董花瓶给拍回来了，你爷爷奶奶可是心心念念了许多年，如今它们总算是又回到了我们何家。”

何嘉敏的表情逐渐放松了下来，她朝着周围探究的人缓缓地一笑，维持着何家千金的风范。

何母左右看了看：“嘉俊呢？刚才就不见他。”

“不知道，年轻人嘛，估计遇到自己的朋友了，上哪儿玩去了吧？”

何母一出宴会大厅，笑容便收敛起来：“戎行野今天是什么意思？是想故意给我们家难堪吗？又是影后又是那个黎婠婠的。你还没嫁过去，他就给你委屈受了。嘉敏，你告诉妈你的真实想法。你要是不想嫁给他，我这就回去跟你爷爷奶奶说，咱们不要这门婚事。”

何嘉敏笑了笑：“妈，他帮黎婠婠是因为黎婠婠现在是他公司的人，您没看他并没有把人带走吗？妈，我知道你是为我好，但是让我现在放弃，我不甘心……”

“说得好！”何宏华突然开口。

“爸爸。”

“嘉敏啊，你放心。戎行野自己会分辨谁能带给他更多的利益和价值。你有何氏融资做后盾，没必要跟那些女人计较。”

“是的，爸爸。”她是不一样的，戎行野是个商人，他应该分得清。

第四章 破碎的梦

华人第一位金山奖得主，已经息影多年的徐梦回国，与陈颖同台争艳的话题，从昨晚上开始飙升到热榜第一，高居不下。

尤其是把徐梦多年的老影迷也给炸出来了。

陈颖，徐梦接班人

两位大美人同台画面

这是交接传承

徐梦的隐婚丈夫……

史蒂文

这些话题看得人根本转不过弯来。黎婠婠关闭手机，等到戎行野去开会，她才有时间给张弛回了个电话。

“我说你怎么才联系我呢，史蒂文的团队主动找我了，你怎么做到的？”张弛在那头快乐疯了。一直停滞的项目现在因为这个热搜，投资商都主动找上门了。看来很快项目就能成形了。

“我想了点办法。”黎婠婠现在感受不到他的快乐，张弛在那边还在说要怎么做，黎婠婠突然开口，“老师，我能不能退出这个项目？”

张弛在电话那头一愣：“为什么？为什么呀？婠婠，我知道你在这个项目上花费了多少的时间、精力，要不然你也不用这半年到处打工了，早就可以进其他剧组帮忙了。”

“老师，我……我的状态有点不好，等下个项目吧，如果您那时候还肯带我的话。”

“这个机会那么难得，你放弃是因为什么呀？你跟我说，是不是有什么事？还是因为这件事你受委屈了？”

黎婠婠扯了扯唇角，看着创嵘楼下关于陈颖最新一季珠宝代言的广告道：“没受委屈，就是有点累，何况史蒂文导演那边也不是我说服的。”恐怕是徐梦发现了黎婠婠是她的女儿罢了。

“婠婠啊，你这人心思太重，老师也不好说什么，你自己再想想，这个机会是你应得的，我不想给别人，还有那个白雪已经不当我们的广告代言人了，你不用担心和她的恩怨。”

“嗯，那有什么需要您再联系我就行。”

黎婠婠挂了电话，戎行野已经回办公室了。

“人呢？”

“刚才干吗去了？”

黎婠婠一脸郁闷的表情：“打了个电话，戎总有什么需要吗？”

戎行野觉得她这会儿叫戎总就跟打暗号似的。

“刚才有人泼了我一身水，你去给我买点贴身衣物回来。”戎行野上下打量了她一下，“顺便把你这身短裙给我换了，换长裤。”

黎婠婠寻思着谁敢泼水到戎行野身上，刚想询问，男人已经接起了电话，摆摆手让黎婠婠出去。

黎婠婠拿上包下楼，就看到了保镖拉着一名女员工出了办公楼。

“我要见戎总，我要见他，戎总，我是为了你才来公司的！”那声嘶力竭的动静，创嵘的打工人竟然权当没听到。

“这个月是第几个了？”

“戎总的追求者比我的债主都多。”

黎婠婠直接去了附近最大的商场，买完戎行野需要的东西后，她看上了一条领带。

“小姐，这款是新上市的，如果你的男朋友是比较有个性的雅痞男士，非常适合这款，不会太过正式。”

黎婠婠第一眼就觉得适合戎行野，反正刷他的卡。

“包起来吧。”

“那条领带我要了。”就在这时，骄纵的声音响起。

黎婠婠一扭头，脸色猛地一沉。站在身后的人赫然是徐宝儿跟瑞贝卡。

看来徐梦回国后，徐元一家就迫不及待地联系上她了。只见向来脾气很差的徐宝儿和瑞贝卡手挽着手，一副好姐妹的样子，正得意地看着她呢。

“不好意思，这位小姐，我会安排另一位同事接待您。”

徐宝儿瞪圆了眼睛，气不打一处来：“你叫什么？把你们领导叫出来，我要投诉你！”

柜姐看向了门口的保安：“抱歉，我们店是对客户一对一服务的，如果您继续这种态度，影响店内的购物环境，我会采取强制措施，保护自己的人身安全。”

黎婠婠自然不想跟徐宝儿和瑞贝卡多说废话。

“刚才我看的都给我包起来。”

瑞贝卡瞪着黎婠婠。

黎婠婠面无表情，徐梦一进门，就发现了剑拔弩张的气氛。

“妈咪啊，真是冤家路窄，昨天晚上一定是她故意的，好不容易出来逛街还遇到她，我觉得这条领带适合爸爸戴，她都要跟我抢！”瑞贝卡见到徐梦，立刻过来告状。

徐梦安抚性地拍了拍瑞贝卡，不满地看着黎婠婠道：“你们非要起冲突不可吗？你年纪比瑞贝卡大，应该让着她一点。”

黎婠婠自打她进门后，就没正眼看过她，闻言一笑，对着柜姐道：“刚才我要的东西，包括这条领带都打包好，我马上要离开。”

“好的，小姐，马上为你去办理。”

瑞贝卡瞪了她一眼："妈咪啊，你看到没？这次不是我挑事。"

徐梦看了一眼，为难地道："你爹地这个年纪应该买厚重些的颜色，这条算了吧。"

"为什么啊？我难得想给爹地买点东西的嘛！"

黎婠婠拿上打包好的东西就走了。

刚走到商场门口，却被徐梦叫住了。"婠婠。"

徐梦戴上墨镜，躲避着身边的人："能不能聊聊？"

"我跟您没什么好说的。"

黎婠婠要绕过她离开，徐梦道："我想看看妈，听说你找人把老太太送去急救，具体是哪家医院？连你舅舅都不让看，婠婠，你是不是太过分了？"

黎婠婠的脚步一顿。她扭过头盯着她，有些匪夷所思地问道："你说什么？"

徐梦叹了口气，似乎在看不懂事的孩子一般："坐下聊聊吧。"

黎婠婠冷笑着道："我很忙的，忙着赚钱，不像史蒂文夫人您，有大把的时间购物，陪您的女儿买奢侈品，我的外婆还需要我赚的钱救命。坐下来陪你，我的时间你来买单吗？"

"可以，你要多少钱？"

"一分钟十万，你转账，我就给你时间。"

徐梦看着眼前的黎婠婠，眼底全是失望之色。

"我记得你小时候很乖巧，很可爱的，你现在怎么跟你爸爸一样，变成这样？"

黎婠婠冷冷一笑："徐女士，请让我提醒你，你没资格提我的爸爸，更没有资格在这儿指责我。"

徐梦拉着她："聊聊吧，我这次回国，想把你外婆带到国外治疗。"

黎婠婠仿佛听到了这个世界上最好笑的笑话。

徐梦也不等她反应，直接拉着她坐到了一旁的咖啡厅里："一分钟十万，我打给你，可以吗？"

黎婠婠冷笑着道："你当我不敢拿啊，徐梦，我告诉你，我没有什么不敢的，这是你欠外婆的。你要高兴的话，一分钟一百万我也可以接受的。"

徐梦受不了她这样的语气："难怪你舅舅他们说你现在越来越不像样子……"

黎婠婠挑眉："是不是徐元说什么你都信？我的确不像样子，他找我要了多少钱，你知道吗？你要是能尽到一点当妈的责任，我也不用变成这样。"

"啪！"一巴掌猛地落在了黎婠婠的脸上，将她的脸打偏了过去。

黎婠婠朝着徐梦看去："也是，肯定是要生气的，毕竟当初徐女士婚内出轨，为了追求所谓的事业、真爱，抛弃了女儿，嘶，可后来怎么息影了呢？"

"你，你不要再说了！"徐梦失控地道。

"我比任何人都了解徐梦女士您对艺术的追求、对生活的要求，我这样的存在，是你人生的污点吧？"

黎婠婠说出来的话一字一句就像插进了徐梦的心里。

"我每年都打钱给你舅舅，要不是你乱花……"

"我乱花，哈哈哈……我如果乱花，也就不会变成他们口中不像样的人了。"黎婠婠都快笑出眼泪了。

"徐元说什么，你就信什么，还来问我干什么？但凡去医院问问，外婆病了以后，徐元看过她几次，你都不会来质问我！你身为女儿，自己的母亲命悬一线的时候你在哪里？你来问我怎么成了这样？你不配。"

徐梦深吸一口气："你说的话我一个字也不信。你舅舅不是这样的人，这些年我们一直都有密切的联系，家里如果不是因为你一直闯祸，怎么会变成这样？而且你现在的性格嚣张跋扈，你看看你说的都是什么话？医院那边现在什么都是你说了算，居然把你外婆挪出去了，你知不知道你在做什么？"

黎婠婠被气笑了："我曾经以为你是不知道国内的事情，不知道外婆病重，你才不回来，原来你一直跟舅舅有密切的联系，原来你一直知道我的处境，原来你一直都漠视这一切。戎行野不花大价钱请你回来给陈颖增光添彩的话，你是不打算回来的吧？为人子女，你不曾尽过孝心，为人父母，你更是失职，只管生不管养。徐梦，我曾经在无数个夜晚盼着你回来，可现在我希望你永远别出现。既然你们姐弟情深，别怪我没提醒你们，敢去碰外婆，惹毛了我，我跟你们没完！”

黎婠婠说完，不想再看到徐梦，也不想再听到她说任何一句话，拿上东西离开了。

黎婠婠顶着被人打红的脸回到了办公室，倒也不是她想这么高调，而是徐梦盛怒之下打下来的巴掌，粉底压根儿遮不住。

把东西带回来的时候，戎行野还老大不高兴：“去了那么久，是不是买东西找不到北了？”

黎婠婠现在心里觉得委屈，听不得任何人说自己，尤其是戎行野。

“东西都在这儿了，我先出去了。”说完，她看也不看戎行野。

“回来。”

黎婠婠站定不动：“您还有什么事吗？”

“回过头来让我看看。”她不肯挪动脚步，戎行野起身，走到了她跟前，低头打量了一下她的脸，“谁干的？”男人的语气陡然变得严厉。

黎婠婠抿着嘴唇：“不小心被别人打到了。”

“怎么个不小心法？还能被人打到脸？”

戎行野可不是好忽悠的人，黎婠婠刚想敷衍过去，就听沈确敲门道：“戎总，何小姐马上到了。”

黎婠婠闻言一刻也没停留，直接从办公室出来，回到了自己的工位。

几乎前后脚，客梯门打开，何嘉敏出现在办公区域，沈确出来迎接她：“何小姐。”

“我叫了一些下午茶，给大家吃吧。”

“谢谢何小姐。”办公室的人都很喜欢这个未来的老板娘。

何嘉敏满意地往里走，看到黎婠婠坐的位置比较远之后，朝她微微颔首，才扬着下巴，带着林星进了戎行野的会客厅。

“不是办公室吗？”有些话何嘉敏不会随便开口，自然是林星负责。

沈确不卑不亢地道：“抱歉，没有戎总的允许，我们是不能随便进入总裁办公室的。”

何嘉敏却很执着：“没关系，我会亲自跟行野解释的。”说着，她就推开了总裁办公室的门。她一个准未婚妻要是还只是跟客人一样的待遇，往后陈颖那些人只会更看不上她。她今天过来的目的就是宣示主权的。

“行野。”

戎行野瞥了她一眼，看着她进来，靠在办公桌上问道：“沈确没告诉你，未经允许，我的办公室不能随便入内？”

何嘉敏的笑容微敛：“我以为，以我们之间的关系，不必分得那么清楚。”

“那还是要分一分的。”

“好啦，以后我会注意的，现在可以让我请你吃顿午饭了吗？我准备了很久，害怕你不来，只能亲自上来了。”

戎行野想到黎婠婠那委屈的表情就觉得有点烦躁：“你爸爸最近是不是有什么大动作？”

“的确是收购了一个国外的研发实验室，有一项核心技术，如果你有空，咱们可以聊一聊。”

“走吧。”戎行野起身往外走。

两个人一前一后出来，林星还表示下午何小姐请大家喝奶茶。准戎太太的派头十足，哪里还有人在乎黎婠婠脸上的巴掌印从哪儿来的？

黎婠婠也不想在这个节骨眼儿去员工食堂招人议论，想点个外卖。

然而黎婠婠这顿饭到底还是没能吃成，陆斯昂给她打来了电话。

“在哪儿呢？”

“创嵘，怎么了？”

“我就说把游轮翻了个底朝天都没找到你，下楼。”

黎婠婠到门口的时候，有辆车的喇叭响了一下，黎婠婠走了过去。

陆斯昂坐在后座，前面居然还有司机。

“吃饭了没？”

“还没有。”黎婠婠想报恩，突然问道，“要不我请你吃饭？”

“行，我带你过去，走。”

黎婠婠打开车门钻了进去：“你的腿怎么样了？”

“还不能开车，得养着，等会儿上了楼你得推我。”

“放心，绝对保护好你。”黎婠婠竖起三根手指发誓。

陆斯昂一把抓住了她的手腕，把她的手放下：“别随便发誓，对神明不敬。”他的手掌上还缠着纱布，没有实质性的接触，转瞬就松开了。

“你的手挺小。”

黎婠婠挑眉：“我比你矮那么多，手能不小吗？”

“嗯哼。”

他的另一只手在扶手上敲了敲：“我刚才看到何嘉敏了，来找戎行野？”

“嗯，对，去吃午饭了。”

“你不是导演系的学生？怎么跑戎行野这儿来上班了。”

“目前没别的工作，就先来打工了，反正创嵘的待遇挺好的。”

两个人说着客套话，可谁都知道，像黎婠婠这种还没有正式毕业的大学生，来创嵘做前台人家都未必会要。

到了餐厅，黎婠婠进门的时候就应该察觉到不对劲的，可惜她走神了。意识到何嘉敏包下整个餐厅时，黎婠婠就想转身离开。她下意识地看向了带她来的陆斯昂。可惜陆斯昂坐在轮椅上，只留给她一个发顶。

餐厅突然出现闯入者，林星感到有些不悦，正打算出来教训人，让他们赶紧离开的时候，就看到了黎婠婠推着陆斯昂。

何嘉敏见林星傻呆呆地站着，心里不满，面上却不显：“怎么了？是误闯的人吗？”

“是我。”陆斯昂突然开口。

何嘉敏诧异地起身，待看清来人时笑着道：“陆少怎么来了？身体好些了吗？”

听说陆斯昂是在山上赛车的时候受伤的，还跟张家那个人有点关系，何嘉敏打听不出更多的消息，也只当他自己不小心。

“还行，出来透透气，你们吃午饭呢，加我们两个怎么样？”

何嘉敏过来挽着黎婠婠的胳膊：“早知道你跟陆少有约会，我就叫上你一起了，不过我做的爱心午餐只有两份，请其他厨师来做可以吗？”

黎婠婠的笑容僵在脸上，但凡知道他们两个人在这儿，她绝对不会进来。

陆斯昂可不挑：“正好，我更相信厨师的手艺。”

“林星，让主厨过来。”

“我不知道陆少的口味，婠婠，你知道吗？”何嘉敏帮她推着陆斯昂的轮椅过来的时候，还惊讶地道，“我真的没想到会这么巧。”

戎行野似笑非笑地道：“巧吗？”

“不巧吗？”陆斯昂反问，随后看着桌上的爱心荷包蛋，只见蛋上还用番茄画了笑脸。

“啧，我感觉这爱心午餐，没以前某人做得好啊。”

何嘉敏很想问问谁是某人，但她绝对不会问。过去式，是她最不该浪费时间去询问的存在。

黎婠婠却汗流浃背了。过去，她为了戎行野苦学厨艺，也是狠狠下了一番苦功夫的。每次戎行野带兄弟们回来的时候，她都在厨房一顿忙活，无论什么菜她都能做得有模有样，不过给戎行野的每次都会特殊一些，她会专门配上一些带有爱心的配菜，还被人打趣，戎行野现在也要吃这么可爱的东西，果然是有女朋友了，不一样了。那会儿戎行野总是会很开心。

“陆少，我第一次做嘛，你就不要笑话我了，我学了好久呢，你要是这么说话，小心以后婠婠生气不理你哦。”

何嘉敏说完，笑着对黎婠婠道：“对吧？”

戎行野抬眼瞥了一眼站在那儿的黎婠婠：“要吃点什么？”

“差点忘了，这里的主菜都很不错。”

何嘉敏正给他们介绍特色菜。

黎婠婠硬着头皮想坐在何嘉敏边上，让这两个男人坐在一起去。哪知道椅子突然被踢开，戎行野靠坐在对面，缓缓地道：“你在那边怎么照顾残疾人？坐这儿。”黎婠婠一看，赫然是戎行野旁边的位置。

听到“残疾人”这几个字，陆斯昂的嘴角忍不住抽了抽。

“人身攻击是吧？谁残疾了？”

“我看你连吃个饭都要别人推着来了，确定没废？可别硬撑。”

“那你放心，等我子孙满堂，还得请你来喝酒呢。”

戎行野一笑：“你那子孙我怕不是一家的吧。”

两个男人唇枪舌剑，黎婠婠跟何嘉敏根本没有插嘴的机会。

“你们的感情真好。”何嘉敏笑吟吟地说了这么一句，又道，“还是快点菜吧，你们不饿，我和婠婠都要饿了。”

陆斯昂随便点了两个，何嘉敏道：“陆少的腿还没好，这道菜不太适合，换成清淡一些的吧，婠婠呢？有什么忌口吗？”

“她不喜欢吃黑松露。”戎行野说完，现场再次安静下来。

陆斯昂突然问道：“你这老板当得还挺贴心，员工的饮食习惯都记得，可别让何小姐误会了。”

何嘉敏笑着道：“怎么会呢？之前我还好奇呢，行野好像对婠婠特别照顾，现在我知道了，原来是爱屋及乌啊。”

陆斯昂看着戎行野：“何小姐挺会说话的，你觉得呢？”

戎行野轻轻地嗤笑了一声。

何嘉敏的脸色一变。

陆斯昂直接被他给气笑了。

好在很快就上菜了，何嘉敏为了浪漫，还精心准备了不少节目。几个人在优雅的音乐声中一边吃饭，一边说着话。陆斯昂都不得不承认，何嘉敏很会热场子，有她在的地方，不会让你的话掉在地上。怪不得都说她最适合娶回家呢，不过这种女人看多了，也没什么意思。

一顿饭吃得索然无味。何嘉敏发现说话的只有自己后，讪讪地道：“对了，下个月我想办一场慈善晚宴，我想邀请行野的朋友一块儿来，陆少带着婠婠一起吧。”

“这我可做不了主，你也知道我的腿现在可不方便。”

“那婠婠你呢？”

戎行野突然搁下水杯：“饱了，该回去上班了。”

何嘉敏诧异地道：“可是你只吃了一口。”

“我这人嘴刁。”

何嘉敏立刻拿出餐巾擦了擦嘴：“时间应该还早，还有两道甜点。”

“我不爱吃甜食。”

黎婠婠没忍住，与陆斯昂对视了一眼。这人不爱吃甜食？真是睁眼说瞎话。

两个人的小动作落在了戎行野的眼中，男人突然道：“你之前不是说喜欢哪家画廊里的哪幅画，去买单吧，算我送你的答谢礼物，今天谢谢你的招待，我很喜欢。”

何嘉敏没想到戎行野会表达感谢，甜美地一笑道：“没关系的，只要你喜欢，付出再多都可以。我不打扰你的工作了，慈善晚宴我等你来。”

何嘉敏说着拿上了包：“一起出去吧。”

戎行野看也懒得看黎婠婠，她要是不跟上来，反而去帮陆斯昂的话，别怪他翻脸。

结果黎婠婠还真的是懂怎么气人的，戎行野都大步流星地走到店门口了，黎婠婠才去推陆斯昂：“我得回去上班了，不能翘班。”

“那你还欠我一顿饭。”

“你是不是故意带我来这里搅局的？”

“什么叫搅局，你真的这么甘心把他拱手相让？”

黎婠婠神色不大自然地道：“难不成你认为凭我能改变戎行野的心意？”

“黎婠婠，我不知道。但你既然目前摆脱不了他，无论被迫也好，心甘情愿也罢，都是心存了那么一丝期待的吧，不然你还留在他的身边做什么？”

黎婠婠的眼神闪烁：“我有我自己的苦衷。”

陆斯昂看着她：“你想成为被他特殊对待的那个人吧？”

黎婠婠觉得心口好像猛地被人一击，随后苦笑着道：“那也已经是过去的事情了。”

陆斯昂一笑，了然地道：“等你想好了再说吧，他只要还没订婚，你就还有机会，可你也不该让他觉得你非他不可。”

“可是……为什么？”为什么这么帮她？

“你喜欢我？”黎婠婠说到这儿，直接问道。

陆斯昂“啧”了一声：“这么说太过笼统，不过起码不讨厌你，我的喜欢有很多，可我从不轻易言爱。黎婠婠，如果我真的爱上你了，那未必是什么好事。”

黎婠婠松了一口气的同时又忍不住道：“你这么好的人，爱上我确实不是什么好事。”何况还会因此跟戎行野翻脸，这个买卖亏大发了。

“不，我会让你逐渐对戎行野死心，然后乘虚而入。”

黎婠婠觉得十分无语：“你这是什么癖好？”

陆斯昂琢磨了一下：“大概因为你是我拼命救回来的人，如果还是如同丧家之犬一般的话，我的胜负欲不允许吧。所以，黎婠婠，你最好祈祷，我别对你动心。”

“那你可千万不要。”

现在她已经够乱了。以后，她会带外婆离开江城，这里的人、事、物，她能少欠一些是一些。

等黎婠婠跟陆斯昂终于出来的时候，戎行野面无表情地道：“舍得出来了？我以为你们俩准备在里面孵蛋呢。还不快走？创嵘的工资发给你是让你谈恋爱来的？”男人撂下这么一句，直接打开车门上了车。

黎婠婠想送陆斯昂上车，又怕戎行野等会儿会发疯，只好对着陆斯昂道：“我先走啦。”

陆斯昂自然不会为难她。跟何嘉敏一起目送戎行野的车离开后，何嘉敏深吸一口气道：“陆少，那我的慈善晚会你一定要来啊。”

“成啊。”反正他现在所有的工作都因为养伤暂停了，车也玩不了，只能给家里的公司帮忙，无趣得厉害。

跟着何嘉敏有热闹看，不去白不去，这个热闹他非凑不可。

陆斯昂走了，何嘉敏的笑容保持到了最后一秒钟，林星忐忑不安地道：“小姐，上车吧，还是去拿店里的礼服？”

何嘉敏从来不会在外面发脾气，她沉声道：“打电话给嘉俊，问问他在哪里。”

“是。”

…………

一上车，戎行野就当黎婠婠是透明人。黎婠婠也料到了戎行野会生气，但是没想到，直到回了办公室，他都没给黎婠婠任何一个眼神。黎婠婠刚想去给他倒杯咖啡讨他的欢心，就接到了医院打来的电话，说外婆的身体评估报告已经出来了。

黎婠婠赶紧去求戎行野。关于这件事，他不会为难她。

“让司机送你过去。”

那个老太太动弹不得，要是真有什么好歹，黎婠婠必定得难过很久。他也不是小心眼的人，她想去他自然就让她去。

黎婠婠转身就走，戎行野却突然开口：“黎婠婠。”

她转过头。

“有什么需要，你记得找我。”

“知道了。”

到了医院，结果却没有黎婠婠想得顺利。

“黎小姐，很抱歉，你外婆颅内的占位性病变，目前可确诊为脑部胶质瘤，边界不清，已经扩散，并且压迫到了神经，即使安排手术也很难清除，我们会诊后决定先进行肿瘤切除手术，会请几位专家一起来进行手术，确保病人的生命安全。”

黎婠婠不知道自己是怎么从医院里出来的，只觉得自己只要在手术同意书上签下字，就是把外婆交到了死神的手上。

“黎小姐，手术与否全在你自己，成功率只有 50%，没人能确定这个奇迹一定会发生。手术费，还有后续照顾病人的花销都是一笔非常昂贵的支出，您要想好。”

“那如果不手术，保守治疗呢？”

“黎小姐，您外婆现在的这种情况，能撑三年已经堪称奇迹，再等下去，其实意义不大。病人的处境非常危险，诚如我刚才所言，癌细胞正在不断地扩散，随时可能危及生命。”

医生的话还有表情，她在脑海里记得清清楚楚。可记得越清楚，反倒是心越乱。她坐在医院的花坛上，这么一坐就坐了一下午。

天空下起了小雪。不知不觉中，江城已经入冬了。头上被黑伞遮住，黎婠婠一愣，回过头才发现戎行野正居高临下地看着她。

“看什么看？这么冷的天在这儿傻坐着？上车！”

黎婠婠被他拽着胳膊塞进车内，整个人瞬间被暖气包围，才发现手和腿都冻麻了。

“你怎么知道我在这儿？”

“你管我？”戎行野说完，见她一副快要哭了的表情，深吸一口道，“又怎么了？你们家老太太的病医生怎么说？”

“手术的成功率不高，但一定要尽快手术了。”黎婠婠说着，声音有些哽咽。

戎行野看她这副小可怜的模样就觉得糟心。

“不手术就是等死，黎婠婠，搏一搏吧。”

黎婠婠当然知道，如果不手术，外婆也许下个月就撑不住了。

手机还在接收新的消息，都是陌生号码发来的，是徐家。

如今徐梦回来，为他们徐家助长了声势。仿佛是她这个不知好歹的人独霸了外婆，不让他们这些亲人靠近。

黎婠婠只觉得可悲。她看着窗外的霓虹，过了良久才“嗯”了一声。

“钱的问题你不用担心。”

“谢谢。”

张弛又联系了黎婠婠，想让她再考虑一下项目，她现在缺钱，就答应了。

“那就说好了，不过你这两天得跟我去见见导演组的人，咱们立项后要合作那么长时间，总得露个面。”

“好。”只是黎婠婠没想到今天应酬的人里面，竟然有何家的人，还有许久不见的白雪!

白雪也没想到今天黎婠婠会出现。经过她不懈的道歉和撒娇，行野哥哥终于肯和她说话了，并帮她拿到了这个电影里的女配的角色，她马上就要实现从小到大的梦想，成为一名真正的女明星了。

“这位是何氏融资的总经理何宏浩先生。”

黎婠婠跟着张弛敬酒，她浅浅地抿了一口便想坐下。

虽然黎婠婠很是低调，可光是那张脸，就不是一般人能忽略的。

“这位是哪个女艺人，演的什么角色？好像没见过？”

白雪乐得看热闹：“何先生还不知道吧，黎小姐可是张导的学生呢。”

张弛赶紧道：“我带在身边的学生。”

“还是位女导演，那我得再敬一杯，贵圈的后起之秀就是多啊。”

黎婠婠笑着起来道：“何先生，等会儿我还要陪着老师回去做统筹，就先敬您一杯，祝您今年财源广进，生意兴隆。”

“哎，着什么急啊？这漫漫长夜的，还回去做统筹，小姑娘家家的，你们也不心疼，哪能叫这样的美女干这样的苦工？”何宏浩一把拉住黎婠婠，舍不得放手了。

“不行了，何先生，我真的不能喝了。”黎婠婠再三推辞，何宏浩正要放过她。

此时一个尖锐的声音响起："不会吧，我可听说黎小姐您的酒量很不错呢。"

白雪说完，何宏浩的脸色沉了下来。

"黎小姐看来是不愿意给何某一个面子。"

张弛赶紧道："小姑娘家的酒量真的没那么好，要不我来陪何先生您喝两杯？"

何宏浩一把将酒杯放在黎婠婠的嘴边，打算逼迫黎婠婠喝下去。

然而就在这时，包厢的门"砰"地被人打开。戎行野的出现，让整个包厢里的人都吓了一跳。

等把来人看清楚后，大家才赶紧热情地上前迎接。

"戎总，可算把您给盼来了。"

这个项目陆氏本来是最大的投资方，后来何家跟创嵘也一并进入，创嵘成了大股东，剧组的一切费用都由创嵘来承包。

他们这样的剧组，放在圈内算是数一数二的阵容，可放在创嵘眼底，就只是一个小项目，根本请不动戎行野亲自来参加酒局。

"行野哥哥。"白雪感到十分惊讶，随后惊喜地站起来，"你怎么来了？不是说不来吗？"

戎行野扫视了包厢一圈，才发现黎婠婠。

"挺热闹。"戎行野评价了一番。

虽然对方马上就是自己的侄女婿了，可是何宏浩每次看到戎行野这个小子，都感觉头皮发麻，生怕跟他对视。

何宏浩赶紧松开了黎婠婠的肩膀："行野，来啦，赶紧的，多加一副碗筷，再搬个凳子过来。"

"不行，干脆把这一桌全撤了，重新上新的。"哪能让戎行野吃他们吃剩下的？

戎行野似笑非笑地看着何宏浩，扯开凳子，将烟灰抖进了何宏浩的酒杯里："这酒不错，干一杯？"

整个包厢里的人皆是一惊。

何宏浩突然拍了拍戎行野的肩膀，戎行野微微侧首，盯着他的那只手，视线顺着粗大肥厚的手，又挪向了他的脸。

何宏浩笑得眯起眼睛，跟众人打趣道："我们行野平时爱开玩笑。"

随后他沉着一张脸对着服务员道："愣着干什么？还不再准备一桌。"

一群服务员走了进来，端盘子的端盘子，换碗碟的换碗碟。

白雪这会儿可不想坐在现在的位置上了，她要坐到戎行野的身边去。

"行野哥哥，我去点几个你爱吃的菜好吗？"

还不等戎行野说什么，白雪俨然以一副女主人的姿态对服务员说："把我的位置挪到这边吧。"

"不需要。"

白雪的脸色变得泫然欲泣："行野哥哥。"

今天那么多人呢，当着黎婠婠的面，难不成要让她在众人面前丢人吗？

戎行野看着坐在那儿低着头的黎婠婠，没好气地道："今天让你做的报表做完了？"

跑来这里应酬，被人欺负了还不找他。够能耐的！就气人的本事最大。

黎婠婠懂了他的暗示："我现在立刻去做。"

戎行野睨了何宏浩一眼："做仔细点，戎毅，送她回去，做错一点，我可不乐意。"

何宏浩额头上的冷汗顺着脸颊滴落。

黎婠婠赶紧拿上包走人，戎行野等她一走，身上的气场登时一变："怎么？我敬的酒不好喝？"

饭局结束后，白雪赶忙追上戎行野："行野哥哥，我不是故意的，今晚是何总为难婠婠姐姐的。"

戎行野降下车窗，指尖还夹着烟，看着白雪再三恳求，冷冷地道："因为你像她，所以你想要什么我都尽量给你，但不要以为这样就能拿捏我。”

最近黎婠婠住在创嵘公司的内部员工宿舍，戎行野上来的时候，她正在做报表。见到他就这么开门进来，她吓了一跳。

“见到我这么惊讶？”

“这是员工宿舍，会被人看到的。”

“那又怎么样？不被看到，你觉得你就不是他们嘴里的关系户了？”

黎婠婠脸色难看地坐下：“所以你非要捅破这层窗户纸，是吗？”

他坐在她的身边，伸手将她的脸掰了回来。

“我们在一起三年，这是无法改变的。”

“三年而已，戎总前途光明，会有更适合你的人，比如何小姐，像我这么不懂事不听话的女朋友，不适合戎总。”

“黎婠婠，你明知道我要什么，却还在激怒我。”

“戎总日理万机，我这样的小人物……”

“不肯待着，那就走吧。”

黎婠婠一愣。

“我给你自由了，你要么现在求我，要么离开。”

然而黎婠婠十分平静地进了房间，收拾好本来就不多的几件衣服，当着戎行野的面开门走了出去。

男人在宿舍简陋的客厅里坐了大半夜，黑暗之中，唯有指尖的一抹猩红亮着。过了良久，他冷笑轻嗤。

黎婠婠，你早晚会回来求我。

黎婠婠无处可去，只能拖着行李箱去医院。护士才刚从病房出来：“黎小姐，你可算来了。”

“是有什么事找我吗？”

“还是徐家那帮人，还带了一群亲戚来，现在已经不允许他们上来了。”

黎婠婠的眼底闪过厌恶。

“不过黎小姐，”护士欲言又止，“他们报警了，要是警察来了，我们也不好拦着。”

黎婠婠抿着嘴唇：“知道了。”

“黎小姐？”

黎婠婠一回头就见到了张主任。“张主任，有什么急事吗？”

“确实有急事找你，你之前不是答应过了要手术吗？怎么你的妈妈说你没办法做这个决定，现在要起诉我们医院？这个专家能来是一件非常幸运的事，现在全院都很重视你外婆的手术。你现在放弃治疗，还要起诉我们医院，这就太过分了！你外婆的病情你也了解，不能耽误了。”

黎婠婠听了赶紧解释：“张主任，这不是我的本意。”

“不管是不是你的本意，这是你们家的家务事，我们也不好插手，我们在乎的是病人的安危。你们自己家里人协商吧，尽快决定这手术到底要不要做。”张主任说完，转身离开。

黎婠婠气不打一处来，她想过很多次徐梦回来后的样子，可从没想过会是这样！

黎婠婠拿起手机打给了徐梦。

“你好。”

“你究竟想怎么样？”

“你是？婠婠？”

徐梦那边打开了车门：“我正好在医院楼下，下来跟我谈谈吧。”

黎婠婠冷笑着道：“你搞这么多花样，就是为了跟我谈谈？你到底有什么目的？”

“婠婠，我能有什么目的？我只是不想你走弯路。”

黎婠婠根本不想听，看了眼指示牌道：“我在住院部顶楼等你。”

徐梦如今的流量、话题虽然不比当年，但保不齐会有粉丝把她认出来，黎婠婠不想跟她一起上新闻。

徐梦很快就上来了，看到黎婠婠站在顶楼边缘的时候，她的瞳孔不禁一缩。黎娼娼的身材随自己，从背影看，很有自己当年的韵味，只是顶楼的风太大，吹动她的衣摆，给了徐梦一种只要没人拉一把，这个姑娘就会从这儿立刻跳下去的错觉。

“你这是干什么？”徐梦的声音有些严厉。

黎娼娼注视着脚下的人群，扭过头来看她，徐梦的手不知道怎么回事，打了石膏，不过黎娼娼并不想管这个。她自然有自己的丈夫和女儿去关心，至于黎娼娼这个女儿，徐梦也不需要。

“人的生死往往就在一念之间。曾经无数次，我站在医院的天台上，都这样想过，跳下去也许就一了百了了。我穷困潦倒、无人可依、负债累累的时候，你在国外过得好吗？由于付不起医药费外婆无法住院的时候你想过她吗？”

黎娼娼全程都用十分平静的语气去询问。

然而徐梦听完后，只是摇了摇头，用没受伤的那只手从包里拿出了一张卡，放在了她的脚边：“这是我给你舅舅打款的银行卡，以前你每一年的礼物都是从这里出的，你舅舅不给你花钱，也是怕你年纪小，误入歧途，没想到你对他的误会这么深。现在这里面还有点钱，听说你大学毕业之后想做导演，史蒂文跟我说他愿意带着你，你要不要跟我一起回国？瑞贝卡也会很喜欢你这个姐姐的。”

徐梦说到这儿，自以为圣母一般地朝她伸出手：“无论你做错了什么，我都会原谅你。只要出国了，你在这里所做的一切都没人会再议论，你的一切都还可以重来。”

黎娼娼看着她，看着这个在努力粉饰太平的女人。黎娼娼听清了她说的每一个字，可还是不懂为什么会如此荒谬和可笑。

“哇。”黎娼娼踢了踢脚边的银行卡，“原来这些年你在背地里为我默默地付出了这么多，所以是我不知感恩？”

徐梦似乎有些无奈地看着她：“娼娼，人在年轻的时候走一些弯路是不打紧的，你还年轻，你完全有修正的机会，江城那些人对你的评价不重要。

跟我回去，我会给你一个美好的将来。我还有一些人脉，你的导演之路可以走得很舒服，不用那么辛苦。至于那些什么……戎行野跟你不是一路人，我听说他快订婚了，你们不可能有以后的。”

“那又怎么样？”

“你！你怎么死性不改呢？难道非要靠糟蹋自己来伤我的心？”

徐梦感到很失望。

“原来你也会伤心哪！大可不必，我和戎行野的事跟你无关，我的事也用不着你来管。”

“你非要摔得粉身碎骨才满意吗？”徐梦质问道。

“对，粉身碎骨我也不在乎，所以你最好离我、离我外婆远点。再插手我的事情，我就将你当年的事情说出来，反正我的名声早坏透了，不差这一笔，但你很爱惜羽毛吧。”

徐梦想也没想地抬起手，黎婠婠却再也不会站在原地任凭她打骂。

“徐元跟刘润丽打我巴掌已经打得够多了，我爸爸都没舍得动我一根头发，你们凭什么？”

徐梦被气得浑身发抖。

“不知好歹！你不知好歹，你就知道伤我的心！我当初就不该……”

“不该什么？说出来啊，说出来也迟了！”

“你既然这么冥顽不灵，我跟你也没什么好说的，这钱你拿着，算买断我这些年的愧疚。你外婆的事不是你一个人能决定的，她要不要做手术该由我们这些做儿女的说了算，你一个小辈，什么时候轮到你说话？”

黎婠婠仿佛听到了一个大笑话，笑得弯了腰，笑得眼泪从眼角沁出。

“你笑什么？”徐梦看着她这样子，简直难以置信，她竟然会是自己的女儿！她的女儿应该高贵优雅，或者像瑞贝卡一样，继承她的美丽、可爱。这简直让人不能忍受。

徐梦深吸一口气，摇着头崩溃地道：“你这个样子简直是我的耻辱。”

黎婠婠的身子微微一顿，她挑眉道：“这样就是你的耻辱了？这不正好吗？咱们谁也看不上谁，来找对方做什么？安安分分地当陌生人吧！”

“我？你对我能有什么不满？我已经做到了我所能做的一切。”

“那你所做的一切可真多啊，我从不怪你丢下了我，你对我不闻不问也是你的选择，但你回来指责我，耽误外婆的病情，帮助徐元对付我，就让人忍无可忍了。徐梦，你有一点良心吗？”

黎婠婠很想大声地质问，瑞贝卡是你的宝贝女儿，那我就不是了是吗？我就是阴沟里的臭虫，我就该被所有人嫌弃、鄙视，我连说一句拒绝都不可以吗？

“你现在认清楚了，我就是这样一个人。”

徐梦再也无法忍受：“我不会善罢甘休的。”

“好，你试试，我倒是要看看你当年珍惜名声到那个地步，现在肯不肯承认昔年影后丢弃老母二十多年不闻不问，现在觍着脸回来当孝女了！闹吧！徐梦，你敢闹，我就跟你闹到底。”

徐梦当然不敢，这是她的软肋。她无法舍弃对外树立的形象，更不敢让大众知道她曾经有过那么一段不堪的过去。而她的女儿也并不是那个骄傲的小公主了，她丢不起这个人。徐梦落荒而逃，打开门冲下天台的时候，还崴了脚，最后怨恨地看了一眼黎婠婠，才气愤地离去。

黎婠婠深吸了两口气，才抚着额头坐了下来。

黎婠婠在医院里待了三天，戎行野没找人联系过她，徐元他们也没再来。黎婠婠乐得清闲，一边照顾外婆，一边跟着张弛做电影的前期准备工作。

宋清让在手术前一日过来了。

“怎么这会儿来了？”黎婠婠诧异地问道。

“动手术的事，要不是我来打听，你还真的不打算告诉我了？”宋清让有些责怪黎婠婠，把东西放好后道，“今天晚上我来照顾外婆。我在医院边上的酒店给你开了一间房，你等会儿去睡一觉。明天外婆做手术要很长一段时间，有什么事咱俩轮流守着，互相有个帮衬。”

不得不说，宋清让的出现让黎婠婠不必一个人去面对这些，心里确实感到踏实了一些。

宋清让削了个苹果给她，打开了电视机。

屏幕里，白雪的广告突然出现，她代言了一款针对大学生的护肤品，看来戎行野把她踢出了自己的剧组，又用其他的方式弥补了她。

宋清让下意识地看了一眼黎婠婠的反应，发现她只是盯着电脑吃苹果。

二人心照不宣，仿佛这件事与他们无关。

楚昔是傍晚时来医院的。她陪着黎婠婠去了酒店休息。

晚上，黎婠婠洗了澡，跟楚昔一起躺在床上。想了想，她还是抱着楚昔："我害怕。"

楚昔拍了拍她："不怕，我陪着你。"

"我怕外婆出事，小昔，那样的话，这个世界上，我就剩下自己一个人了。"

"别说瞎话！我也是你的亲人，外婆一定没事的。"

黎婠婠不敢去想另一种可能。她没出息到觉得这时候如果戎行野能出现，跟她担保她外婆一定平安无事，她的心都会安定几分。

因为戎行野无所不能。他说得出，就一定做得到。

可他不仅没出现，还成了其他女人的英雄。

黎婠婠觉得自己像极了电视剧里的恶毒女配，一个贪心不足，还什么都想要的女人。

黎婠婠几乎熬了一整夜。老太太被推进手术室的时候，黎婠婠觉得自己有些腿软，站在手术室的门口什么也做不了，除了等待还是等待。

一道门里外相隔的也许就是阴阳两面。

黎婠婠无数次地祈祷，脑海里全是外婆的样子。

"我们囡囡最乖。"

"我们囡囡怎么哭啦，到外婆这来好不好？"

"谁都别想欺负我们囡囡！我，我这里还有钱，我给！"

手术进行了一上午。

中午霍司丞来了一趟："吃饭了没？"

楚昔看了一眼黎婠婠："吃不下。"

"跟我去食堂打饭，黎婠婠的那份你给她带回来。"

"不用带我的。"她也吃不下。

"来吃饭吧。"宋清让从电梯里出来，看到霍司丞的时候绅士地颔首，"霍医生。"

霍司丞看着宋清让贴心地照顾黎婠婠和楚昔，第一次觉得戎行野这小子对人的评价是对的。这个宋清让就是让人觉得碍眼得很！碍眼到……让人恨不得将他扯开。霍司丞什么也没说，转身离开。

楚昔看了一眼，低下了头。

"你们两个怎么回事？这婚非离不可？"

"我跟他的事，你也不是不知道，离了对我们都好。"

"甘心？"

"甘心不甘心的，都这样了，还是算了吧。"

黎婠婠拍了拍楚昔的肩膀。

"霍医生。"护士向霍司丞问好。

可向来待人有礼的霍司丞却好像生气了似的，连个眼神也没给对方。

关上办公室的门，男人扯了扯领带，深吸一口气，打电话给戎行野。

"什么事？"

"你还在那莱？什么时候回国？"

"过两天。"

"行，我只是转告你，黎婠婠的外婆早上八点开始的手术，现在已经进行了半天，是生是死还不知道，宋清让一直在她这儿。如果你今天不出现，估计你就没什么跟她和好的机会了。"

话还没说完，电话就被戎行野挂断了。

沈确在旁边等候戎行野吩咐。远处隔岸的码头就是他们这次的主要目的地。就算现在回国，最快也要八个小时。他回去也做不了什么。

戎行野很快做出了决定。

“戎总，商总问你好了没？”

“走吧。”

手术从早上一直进行到晚上，黎婠婠感觉自己好像成了化石，时间一分一秒地流逝的同时，她所有的感官和反应都开始变得很迟钝。手术室的门被打开时，黎婠婠腿软得差点跪下来，宋清让在旁边一把扶住她的手肘，将她撑起来，扶着她快速朝着医生走过去。楚昔反应过来，也要过去，额头却差点撞到瓷砖上，有一只手快速地从身后护着她的脑袋。

楚昔仰头，霍司丞面无表情地道：“小心点。”

楚昔也顾不得跟他说话，朝着手术室门口走去。

“医生，我外婆……”

“手术还没结束，其他暂且等候。”

黎婠婠只能重新看着手术室的门缓缓关上，又是一堆仪器被送入。

“婠婠，要不你先回去休息？我在这儿守着。”

“不行，我不能休息。”她怕一闭上眼睛，就再也见不到外婆了。

黎婠婠被人安顿好，坐下来，体温渐渐变低。宋清让脱下外套披在了她的身上，黎婠婠没拒绝，她甚至已经忽略了周围的一切人、事、物。

时间过了午夜十二点。

霍司丞摘下眼镜，揉了揉眉心。他看着楚昔道：“你去睡觉。”

“不用。”楚昔倔强的侧脸落在霍司丞的眼底。他突然意识到好像很久没见到楚昔对自己笑了。

“戎行野呢？他知不知道外婆今天做手术？”楚昔没忍住，还是问了出来。

一旁的黎婠婠一怔，随后强行挪开了视线。

“知道。”霍司丞的声音低沉，却如闷钟，最终落下尘埃落定的声响。

黎婠婠听到自己心底里仿佛有一根丝线，在绷紧到极致时，就此崩断——他们已经彻底分手了，她本来也不应该有别的期待，本来外婆的事情也与他无关。

手术室的大门再次打开，所有人看向了门口。

“虞小珍的家属在吗？”

“在的，我在！”

“手术非常成功，等会儿我们会把人送去病房，已经彻底脱离危险了。”

黎婠婠听到这句话的时候，泪水夺眶而出，转身跟同样激动的楚昔紧紧地抱在了一起。“小昔！”

“我知道我知道！是好事，不要哭，我们等外婆出来，好吗？”

“嗯！”

黎婠婠转头看着宋清让：“谢谢你！清让哥哥。”

无论是谁，只要今天肯来，肯给她一点点支撑，她都无比感激。

宋清让拥她入怀，温柔地道：“傻丫头，都是我应该做的。你看，老天爷把外婆还给你了。”

黎婠婠没推开他，她实在是太需要一个依靠了。泪水模糊了视线，她任凭自己将泪水隐藏在这个怀抱之中。

戎行野出现在医院走廊尽头的时候，看到的就是这么一幕。

在沈确诧异的目光里，戎行野转身走进了电梯。

黎婠婠鬼使神差地抬起头的时候，只能看到缓缓闭合的电梯门。她一笑，笑自己又天真又多心。那个男人，怎么会来这儿？

沈确看着戎行野，欲言又止。

明明当时已经决定不管这边，最后，在上游艇之前，戎行野却又猛地拿出了手机。手机上黎婠婠的坐标停在医院已经三天了。这个女人一根筋，她外婆但凡有个三长两短，估计她会受不了。

“戎总？不走了吗？”

“告诉他们我要回国一趟。”

“可是这位老先生我们联络了很久才等到！”沈确不能理解。

如果这桩生意谈下来，戎行野在戎家的地位跟财力也会更上一层楼。

他们这次来得这么费劲，没让任何人发现，这么半途而废，那么之前几年的努力就全部打了水漂。

“那就请他去国内参观一下我们的公司吧。”

沈确垂眸：“好。”

…………

“戎总。”

“什么事？”

“这是黎小姐的辞呈，她说自己如今要照顾家里的病人，无力兼顾工作。”

“随她。”

“好。”

黎媗媗一直在等沈确的消息，直到他回了个“好的”。

黎媗媗去洗了把脸，才回复张弛。

剧组即将开机。等过了这段时间，戎行野估计就忘记她了，反正暂时她也不会出国。现在一切朝着她所期待的方向发展。等外婆苏醒，能下地了，她正好拍完这部电影，届时她会顺利毕业，带外婆离开江城。

从此，江城的一切与她再无关系。

黎媗媗将外婆暂时托付给了宋清让跟楚昔，自己拿上从戎行野家离开时带走的那个小行李箱，踏上了剧组的车。

黎媗媗刚开始很不适应，剧组一开始就选了个郊外的地方，开始搭建一个拍摄场地。她必须在原地督工。

住宿的环境很糟糕，黎媗媗的皮肤比一般人娇嫩，刚来三天，浑身就像被什么毒虫咬了一样，腿上全是红点。又痒又难受，还有点小水泡。

她趁着不忙的时候去附近的集市买了新的床品四件套换上。

在充满了霉味的房间里工作，黎媗媗却觉得比任何时候都充实。

没有戎行野，也没有那些烦人的事情，她每天抱着面包和矿泉水，在剧组的工地一坐就是一天，人也晒黑了。

琐碎的事情其实也不少，楚昔偶尔发视频过来，说自己给外婆换了新的花，黎婠婠就又有动力了。每次看到外婆，她在剧组遭受的那些白眼和冷眼，就都能忍下去了。

“黎婠婠！”

“来了！”她赶紧挂断视频电话，把还没吃完的饭塞进包里，快速朝着那边跑去。

时间就这么悄然过了大半个月，直到陆斯昂出现在她面前，摘下墨镜，不敢置信地盯着她上下打量的时候，黎婠婠都没意识到，她已经离开戎行野有一段时间了。

“你怎么晒成这样了？”陆斯昂差点没把这只灰头土脸的麻雀认出来。

黎婠婠捋了一下头发：“你的腿好了？”

“暂时还不能跑、跳，走一会儿不成问题。”

“挺好的。”一段时间没见，黎婠婠不知道该说什么。

“你怎么会来这儿？”陆斯昂这群富家子弟，去的地方都是高档场所，现在这个地方说好听点是拍摄基地，说难听点那就是荒郊野地。

“你忘了？这个项目我家也出钱投资了，现在我在家最闲，让我来看看怎么样，吃饭了没？”陆斯昂问道。

陆斯昂眯起眼睛，看着身后的施工现场，他的车开过来还没五分钟，已经到处是尘土，黎婠婠这姑娘还真的挺能吃苦的。

“你们导演组是不是欺负人啊？让你这个娇滴滴的小姑娘来监管进度，场务呢？”

“人都在，最终结果肯定还要有人来确定的，我这活可不轻松。”何况她巴不得出来。留在江城的风口浪尖上让人看笑话，被记者堵着也烦。学校里关于她的风言风语已经够多了，没事还是别给自己找麻烦了。

陆斯昂戴上墨镜：“成，黎导，给我介绍介绍。”

“黎导”这个称呼把黎婠婠逗乐了，她微微摆手：“陆总，里边请。”

陆斯昂将车钥匙甩给司机：“你去把车洗洗。”

两名保镖想跟着，陆斯昂摆手：“自己找地方休息会儿，我在这儿没什么事。”

“这一块黑黢黢的是打算做什么？”

“这是重头戏场景，做好后效果图是这样的。为求逼真，后续我们都会手绘上图案，还请了这方面的专家，力求一比一还原。”

这次的剧本是大型传统神话系列故事，道具、服装、造景都是大制作。

毕竟是老百姓耳熟能详的神话故事，看好和唱衰的人都不少。

黎婠婠去过不少大大小小的剧组，但还是首次参与这么大的投资、这么大的项目，她自然是想做到尽善尽美。

张弛的压力也很大，他已经好几天没好好睡过觉了，每天黎婠婠都得拿着单反从这头跑到那头，对照效果图跟现场施工图。她的话语权不大，这些人看她脸嫩、年轻，又是个漂亮小姑娘，有故意看轻她的，背地里说她的也不少。黎婠婠都知道，但是干这行的，风光都是在表面。混不出头，哪来的话语权？谁又会尊重你？

黎婠婠的脸被晒得微微发红，鼻头上还有汗珠。

陆斯昂见过她很多面。

有读书时期穿着校服，留着“黑长直”的校园女神的样子。那会儿很多男孩排着队追她的事连他这个高中部的都有所耳闻。

有她穿着小礼服上台弹钢琴，赢得满堂喝彩的样子。那是他一次跟着父母去黎家，聚光灯下，她优雅地提起礼服朝着大家微笑，鲜花和掌声一起向她涌去。

有她后来落魄时，跟着戎行野重新出现在众人面前时窘迫的样子。那时候她失去了所有的光彩，却依旧美得逼人，比起少女时期流露出更多的蜜桃初长成的女人味。

后来的黎婠婠，尖锐、扎手，偶尔如野猫一般挠人。但他从来没见过，她穿着牛仔裤、卫衣，外面套了一件黑色的羽绒服，浑身上下灰扑扑的样子。

“你干吗老看着我？我这个样子很奇怪？”黎婠婠被他盯着，心里觉得毛毛的。

陆斯昂挑眉："啧，就是觉得你还挺能吃苦。"

"这算夸奖？"

"好像不算。"

毕竟能吃苦的人就有吃不完的苦，尤其是"吃苦"这个词跟黎婠婠联系上，陆斯昂莫名觉得有些不舒服。

"这里都看了，我也看不出什么来，还在搭基架，多久完工？"

"前后估计三个月，后续边拍边造景。"

"那你吃饭都在哪里解决？"

正好剧组发盒饭，黎婠婠指着远处的便当车："吃订来的盒饭。"

黎婠婠寻思着陆斯昂不会跟她一块儿吃，哪知道男人竟然乖乖地跟在她后面去排队。好在每天都有多余的盒饭。

"来这边坐吧，环境算比较好一点。"不必在外面吃土。

黎婠婠带他进了临时搭建的帐篷，陆斯昂是大老板，大家看他的一身派头就知道。只是他人高马大，跟黎婠婠一起坐在小马扎上，显得有些滑稽。

陆斯昂属实不想吃这个盒饭，看那飘着的油花子就知道很难吃。他看黎婠婠小口吃着，喝着矿泉水，蹙眉道："最近没跟戎行野联系？"

"没有。"黎婠婠回答得果断。

她神情自若，陆斯昂手撑着下巴道："断了？"

黎婠婠感到有些茫然："应该是吧。"

她已经跟他说得很清楚。

这么长时间他也没联系她。

她说不上自己心里是什么感觉，事实上陆斯昂今晚不问她，她也没去想过这个问题。她每天都很忙碌，拿起手机，除了联系工作上的事情就是跟楚昔联络。她知道外婆最近的身体状况，至于那些关于戎行野的消息，她自动屏蔽了。

只是在偶尔清闲下来的时候，她也会莫名地在一瞬间想起那个男人。

具体是什么时候？

或许是在看到一片落叶，意识到已经冬至时。

又或者是在冷热水都调试不好，将就着洗了澡，缩进有些霉味的被子里时。那种不适应的感觉，会让她偶尔怀念他。

黎婠婠将这一系列行为称为戒断反应。

三年时间，就算跟一条狗日夜相处，也有感情了。

她早晚要离开戎行野的，不是今天，就是明天。实在没必要为此多想、多心。

“怎么样？”陆斯昂突然开口打断她。

黎婠婠回过神：“什么？”

“我说，我也陪你在这监工怎么样？”

“在这儿？这里很枯燥的，你待不下去。”

“你就这么看不起人呢？”

“光是住宿环境你就受不了。”

他们有差不多的出身，她自然知道他们骨子里带来的习性。

“不是说融资不少，怎么员工的待遇还这么糟糕？”

其实就是普通的宾馆，但黎婠婠的身体向来娇气。

见陆斯昂准备打电话过去质问，黎婠婠赶紧制止：“你的好意我心领了，不过我得先去忙了，你先自己坐会儿？”

“你忙你的。”陆斯昂饭没吃几口，见她吃得也不多，整个人都瘦了一圈，心里觉得有点不是滋味。

黎婠婠没想到的是，陆斯昂真的留下了，甚至直接住在了他们住的宾馆里。只是他毕竟是投资方的大老板，所以安排的房间是最大、最好的。

黎婠婠在心里默默想着，这小子不出三天就会离开。

哪知道陆斯昂这一住，就是大半个月。

不过也不是没好处，因为大老板亲自坐镇在现场，之前剧组里各种偷懒的、施工时不配合的、欺负黎婠婠年纪轻的人员，这下都乖乖地听话了，并且都拿出十二分的力气干活，生怕陆斯昂不付钱似的。

而且员工待遇直线上升。

本来宾馆是不提供早餐的，陆斯昂自掏腰包去附近镇子上找了一家早餐店订餐，让对方每天早上送手工大肉包、豆浆、馄饨等过来。

陆斯昂在这儿的半个月，黎婠婠的确过得比较舒心。

郊区虽然偏僻，什么娱乐设施都没有，出去就是空旷的大马路，然后就是望不到头的大片荒地。但同时，这里也有美丽的夕阳和日出。

陆斯昂闲着没事干就等黎婠婠下班了，跟她一块去宾馆楼下的烧烤店吃烧烤。要是下班早，就请她去广场看露天电影。

电影人看电影自然跟陆斯昂作为观众的角度不一样。

两个人时不时地吵一架。

陆斯昂可不懂什么拍摄手法，就知道拍得不咋地。

也有人看出苗头来，悄悄地询问黎婠婠。

"黎导，这位陆总是不是你的男朋友啊？"

"不是，我们只是朋友。"

不过这圈内，朋友不朋友的，真真假假的谁能分辨？

陆斯昂有自己的事业，自然不可能一直泡在剧组。第二天晚上，他踏着夜色跟她告别后，就驱车离开了。

接下来的几天，剧组里没了陆斯昂的影子，不过他倒是时不时地发消息过来。

陆斯昂：我楼上房间里有一棵发财树，你去前台要一下房卡，搬到你的房间去，我还不知道啥时候回来，别给枯死了。

陆斯昂：哎，黎婠婠，今天我不在，哪个工头偷奸耍滑你记得告诉我。

陆斯昂：我不带你打游戏你可别自己去送死啊。

黎婠婠闲下来的时候看手机，有的时候还会会心地一笑。

入冬了，天气是真的冷下来了。

从郊区回宾馆的路上，黎婠婠已经冻得手脚发冷，也不知道今晚有没有热水洗澡。

“这鬼天气，冷得不行。”

十二点多，楼下的奶茶店也都关门了，黎婠婠网购了个热水袋，希望能早点到。

拖着一身疲惫上楼，才发现房间的空调又坏了，只能制冷。

黎婠婠郁闷地躺进被窝里，想了想，还是撑着身子起来打开水龙头看看有没有热水。

手机就是在这个时候响起来的。

黎婠婠手都没擦干，急匆匆地拿起手机。

电话那头只有简单干脆的两个字。

“下来。”

她浑身的血液一僵，心跳如擂鼓。

说完这两个字，电话那头已经挂断了。

黎婠婠身子僵硬地抬眸，看到镜子里自己的脸上毫无血色。

她快步走到窗前，打开窗帘往下看。

果然，宾馆对面的树下停了一辆黑色的车，因为路面昏暗，她也没留意。

她更没想到，消失了将近两个月时间的戎行野，会再次出现在自己的生活中。她抿着嘴唇不动，这时车窗摇下来，从里面伸出一只手，指尖夹着一点猩红。

黎婠婠几乎可以断定，车上的人，此时正在盯着她。

她拉上窗帘，想了想，还是下了楼。

如果他等着急了，黎婠婠不确定他会不会上来。

她不想惊动其他人。

她更是期待地想着，或许他这次过来，是彻彻底底地放开她了。

直到推开宾馆的门，被冷风一吹，黎婠婠才意识到仓促之间，她没穿外套。

男人已经打开了车门，修长挺拔的身子靠在车上，黑色的大衣与暗夜融为一体。

黎婠婠每朝着他走近一步，都在克制着转身逃跑的冲动。

她这样的警惕与抗拒，戎行野不会看不出来。所以他没有朝她走去，而是从鼻息间溢出轻嘲的讽刺。

他一下飞机，就一个人开车到了这里，等了她五个小时。

她见到他第一面的时候，就带着抗拒、排斥。

也是，他不是陆斯昂，所以她懒得对他笑。

戎行野厌恶她这副防备的模样，也讨厌她看着他的这种眼神。

他越是生气，表现出来的模样越显得平淡。

“怎么？怕我？”

他一开口，黎婠婠再抬眸时，扬起了笑容，仿佛他们从来没有冷战过，在将近两个月的时间里，他们没有任何嫌隙。

“我是惊喜，不敢置信。”

“黎婠婠，有没有人说过你不适合演戏？难怪只能考个导演系。”

戎行野吐槽完，将烟头掐灭。

黎婠婠本来也不知道应该怎么面对他，更不知道他怎么会来这儿，被他这么一说，脸色难看地愣在原地。

戎行野瞥了她一眼：“没吃饭？上车。”他好不容易给她养的那点肉，这段时间又饿没了。不仅饿瘦了，还黑了不少。

这么冷的天穿件卫衣就下楼了，当自己铁打的？

黎婠婠站着没动。

戎行野打开车门后侧头看着她：“没听见我说话？”

黎婠婠攥紧衣服：“戎总，这天都黑了，我就不上车，你有什么事直说。”

戎行野定定地看了她一会儿，“嘭”的一声把车门甩上。

黎婠婠后退一步。

“你再退一步试试。”

她不再动，只是看着他，捋了一把头发道：“我明天还要早起，就不出去了。”

她第二次建议。

戎行野冷冷地笑着，黎婠婠最怕他露出这种笑容，明明一肚子坏水，却还要逼对方到绝路，向他俯首称臣才满意。

“黎婠婠，把我惹毛了，你会很高兴吗？”

“戎总……”

“黎婠婠，你想好了再说话。”

她闭上嘴，最后权衡之下，朝他走近，挤进他还带着淡淡烟草味的怀里，男人温热的气息立刻将她笼罩。属于戎行野的气息，她既陌生又熟悉。

她闭了闭眼，柔声道：“我冷，能不能先让我上楼？”

戎行野垂眸看着怀里耍尽心眼想达到目的的女人，有时候真的很想看看她这张嘴还能说出什么气人的话。

戎行野俯身，仿佛将她抱在怀里，可是语气却十分阴冷。

“跟陆斯昂在一起的这段时间，玩得开心吗？”

黎婠婠抬起长长的睫毛，眼睛湿漉漉地看着他：“你可别冤枉我，陆少来这儿是为了基地搭建，难不成我一个打工的，把老板晾在一边？”

戎行野看着她谎话连篇，面无表情地道：“我说过多少次，不要跟陆斯昂走得太近，你把我的话当耳旁风是不是？”

黎婠婠很想说，我跟谁走得近关你什么事，我又没在你的户口本配偶栏上。

一会儿陈颖，一会儿白雪，一会儿何嘉敏的。

这段时间还指不定又冒出哪个莺莺燕燕来。

这三年来你的绯闻少了？

她跟陆斯昂别说没什么，就算有什么，男未婚女未嫁，犯法吗？

“那你说人家怎么办呢？我是项目负责人，陆少来了我当他不存在？你这不是故意为难我嘛！”

戎行野捏着她的下巴，体会着他习惯的手感，轻轻地吐出两个字：“撒谎。”

黎婠婠正要翻脸，戎行野已经开口："你要是想利用陆斯昂摆脱我，你试试看。"

"上车。"这个鬼地方他连一秒钟都不想多待。

黎婠婠站着不动。

"今天非要我一句话说三次，是吧？"

"我不能走。"

"不是说不能放着投资方不管？"

这不是无理取闹吗？

黎婠婠小声道："这里离建设的基地近，而且最好的酒店在市中心，这附近是没有的，来回要一个半小时，明天会耽误上班的，而且如果没人监工，可能耽误进度，要是做得不好，还会被要求拆掉重建。"

戎行野深吸一口气，扯着她的手，朝着宾馆的方向走去。

黎婠婠没想到他会跟着自己上楼。

前台正在嗑瓜子，半个月前来了个帅哥，已经让她心花怒放了，变着法地给陆斯昂的房间送鲜花、水果，俨然是宾馆的最高待遇，很多东西是她自掏腰包的！

哪知道那帅哥说走就走，虽说把房间给他留着，鬼知道他什么时候回来。

没想到这大半夜的，竟然来了一个更帅的！

前台一口瓜子差点在喉咙里卡住。

见戎行野长驱直入，前台反应过来，赶紧道："哎，要登记啊。"

戎行野登记完，直接一把将黎婠婠扯了上去。

前台看着登记信息，戎行野？这么耳熟？她猛地反应过来，这不是老挂在热搜上的那位吗？

那她刚刚岂不是见到真人了？

刚一进来，戎行野就知道这个房间很差，但没想到差成这种程度。

走廊里灯光昏暗，墙角里有不明的污渍。脱落的墙皮，泛着霉味的墙纸，以及二十年前的风格的装修，没有一样是招人喜欢的。

黎婠婠一把将门关上，戎行野就蹙眉道："怎么不开暖气？"

比外面还要冷，跟冰窖似的。

"这个空调只能制冷，你要是觉得冷的话……要不回去？"

戎行野好不容易来一趟，他还没达到目的，怎么可能回去？

戎行野冷冷地盯着黎婠婠："想让我走？"

"我没这个意思。"

"我看你就是这个意思。"

她的确是这个意思，所以无从反驳。

戎行野闻着霉味就觉得难受，又打量了一下这个房间，黎婠婠住了一阵子了，窗台上摆着她的相机，还有一些资料摆满了桌面，衣柜里的东西不多，就两件衣服和一件剧组发放的羽绒服，可以说是简单到了极点。

戎行野都想不起来那个洗了澡之后会护肤，上床前会做拉伸的女人上哪儿去了。

"所以你千辛万苦地离开我，就是为了过这样的日子？黎婠婠，你是怎么想的？"

刚说完，戎行野看到墙壁上有什么东西在快速移动，他抓起一旁的遥控器直接砸了过去。

下一秒钟遥控器落在地上四分五裂，黎婠婠吓了一跳，定睛看去，居然是一只大蟑螂。

"这个地方你到底是怎么忍的？"

戎行野一想到这张床上有蟑螂爬过，浑身都写满了嫌弃。

黎婠婠巴不得他赶紧走人。

"在这种环境下，我还能挑剔什么？"

戎行野脱了外套，打算进浴室，结果由于过于高大差点磕到额头。

在浴室放了半天水也放不出热水，他硬着头皮洗了个冷水澡，还好黎婠婠的私人物品都是自己买的。

戎行野围着浴巾出来的时候，黎婠婠还在铺床。

他的衣服已经被她挂起来了。

男人拿起手机准备叫外卖，结果发现这里根本叫不到外卖。他直接爆了一句粗口。

黎婠婠小声道：“郊区就这么个环境。”

就算有商铺，也会开在繁华点的地方啊。不然哪里可能有这么大一块空地给他们搭建布景？现在土地的价格他也不是不知道。

她来这里的事情，戎行野压根儿不想插手，那会儿就是想让她自己吃点亏，所以也没管。可是没想到她宁愿待在这样的环境里，也硬着头皮不来找他。真是个犟骨头！

“要不，我给你煮个面？”

戎行野瞥了她一眼：“你还会煮面？”

结果黎婠婠从床边拿出一桶泡面：“只有这个味的了，你吃吗？”

戎行野气都气饱了。什么泡面，戎大爷自然是不要吃的。他现在就想叫沈确过来，问问他们创嵘是不是破产了，投资的项目为什么让员工的住宿环境跟吃喝惨成这样。

见戎行野阴沉着脸不说话，黎婠婠讪讪地将泡面放下，却一把被男人摁倒在了床上。

戎行野盯着她看了好半晌，认真端详她的脸。

“这样的日子你喜欢？”

“喜欢。”黎婠婠回答。

“撒谎。”戎行野直接反驳，“这样的地方怎么会有人喜欢？黎婠婠，你当我是不认识你吗？”

“咱们不是都说好了吗？戎总，我现在过什么样的生活，好像跟你没关系。”

“黎婠婠，你的忘性挺大啊，当初求我救你外婆的时候，你是这么说的吗？”

一提起外婆，她抿着嘴唇不肯吭声了。

戎行野看着她手指头上的倒刺，蹙眉道："看看你这段时间糙了多少，真把自己当男人了？"

"你爸以前怎么养你的？不是千娇万贵捧在掌心的小公主吗，什么时候受过这么多委屈？"

"你怎么知道我以前什么样？"

"很难知道吗？"

以前黎擎有多疼爱她，满江城打听一下就知道了。

黎婠婠在家里破产前从没见过戎行野，只听说过这位神秘人物从小被送到外面，跟他们不是一个路子。本来以为这个人不可能出来做生意，哪知道他短短几年雷厉风行，将戎家抬上了更高的位置，使创嵘迅速变成了江城首屈一指的家族企业。

那时候黎家江河日下，黎擎也早就风光不再。

只能说世事无常。

戎行野困得不行，从江城应酬完了赶过来，本来也没好好休息，便径直躺下："睡觉，明天再收拾你。"

黎婠婠不敢动弹，只能在床的角落里找个地方睡。

他从后面抱着她，她越躲，他越靠近，最后她躲累了，他顺理成章地抱着她睡了一晚上。

第五章 家

翌日一早，黎婠婠以为戎行野接受不了这么差的环境，早就离开了，刚想松口气，就见戎行野从外面提着东西走了进来。

“吃饭。”

黎婠婠的鼻子灵，一下子就闻出了这是她最喜欢的那家早餐店的味道。可是那家早餐店离这里起码一个半小时的车程……

“现在几点了？”

“七点半。”

戎行野用脚钩了椅子过来，看着她道：“还不起来？要我喂你？”

剧组八点开工，黎婠婠向来不会迟到。

“吃完饭去哪儿？”

“剧组，你呢？”

“跟你一起。”

戎行野抓起她的一缕头发：“我去看看到底是什么东西勾了你的魂，让你宁可在这儿熬着也不肯回去。”

黎婠婠的一天其实很枯燥。但戎行野的身份不简单，他是第一投资方，他亲自莅临剧组，黎婠婠不能这么敷衍地带他随便看看。

每天宾馆的楼下都会有准点的班车送工作人员过去。之前陆斯昂在的时候，为了配合他们，也是坐班车过去。但戎行野可不管这个，他不想跟别人挤一辆车。

“不坐班车。”

“那你等等去这个地址。”

“你不跟我一起走？”戎行野不满地道。

黎婠婠把垃圾收拾好，背上了相机和工作要用的资料：“我得跟同事一起。”

“凭什么陆斯昂在的时候你跟他一起去？”

“讲讲道理，陆斯昂在的时候，也是坐班车。”黎婠婠简直无语了，什么都跟陆斯昂比，人家可没跟你一样搞特殊化。

戎行野就不乐意从她的嘴里听到“陆斯昂”这三个字。

“上我的车。”

“我不想被同事……”

“去不去？不去我找人接替你的活儿。”

黎婠婠深吸一口气，只能跟同事说了一声，上了戎行野停在路边的车。

眼瞧着班车越开越远，戎行野蹙眉道：“这个鸟不拉屎的地方，你喜欢这里什么？”真是好日子过多了，非得找罪受。

“戎总，我想拍一部属于自己的作品。”

“我可以投资。黎婠婠，你想拍多少部都行。”

“前提是继续跟你在一起吗？”

戎行野没看她，但明显就是这个意思。

“按照我对戎总你的了解，你说的想拍多少部都行的意思是，只要你想见我，我就必须出现，至于这个电影究竟是不是我拍的，并不重要，你完全可以给我冠名权。”

戎行野挺烦她看透又要说透这一点的。

车子停在了路边的小卖部边上，黎婠婠下去跟老板订了十箱矿泉水，等会儿送到剧组去。

戎行野看她从上车没多久，就开始不停地接电话，连买颜料这样细碎的事情都找她。

“你究竟是来当导演的，还是来这儿打杂的？”

“哪个新人上手就能拍大电影？戎总，你也投资了，我认真、努力地工作也是给你省钱不是？”

巧舌如簧，嘴巴里没一句实话。戎行野阴沉着脸不说话，总感觉黎婠婠这个死丫头就是故意变着法儿气他的。真想把她直接丢在这儿。

戎行野启动车辆，他开车向来快，黎婠婠习惯了他开车的速度，默默盘算着，自己惹他生气也不行，温柔乖巧也不行，该怎么做才能让戎行野放手……这两个月，她以为他已经想不起她了。

“在想什么？”男人突然开口问道。

黎婠婠回过神，想也不想地道：“在想你。”

戎行野看着她明显讨好的嘴脸，轻轻一笑：“黎婠婠，你这人的嘴里就没一句老实话。”

想他？要不是他过来，她保准会把他再次拉黑。

一想到这儿，车子以利索的“S”形曲线拐进基地。尘土飞扬间，戎行野直接把车停在大门口。戎行野迈开长腿下车，抬眸看了眼这个搭建的场地和室内的拍摄点，已经有了点模样。

大清早的，剧组已经开工了。

戎行野哪儿都没去，就坐在供工作人员休息的大帐篷里，看着黎婠婠接一个又一个电话。简直比他这个戎总还要忙。

戎行野出来的时候，黎婠婠戴着安全头盔，手上还拿着卷尺，跟个工地包工头似的。

男人在她的身边站定，黎婠婠还没反应过来，把他当成了自己的助理。

“你去联系一下石师傅，昨天做好的那批桌椅好像形制不太正确。还有道具组那边，跟他们反复强调是要古铜色，做旧的，尽量贴合文物的造型。”

黎婠婠说了一堆，发现无人应声，扭头才看到戎行野站在那儿。

黎婠婠踮起脚夺过他的烟，掐灭后才笑着问道：“怎么不在里面等着？”

“有脏东西。”

想到这个女人的忽视，戎行野没由来地觉得有些不舒服。刚才她走过来的那个瞬间他已经在想，把这个剧组端了怎么样？反正黎婠婠也应该听他的。她应该把全部的注意力都放在他身上。

他讨厌她的眼里有比他重要的事情，更讨厌她的手机里永远塞满了乱七八糟的东西。人的精力是有限的，她有了别的寄托，那么他就会被排在后面。

戎行野蹙眉，女人的声音已经响起来：“我带你去吃午饭吧。”

无论是剧组的盒饭，还是饭馆送来的小炒，戎行野都肯定不爱吃。为了防止戎大爷一不高兴就撤回投资，黎婠婠索性带他出去吃。

戎行野不咸不淡地应了一声。

“下午你有什么活儿？”

“得去后山的竹林踩点，看看能不能搭建一个古代用于祭祀的台子，还要跟那片林地附近的村民商量，剧组人多，万一破坏了他们的林子，村民不大乐意，这个赔偿款以及保险金都得提前说好。”

黎婠婠说起这个的时候，嘴角微微下沉，眉头蹙起，好像是遇到什么难缠的大事似的。不过对戎行野而言，这些都是小问题。

黎婠婠微微一笑上了车，给他指路，去了镇子上一家羊肉馆子。大中午的，两人到的时候店里已经排起了长龙。这还是陆斯昂跑了好几天才找到的美食小馆，比大店不差什么，厨师确实有两把刷子。

黎婠婠怕戎行野拒绝：“这已经是这里比较好吃的了。”

“所以经常跟陆斯昂来？”男人说完这句话，黎婠婠只觉得背后冷汗直冒。所以……今天送她上班，包括现在吃午饭，这些她每天跟陆斯昂一起做的事情，如今他都要重新做一遍？这段时间，自己一直在他的监视下，她从未真正脱离过他的视线。他就像是玩游戏一样，企图覆盖掉原本她已经走过的地图和进度条。

黎婠婠尽量让自己的表情显得自然：“附近也没什么好吃的，我们剧组那些人也都来点碗羊杂汤喝，快过年了，这边晚上冷，喝一碗汤感觉浑身都热乎了。”

戎行野哪能看不出她的那点小心思？他开门下车。

黎婠婠哪里敢让他排队？刚想说打包带走，戎行野已经跟了上去。

“吃堂食。”

“可是这儿人很多很杂。”

“用不着你去操心。”

戎行野说着，大摇大摆地带着黎婠婠进店里去了。至于外面怎么解决的，恐怕是跟过来的保镖的事情了。

这种羊肉小馆只有大堂，没有包厢。戎行野选了靠窗的位置，桌面上泛着油光，店里一股羊膻味。

黎婠婠拿出湿纸巾替他擦拭：“这里的味道还是可以的。”

看她一脸生怕他会走的样子，戎行野扯了扯唇道：“我又不是没吃过这种苍蝇小馆，你怕什么？”

“你吃过？”黎婠婠诧异地问道。

戎行野冷笑着：“人饿起来的时候，树根都能啃，何况是正常的饭菜？”

“你啃过树根？你不是戎家二少爷吗？什么时候的事？”就像她，小时候也没吃过一点苦，更不可能来过这种饭馆。但戎行野从来不会夸大其词，他说有，就不会是开玩笑。

“以前在乡下的时候，戎慎的人觉得我不得宠，自然不管我。那段日子有上顿没下顿的，我饿起来也是逮到什么吃什么。”

黎婠婠还是第一次知道他小时候过得这么惨。

“怎么会这样？你几岁过去的？”

“七岁。”

“难怪。”难怪在他回到戎家之前，她只是听说过这个人，却从来没见过。

“难怪什么？”戎行野双手插兜问道。

“那会儿我们偶尔也会聊起戎家有个二少爷，却谁也没见过。有人说你在国外留学，有人说你养在外祖家，反正不在江城。”

“都不算错，我后来的确跟在我外公身边长大，只是他老人家也从来不会惯着我，加上我生性叛逆，他管教我也花费了好大一番功夫。”

黎婠婠没经历过这些，戎家对她而言太过陌生，圈子里的人提起戎家人都是说好的一面。

吃完了饭，黎婠婠要去村子里，其实也存了一份私心。

剧组的人去了两三次，那边的村民都不同意，还不如利用一下戎行野，看看他肯不肯帮忙。跟戎行野在一起三年，黎婠婠学得最多的一个技能，就是该利用这个男人的时候，别手软。何况这也不算她的事，创嵘的投资最多，也算是戎老板自己该操心的活。

万顷竹林占据了后山很大的一块地，是本地的绿化重点项目。村民们全靠这片竹林吃喝。

因为地方偏远，还是头一次有剧组跑到这儿来取景，还要在他们这儿搭建什么台子，村主任不大了解，但外乡人进村，到处乱弄，占了谁家的地，谁家都会不乐意。事情就这么僵持着。

等黎婠婠抵达村子的时候，已经有车停在村子里了。

黎婠婠认得出，是沈确的专用车。她就说，戎行野在的地方，怎么会不见沈确，估计是一大清早就过来了。

“戎总。”沈确听到动静出来，“已经敲定了合同，度假村用的那批竹子将由村子里提供。”

戎行野“嗯”了一声，对黎婠婠道：“上去，挑个你满意的地方。”

黎婠婠觉得戎行野真不愧是生意人，顺便还把度假村的环境绿化给搞定了。

手上的卷尺明显不够，她下次得带专业的施工队过来，位置肯定是要选个稍微平缓的地方。这地方大，竹子又密集，黎婠婠往里走了很久，往回走的时候，豆大的雨点已经落下来了。

下了雨，湿润的泥土就变成了烂泥地，深一脚浅一脚的。有准备的保镖立刻撑开了黑伞为戎行野遮挡雨势，然而面对这倾盆的大雨，光打伞也不足以挡住什么。

戎行野一把将黎婠婠箍在怀里，光是这样，她深一脚浅一脚地走在泥地上，也是随时要摔倒的架势。

戎行野看不下去，最后将她背到了背上。

黎婠婠的视线里是连成串的雨幕，还有男人浓密的发顶。他身上独特的香味，跟泥土的芬芳混合在一起，潮湿黏腻，钻进她的鼻子。

伞的大部分都倾斜在黎婠婠的身上，戎行野的步子迈得大，头、脸早就被雨水打湿，然而男人并不在意，只让保镖顾好黎婠婠。

黎婠婠看着雨水落入他的脖颈，流入衣领之中，心中一动，原本那颗被压抑的种子再次破土而出。黎婠婠的眼圈有些发热，她很贪恋此刻这个男人结实的肩膀和给予的那点温暖。仿佛在这天地之间，只有他能为她撑起一片安静之地。只要那么一点，有这么一刻，她也感到满足了。

"黎婠婠，你可别感动得哭了，把我衣服弄脏了。不然，我要你手洗！"

男人的声音隔着雨幕传来，显得有些模糊。

黎婠婠吸了吸鼻子："我不仅流眼泪了，还流了鼻涕。"

"你欠骂是吧？"

黎婠婠不跟他计较。

下了山，村里的领导也没离开。

"戎先生，是这样的，我们这条山路之前因为用卡车载运竹子，都压坏了，加上下雨天的时候道路颠簸，容易出事，你们要不今晚在村子里先住一晚上？"

戎行野浑身都湿透了，就跟从水里捞上来似的，沈确看了看他的表情，擦了擦镜片上的雨水道："麻烦了。"

"那戎先生就住在我家吧，我家宽敞点，这位小姐可以住在我妹子家……"

暴雨还不知道要下到什么时候，戎行野接起一个电话，黎婠婠已经忙不迭地跟人走了，等他回过神去抓她已经来不及，只能发消息让她回来。

然而黎婠婠哪里会回来。

戎行野只能憋着一口气，自己在这儿睡了一宿。

翌日一早，天色放晴，黎婠婠神清气爽地回来时，只看到戎总一副仿佛别人欠了他八百万的表情。

戎行野跟黎婠婠回到基地的时候，才发现剧组的人都已经到了。

张弛疯狂地在后面给黎婠婠使眼色。

戎行野一下车就被人给包围了。

没想到主创团队的总导演，包括外聘的史蒂文也带着团队来了。

一些媒体记者也过来跟拍。

陈颖一身简洁的装扮，戴着墨镜，等戎行野一下车，她就率先笑着迎了过来。陈颖对外的形象是干练御姐型风格，很少有这么笑容灿烂的时候。一群媒体人立刻就涌上来，采访她，问二人的关系，一下子就把跟在后面下车的黎婠婠等人挤得没了影子。

张弛拉着黎婠婠道："我给你发了那么多消息怎么不回？"

"手机没电了。"

"行吧，今天总导演他们都过来了，听说戎总来了这儿，对了，陆总呢？不是说也在这里？"

"他突然有急事，先走了。"

"你这孩子，这种事下次早说。"

黎婠婠看着陈颖站在戎行野边上，不知道跟男人说了什么，笑得阳光灿烂，黎婠婠转移了视线道："竹林祭坛的位置我看好了，就是不知道行不行，我拍了点照片。"

"这个不着急说，我们刚才都看过了，这次郑导对你的能力很认可。"

"戎总，听说这次是一项巨额投资，请问是因为小颖才入股的吗？"

"戎总，关于您与何氏千金订婚的消息一直传得沸沸扬扬，您究竟有没有这方面的打算呢？”

“陈小姐，请问你跟戎总……”

各种混杂的声音刺激着耳膜，黎婠婠有些疲惫地跟着张弛去看搭建的场景了。

“这么多记者，估计是为了提前炒热度吧？”张弛嘟囔着道。

黎婠婠笑了笑：“大概吧。”

“这块儿之前改过了吧？”

黎婠婠打起精神：“对，之前发了效果图，郑导说这个地方不符合他的想象，觉得颜色有些不够古色古香，我特地去询问了美术组那边，这两天他们会做调整。”

“辛苦了，我们那边培训演员也要花工夫，女主算是定下来了，还是陈颖。”

黎婠婠点头：“陈颖如今的人气和演技都是业内一流的，作为女主角她也是票房的保证。”

“而且徐梦也会参演，噱头已经打出去了。这是你参与执导的第一部大电影，如果能一炮而红，你以后的履历上也会有浓墨重彩的一笔了。”

张弛以为黎婠婠会很高兴，然而她只是淡淡地一笑：“是吗？”

黎婠婠一直跟着郑导他们把基地转了一圈，才折返回休息室。

“黎导。”助理正在打扫卫生，见到她叫了一声。

“嗯，我休息一会儿，你忙你的。”

“那黎导我先出去了。”

“好。”

黎婠婠坐在躺椅上，看着窗外还湿漉漉的地面，不知不觉地闭上了眼睛。

不过她在外面休息时向来睡得浅，感受到身边有人，她醒得很快。

陈颖放下一杯温开水，坐在梳妆台前笑着道：“没打扰你休息吧？”

黎婠婠坐起身：“没有。”

“我们是不是在哪里见过？”陈颖作沉思状。

黎婠婠并不想搭腔。

每次见到陈颖，她都不太光彩。第一次在西餐厅里，她为了见到戎行野死命地往前凑，甚至抢了侍应生倒红酒的活儿；第二次在游轮上，她被诬蔑偷了陈颖戴的皇冠。陈颖想记住她也不是什么难事。现在问起她，让她应该怎么介绍自己？

为了接近戎行野不择手段，如今又混入了导演组的女人？

陈颖没让场面冷下来，笑着道："刚才我还以为自己看错了，没想到真的是你，看来以后我们要经常碰面了，请多多关照了。"

两人草草聊了几句，黎婠婠感到有些恍惚，而陈颖也没在休息室待太久，时间一到就跟着戎行野的车离开了。她看了一眼手机，发现明天就是爸爸的祭日，于是跟剧组请了假，准备去墓地祭奠。

地方还是老样子，黎婠婠来的时候，却看到了不速之客。

徐梦戴着墨镜和帽子，一副生怕别人认出来的架势。

徐宝儿陪在她的身边，一副很不耐烦的模样。

"你们在这里做什么？"

徐宝儿见到她来了，翻了个白眼道："姑姑想来祭奠一下你爸爸，都离婚了还记得这份情，你凶什么？"

黎婠婠看了一眼地上的花："不需要，我爸爸不希望见到你们，你们可以走了。"

徐梦看着这个女儿，失望至极："你是我的女儿，我不会不管你。之前史蒂文告诉我了，你在剧组就是做一点打杂的活，你现在跟我认错，我还是肯帮你的。"

徐宝儿立刻得意地道："就是啊，你快跟姑姑道歉。"她说完，晃了晃身子。黎婠婠眼尖，一下就看到了她脖子上戴着的玉佩！

"你戴的这块玉佩哪来的？"

徐宝儿一愣，低头捂住："又不是你的，关你什么事？"

"这是我爸爸给我的！上面是不是还有个'婠'字？"黎婠婠放下祭品

就气势汹汹地冲过来，徐梦一下将徐宝儿揽在身后：“这块玉佩不是你的，当初就是一整块玉料做成了两块玉佩，这块是在我这儿的，宝儿喜欢，我就送给她了。”

黎婠婠的眼睛都红了：“胡说！那是我爸爸为了给我祈福，刻上生辰八字和名字给我的，你给别人？”

她很想质问徐梦，这些年她被徐元一家欺负，在徐梦眼里都算什么？可是她觉得没必要了。黎婠婠伸手想拿回玉佩：“还给我，那是我爸爸为了给我祈福做的！”

“咔！”一声，就在她们说话的间隙，徐宝儿手中的玉佩就这么脱手，摔在了地面上，硬生生碎了。

徐宝儿吓了一跳：“你自己看到的啊！是它质量不好自己裂开的，跟我可没关系，你可别甩我身上！”

黎婠婠怔怔地看着，一时间心神俱碎。爸爸留给她的东西本来就不多了，现在又少了一件。

见到黎婠婠跑过去捡碎玉佩，徐梦不满地道：“你太不小心了。”

徐宝儿委屈地道：“姑姑，我不是有意的。”

徐梦朝着黎婠婠过去：“碎了我就再给你买一个，你跟宝儿到底是亲姐妹。”

“你走。”

徐梦一愣：“你说什么？”

“我叫你走。”黎婠婠抬起头，双眼通红，“我对你最后一丁点儿的情分也在刚才消散了。”

“不可理喻。姑姑，我们走。”

黎婠婠在墓地待了许久，等到下起了蒙蒙细雨，头顶被黑伞遮住，她才抬起头。

戎行野居高临下地看着她，见她终于发现自己了，才蹲下来：“一个人躲在这儿哭鼻子呢？”

“没有。”

“你看你这点出息，受了委屈就知道躲起来，合着就只会欺负我一个人，是吧？”

她掌心紧紧扣着手心里破碎的玉佩，戎行野见她脸色不对，一摸额头，才发现烫得厉害。

“你疯了吗？身体不好，还在这儿吹冷风、淋雨。”

“你别在我爸爸跟前跟我吵架。”她轻声说完，意识已经有些恍惚。

戎行野直接将伞抛开，将她打横抱起来。

“你爸更见不得你糟践自己。”

黎婠婠靠在他的怀里，意识有些模糊。明知道不该靠近，但在这一刻，还是希望能有人陪着自己。

戎行野原本想直接将她带回别墅，想到她醒了估计又要闹着离开，便干脆带她回了剧组休息的宾馆。在路上给她喂了药，等回到宾馆的时候，她还在昏睡。只是手里死死地攥着东西，握成拳头，掰都掰不开。

戎行野用了巧劲儿才拿出来，发现是一块破损的玉佩。因为太用力，掌心已经被硌出了血痕。男人的眼底有着不易察觉的心疼，他取了碘附给她抹上，离开前将那块破损的玉佩包好带走。

黎婠婠这一觉睡得很沉，醒来的时候，感觉有点头重脚轻的。

床头柜上有一张纸条：“起来之后喝点粥，我有事先走了。”

是戎行野留的。

黎婠婠在床上呆呆地坐了一会儿，粥已经送到了。还没来得及问什么，对方已经离开。

剧组的事情还很多，没等她整理好心情，张弛给她发了一堆工作相关的消息。黎婠婠收拾好心情，找出笔记本，用发圈盘了下头发，就这么坐在床头工作起来。

手机发出“叮”的一响。

黎婠婠拿起来一看，居然是某支付软件的消息。

戎行野带走了你的小鸡。

黎婠婠简直觉得无语。

这个男人自己不知道上哪儿去了，倒是有这个闲工夫来玩这种小程序游戏，让她的小鸡也去给他打工……

黎婠婠刚准备把手机放下，上面又传来了消息。

戎行野偷走了你的能量。

黎婠婠被气笑了，躺了回去，发了条消息给他。那黑色的头像一直没动静。

另一边。

膝头上的锦盒里还放着那枚玉佩，戎行野将锦盒盖上后问道："还有多久到？"

"已经联系了顾先生，他已经派人等候了。"

江南水乡，到了冬日游客也不少，戎行野带着锦盒和大量礼物上门的时候，顾时宴正好从会客厅出来，见到他，伸出手道："戎先生。"

"顾总，久仰大名。"

"这个称呼有点陌生，大部分时候我更喜欢别人直接叫我的名字，请进吧。"

戎行野看了看顾家园林，寻思着黎婠婠八成很喜欢，她就喜欢这种古朴精致的东西。

水榭花庭内，顾时宴打开锦盒，看了一眼那块玉佩道："修复的难度不大。"说完，他看到男人不自觉地松了口气。

"要不要试试自己修复？"

戎行野挑眉，显然对他的这个提议有些意外。

顾时宴笑了笑，道："因为这块玉佩上有个'婠'字，想来是戎先生觉得很重要的人的物品，假手于人，不如自己来修复有心意，何况并不是很难。”

戎行野有些心动，一边在心里冷笑——他才不要浪费时间做这种事，一边嘴巴却道：“那试试吧。”

黎婠婠你最好有点良心，我都为你做到这个份上了，你还天天想着要跑。

…………

黎婠婠感觉身体好多了，回到剧组的时候，遇到了张弛。

“哎哟，我的姑奶奶，身体好点没有？这儿没你真不行，人手不够了。”

黎婠婠也没来得及调整，赶紧进入了工作状态。

“黎婠婠，这个颜色不对，之前图纸上是怎样的？”

“来了，郑导。”

“明天你把这部分内容跟后勤组的说一下，还有灯光也不对。”

“好的，我记下了。”

“这是演员抵达的时间，定妆照跟进，杂志记者还有站姐跟拍都要先防着，官宣之前，不要泄露。”

“明白。”

剧组每个人都忙得跟无头苍蝇似的，等到全部忙完的时候黎婠婠才发现夜幕已经降临。

黎婠婠悚然一惊，拿起手机一看，竟然都已经八点钟了！难怪自己饿得不行。

这会儿剧组还有不少人在忙，黎婠婠打算去外面看看有没有回去的剧组班车，结果只在停车场看到一辆车。

黎婠婠嘟囔了一句：“怎么跟戎行野那个狗男人的车一个样？”

“是吗？”男人的声音有些飘忽。

黎婠婠猛地意识到不对，僵硬地转头往旁边看去。

男人身高腿长，穿着一身黑色的卫衣，戴着帽子，高挺的鼻梁下一张薄唇轻轻勾起表示嘲讽的弧度。

黎婠婠犹如被蟒蛇盯上的青蛙，想拔腿就跑，却被男人攥着衣领拽了回来。她被他直接搂在怀里。

男人微微俯下身，手钳制着她的肩膀。

“黎婠婠，你骂我是狗，嗯？”

亏他还为了她专门跑去S城，从一个小学徒要学的东西学起，就为了给她修复她父亲的遗物！

现在骂他是狗是吧？

戎行野打开车门将她塞了进去。

“戎总！别冲动！这是强抢民女！”

黎婠婠用手抵着车门，死活不肯进去。戎行野冷笑着道：“你这古早台词倒是学得不错，但你觉得对我有用吗？”

他将人塞进车内，黎婠婠一下弹起来：“你能不能有点绅士风度？”

“陆斯昂跟你一个学校的吧？听他说，当初追你的人可不少，那么多有风度的人，也没见你给个好脸色，保不齐你还就不吃这套呢。”

何嘉俊不是传闻中的绅士风度？现在还对她念念不忘，也没见他有什么机会，可见所谓风度除了让他吃瘪之外，没一点用处。

黎婠婠无语地道：“那些人又不了解我，来追我也只是很肤浅地喜欢我的皮囊。”

戎行野挑眉：“怎么？你还指望一眼能看出多少东西来？人会被喜欢的人和事物吸引有什么奇怪的？矫情不矫情，人家连你的脸都懒得了解，还会想了解你的内心？”

“追我的人是很多，现在也不少，难道戎总以前身边的桃花就少了？”

黎婠婠觉得这人简直就是只许州官放火不许百姓点灯，明明自己身边的桃花一朵接一朵，却莫名其妙地吃少女时代的她的干醋。

那些追她的男人，早在她家破产的时候，就散得差不多了。毕竟她除了“破产千金”的名号，身后还有天价的债务。

黎婠婠也不想继续跟戎行野斗嘴，干脆把头转向窗外。

男人过了一会儿道：“不是让你在房间里休息，又跑出来工作？”

黎婠婠觉得有些心虚：“我是要上班的，哪有生病就休息很久不去工作的？工作不是非我不可，但我非它不可。”

戎行野不想跟她探讨工作，于是转移话题。

“我饿了。黎婠婠，你听到没？我饿了！”

黎婠婠又没聋，哪能听不到？

“那你怎么不回家吃？”

“你有良心吗？我为了你才来这鸟不拉屎的影视城的，你不负责我的饮食？”

戎行野一想到这个死丫头一点儿都没想过他，这口气都快咽不下去了。

黎婠婠系好安全带，却看到了中控台上多了个小纸鹤。戎行野的车上向来很干净，没什么多余的装饰物，这种女性化的东西，令她下意识地联想到了何嘉敏。当下她觉得有些坐立难安。

“想什么呢？这是我侄女给我的礼物。”

“你侄女？我怎么从来没听说过你有侄女？”

“她的眼睛不太好，常年在家待着，我偶尔过去看看她。”

“可我好像也没听说过你有什么兄弟姐妹。”

戎行野微微一笑：“她爸爸是我以前的好兄弟，后来去当兵了，有一次出任务出了意外牺牲了。那会儿这个小丫头只差一个月就要出生了，后来她妈妈难产去世了，这孩子一出生无父无母，我就领养了她，她叫我小叔叔。”

黎婠婠张了张嘴：“好可怜的孩子。”

“所以，我上有老，下有小，还要赚钱养她们，黎婠婠，你就给我省点心吧。”

你一个创嵘总裁说这话，也不觉得心虚。

黎婠婠挪开了视线，看向车窗外。

大概是身体还没好，黎婠婠感到有些疲倦，看着窗外一成不变的风景，就这样缓缓地闭上了眼睛。

等黎婠婠再醒来时，车已经停在了剧组入住的宾馆楼下。

脸上有冰凉的触感。

黎婠婠一睁开眼睛，就看到了原本摔碎的玉佩完好无损地出现在了她的面前。

“你，你买了新的给我？”

戎行野嗤笑着道：“你什么眼神？修好的！”

黎婠婠就着车内的灯仔细地看了看：“里面怎么好像还有血丝？之前没有啊。”她很想说“你是不是弄了个假的回来骗我”。

“帮你修复的那个师傅在快修好的时候，手不小心弄伤了，渗了一滴血进去，你爸爸找的这块玉价值不菲，早就被人养活了，若是拿水冲洗也不好，会导致前功尽弃，所以我就带回来了。”男人说完，看了她一眼，“不喜欢？那我找人……”

黎婠婠摸着玉佩上的“婠”字，那红色的血仿佛点亮了那个字一般，给玉佩注入了新的生命。

“不用了，这样就很好了，真的。”黎婠婠抬眸看着他，“谢谢你！”

谢谢你从一开始就为我做的这些，已经完全出乎了我的意料。

戎行野见惯了她的虚情假意，受不了她突然用这样的眼神腻腻乎乎地看着他。

“行了，我明早还要去开会，上去吧。”

黎婠婠将玉佩戴好，下车的时候，戎行野却一下攥住了她的胳膊，将她扯了回来。

“既然承了我的情，我要是找你，不准不理我。”

黎婠婠沉默了。

…………

黎婠婠没答应戎行野的要求，从那天起，戎行野再没出现。

因为主演都有邀约，要去各大卫视参加跨年夜活动，导演组看大家辛苦，便给剧组放了几天假，还提前发了红包。

黎婠婠给外婆买了一身新衣服。外婆没生病前，无论什么时候都喜欢让自己穿得体体面面的。

从医院出来，她一个人回到了租住的房子。外面万家灯火，而她的房子，孤寂到她觉得手脚发凉。

黎婠婠觉得，这三年像是做了一场梦，水过无痕。恍惚间记起，爸爸去世后的第一年过年，她在半山别墅，一个人想爸爸想得直哭，戎行野大半夜回来，带着她去挪威玩。第二年，他陪着她去了电影里看过的海岛，还非要让她找地方写对联……

想起以前，黎婠婠恍然觉得，跟戎行野在一起的那三年里，也不尽是痛苦的回忆。很多被她遗忘了的甜蜜回忆，在这段时间里逐渐被她想了起来。

黎婠婠觉得自己不是个容易沉湎于过去的人，但大过年的，总是有几分多愁善感。她本来想找一部电影看，最后还是打算洗个澡。从浴室出来，她看了看医院的监控，打开手机接收了群里群发的祝福短信。

黎婠婠给每个人都回复了谢谢，感受着时间一点点地流逝，突然，手机开始震动起来。黎婠婠下意识地心跳漏了一拍，身子僵硬了差不多有半分钟，她才将电话接起来。

"喂？"

"一个人在家？放仙女棒去不去？"

是陆斯昂打来的电话。

黎婠婠纳闷地坐起来："你在楼下？"

"嗯，下楼吧。"

黎婠婠觉得他在跟自己开玩笑。她起身披上外套，走到窗边推开窗户的时候，只能看到一片夜色。

然而一点猩红亮起，随后爆发出了一片火花。那点火光照耀了陆斯昂的脸。

她任凭夜风吹拂着自己的发丝，眼眶有些发热。

陆斯昂晃动了两下仙女棒，对黎婠婠催促道："赶紧地，买了一大把呢，去江边放。”

见她还在发愣，陆斯昂催促道：“快点！不然我可上去了啊！给你五分钟，换衣服够了吧？”

黎婠婠点点头，脑子还有点迟钝。她已经关上了窗户，然后打开了衣柜，选了件保暖的羽绒服和裤子就这么下了楼。

陆斯昂站在门口跺了跺脚，等她出来上下打量了一圈她的打扮，差点没笑出声。

“我等你半天，你就穿成这样？是不是不给面子啊？黎婠婠！”

黎婠婠吐出一口白气：“我又不是跟你去走秀，放个仙女棒要什么打扮？嫌我土，那我不去了！”

她作势要回去，结果被陆斯昂拉着手臂拽了回来。

“走吧。”

陆斯昂单手插兜，另一只手还抓了一把仙女棒。

黎婠婠本来就怕冷，何况现在是晚上，她一路小跑才能跟上陆斯昂的步伐。

“黎婠婠，你在走正步吗？你看你这步子迈的，不知道的还以为活僵尸呢。”

“冷！你不懂！”

陆斯昂“啧”了一声，直接扯下了脖子上的围巾给她系上：“很贵，限量版，你等会儿还我。”

“谢谢陆总！”黎婠婠确实觉得暖和点了。

她租住的小区附近就有景点，今晚很多人都在那儿等着看烟花盛会。

黎婠婠看着他们手上的仙女棒：“咱们这点还不够看呢。”

“怕什么？”

陆斯昂去路边小贩那儿给她买了一棵半人高的许愿树：“江城就今天能放烟花，明天可没机会了，顺便许个愿吧。”

黎婠婠耸耸肩：“许愿一般都不灵验。”

“试试才知道，反正这个愿望我消费得起，送给你了！”他拿出打火机，

“赶紧想愿望！”

黎婠婠看着那棵许愿树突然开始爆破一个小缺口，然后过了会儿，如萤火乍现，一点点爆发。

火树银花不夜天。

无数的烟花在眼前炸响。

“快许愿哪，还愣着干什么！”

黎婠婠双手握拳，闭上了眼睛。不知道为什么，在许愿的这一刻，她突然感觉到有人在看着自己。只是再次睁开眼的时候，她却只能看到陆斯昂。

黎婠婠笑着道：“你怎么光看我许愿啊，你自己不许愿吗？”

陆斯昂耸耸肩：“我都这么有钱了，还许愿，这也太不是人了！差不多行了。”

黎婠婠突然沉默下来：“也是。”

“许了什么愿？”

黎婠婠耸耸肩：“想当著名导演！想实现梦想，想让外婆长命百岁。”

最后，黎婠婠朝着江边喊道：“明年过年，我想有很多朋友，很多亲人一起过！”

“说得好！来，干一杯。”陆斯昂不知道从哪儿掏出两罐啤酒，递给她一罐，“祝我们得偿所愿！”

黎婠婠很久没喝酒了，这一口下去，又急又猛，觉得冰冷一片，可是感觉酒有时候还真的是好东西。

黎婠婠很快将手边的酒喝完，陆斯昂刚想问她还能不能喝了，她却突然对着江面骂了一句。

“戎行野！你混蛋！”

黎婠婠使出全身力气吼完后，就一屁股坐在了台阶上。

陆斯昂寻思着不对劲：“你不是喝醉了吧？”

他凑到黎婠婠跟前，发现黎婠婠正躺在自己的臂弯里，蜷缩着，大概是觉得有点冷，眉头皱着，一副很不舒服的样子。

“黎婠婠……你没事吧？”他只能听到她平稳的呼吸。

喝多了的黎婠婠压根儿不让人碰。她就在这台阶上待着，谁挪动她，她就要跟谁急。

陆斯昂没办法，只能将她弄醒：“不能睡大街上，走了！”

“不走，我在这儿挺好的。”

最后实在是太冷了，黎婠婠这才爬起来往回走。

等陆斯昂赶小鸡似的把人送回了出租屋，已经忙出了一身汗：“我发誓，我这辈子再也不找你喝酒了！”

“嘁。”她关上门，还能听到陆斯昂的抱怨：“注意别睡在门口了！睡床！”

黎婠婠踉踉跄跄地进了屋，连衣服也没脱，就这么躺在床上睡着了。

可是不知道有什么东西，就是不让她睡觉。黎婠婠不耐烦地睁开眼睛，看了一眼正在发亮的手机，接起来道：“喂？谁啊？”

然而电话那边什么声音都没有，只有海浪拍打海岸的声音。

黎婠婠一直等对方开口。对方一直没有动静。随后，她直接挂断，闷头就睡。

说来也奇怪，自从那天起，黎婠婠经常会接到一些奇怪的电话。不是没声音，就是传来一些海浪和风声。

黎婠婠想了想，把那个电话拉黑了，结果过了两天依旧可以接到其他号码打来的电话。

大过年的没什么工作，黎婠婠有大把的时间在医院陪外婆。

宋清让大概也察觉到了她跟戎行野之间关系的改变，每天早上都会在医院等她，给她带小时候她最爱吃的早餐。

两个人在医院一待就是一整天。

日子过得平淡。

过完年后，开学了，就要准备毕业展了。

黎婠婠有项目的优势，加上有在剧组实景拍摄的经验，她拍的纪录片，就是自己在剧组的内容。她将相机一架，就能拍一整天。

宋清让要是下班比较早，会来学校门口接她，请她吃晚餐。

黎婠婠一开始是拒绝的，只是因为频繁出入学校，有几个固执的追求者，让她烦不胜烦，加上突然冒出来的何嘉俊，黎婠婠选择上了宋清让的车。

宋清让也不会强迫性地要求她什么，她的态度是疏离也好，冷淡也罢，至少在他日复一日的关怀下，外婆也有个人一起帮忙照顾。

黎婠婠想着，如果他真的是自己的亲哥哥就好了，起码还有个人能互相依靠。

毕业展没有她想得那么简单，有成片，还要有构思流程、创意、想法，一天下来能睡觉的时间并不多。

有时候忙起来，她能在学校的图书馆睡着。

只是偶尔天气不好，或者太迟离开的时候，她总是能感觉到有一道视线，不远不近地跟着她。可是等她抬起头寻找那道目光，却始终找不到。

"婠婠，你还不回家啊？等会儿回去的末班车都没了。"

黎婠婠回过神，赶紧收拾东西。

"谢谢你啊，我这个月好几次都忘了。"

"上次就是看你半夜在打车才提醒你，对了，刚才那个帅哥你认识吗？我看他盯着你一晚上了。"

黎婠婠一脸茫然地问道："什么帅哥？"

"你不认识吗？他出现在图书馆里也不拿书看，也不做什么，就是坐在远处一直盯着你，而且很多人问他要电话号码，他都不搭理。可惜我没拍照，特别帅的一个男的，我还以为又是你的追求者。"

黎婠婠问道："长什么样？"

对方摇摇头："离得太远了，我也不敢看，虽然是个帅哥，但是看起来脾气不大好。"

"那他现在人呢？"

"我也纳闷呢，我刚才看他还在，现在又不见了。"她刚说完，只见黎婠婠连东西也没收拾，直接朝着楼下跑去。

只是跑到拐角的地方，黎婠婠又硬生生地停了下来，然后走了回来。

“你不去找他了吗？”

黎婠婠笑了笑：“不找了，本来也不该找。”

是他也好，不是他也罢，见了面，又能说什么？继续纠缠那些根本解不开的谜题吗？

就停在这里好了。

就到这里为止吧。

黎婠婠收拾好东西，笑着道：“那我先走了。”

彻底从对方的身边离开，对她，对他，都好。

她或许有那么一点特别，但也只是占据戎行野生活的那么一小部分。

她，不会是全部。

自从那天之后，黎婠婠下意识地避开了图书馆，更多的时候都在剧组，回到家就开始写毕业论文以及制作展会的内容。

张弛时不时地在剧组问她工作的事儿。

等工作的事问完了，他才会忍不住关心地道：“你是不是有心事？”

黎婠婠一愣：“怎么突然这么问？”

“你看看你，一天到晚跟我们这群人泡在这儿，现在剧组一切都还好，我跟郑导说过了，你有空还是要把自己的毕业作品做好，这次学校领导还挺关注你的作业的，好好表现。”

黎婠婠点点头。

“过两天大领导会过来，正好是百年校庆，来的都是我们学校毕业的优秀生，能不能给师傅我长脸，这可就看你了。”

被张弛这么一说，黎婠婠觉得更紧张了：“这不是彩排吗？”

“彩排怎么了？咱们学校输送了这么多人才，哪能是开玩笑的？”

等到了彩排的那天，黎婠婠在自己的展位上忙活着，就听到一片惊呼声。

黎婠婠抬起头，辅导员赶紧过来招呼道：“校长和领导们过来了，婠婠，还有陈笑，你们快点过来。”

黎婠婠赶紧放下手上的东西，跟着辅导员走到展会门口的时候，猝不及防地与男人对上了视线。

将近两个月的时间不见，他的神情显得越发冷峻，浑身上下透着强大的气场，让人不敢直视。他向来拥有让人关注的资本，就算不把别人放在眼里，也少不得有人关注他。

“好帅！”

越来越多的人挤了过来，她任凭其他人越过她，然后被挤到了最后。等一行人从自己面前走过，她才跟辅导员说了一声，要去外面透透气。

“我之前就说你这段时间太累了，让你好好休息。快去休息吧，反正领导他们也只是在这儿看看展位，不会叫你的。”

黎婠婠觉得有些喘不上气，说不出这是一种什么样的感觉。她只是没想到他会猝不及防地出现。一个小小的学校毕业展会，他怎么会来？

黎婠婠自动忽略了他会为她而来这个可能，那不过是在自己欺骗自己。她完全没留意到，一道视线跟着她，从未离开。

走到外面的时候，黎婠婠才忍不住叹了一口气。就算做好了准备，还是无法坦然面对。

黎婠婠你这个人还真够没出息的。

“婠婠？”

黎婠婠抬眼，宋清让穿着驼色大衣，站在树下看着她，见她看过来朝她温和地一笑。

“我刚好准备进去找你呢，我怕你又忙起来不知道吃饭，给你带了便当，都用热水温着，你到时候记得吃。”

黎婠婠看着他：“你这段时间公司不是很忙吗？吃饭我可以去食堂的。”

宋清让无奈地看着她：“如果你能准时去食堂吃的话，那我确实不用操心了。”然而她总是很不听话，吃了上顿忘了下顿。要不是偶尔给她带饭，她经常忘了吃饭。

“知道了，我等会儿会吃的。”

“乖。对了，张主任今天跟我说，外婆的情况在转好，最近能出现一些良好的反应了，我问过霍医生，他说可以转到普通病房，这样你的压力也能小点。”

“真的吗？我上次跟外婆说话的时候，我看到她的眼皮动了动，我还担心又是神经系统的自然反应。至于病房，我还有点钱，剧组那边也会给我发工资，暂时不换病房了吧。”

普通病房的病人多，护士未必能好好照顾外婆。

“好，我尊重你的决定。”

“戎先生，这边请。”

英俊的男人把手搭在扶手上，居高临下地往下看。

校领导看了一眼，尴尬地道：“戎先生，我们走吧。”

戎行野冷笑着道：“贵校的校风怎么倒退回去了，也不怕社会人员进入学校，伤害到学生？这方面还得多注意啊。”

黎婠婠提着饭盒上楼的时候，忍不住拿出手机，要告诉楚昔这个好消息。

等外婆好了，她一定要带外婆去外婆想去的任何地方，陪着外婆养老。她还可以带外婆回老家，租一个小院子，再养两只猫。外婆可以每天下午在院子里晒太阳，她工作回来的时候，可以跟外婆一起吃晚饭，两个人看一会儿电视，闻着院子里的花香，就这么安然地度过余生也好。

然而，她脸上那恬静的笑容，真是深深地刺痛了某人的眼睛！

就在黎婠婠经过拐角的时候，一个人扯住她的手臂将她拽到了一旁的办公室里。

黎婠婠的手猛地松开，饭盒直接摔落在地上，被人一脚踢开，汤汁散落了一地。

办公室的门被关上的时候，黎婠婠的后背直接被抵上了办公室的大门，磕得她的后脑勺生疼。她还没反应过来，下巴被人掐着，男人阴冷的眼睛就这么带着怒火，闯进了她的视线。

“跟宋清让在一起，就这么让你开心？嗯？”

黎婠婠盯着男人生气的样子，笑了笑道：“这好像，跟你也没什么太大的关系。”

戎行野咬紧了后槽牙：“是跟我没什么关系，可是怎么办呢？我一看到你笑得这么开心，就浑身不大自在呢。”

黎婠婠简直觉得无语，真的是气笑了，然而她一笑，男人的手劲儿又大了几分。

“你不舒服就去医院看病，怎么？霍司丞现在不对外治疗了？”

“倒是一贯的伶牙俐齿。”戎行野挑高她的下巴，然而办公室的门外传来了有人拧门把的声音。

黎婠婠吓了一跳，生怕这时候有人推门进来看到他们两个在里面！

戎行野低下头，幽幽地道：“怎么，你害怕？”

“戎行野，你是不是非要缠着我才行？”她瞪着他质问道。

“我？缠着你？”他仿佛听到了什么可笑的笑话一般，“你觉得你魅力很大吗？我凭什么缠着你？”

“那你抓着我干什么？我以为，我们已经桥归桥路归路了。”

“是吗？你别忘了，你外婆的事情是谁帮你的。”

黎婠婠抿着嘴唇：“我也记得，我跟你说过，在一起三年，我很感谢你对我的帮助，我也说过，我不会当别人婚姻中的第三者。”

“看来这段时间，你就总结出了这个，是吗？那你就等着看看，我会不会让你自己主动回来。”

校领导已经在到处找他，戎行野冷着脸打开了办公室的门，黎婠婠想也不想地直接离开。宋清让送来的饭盒盖已经被掀飞，她捡起来丢进垃圾桶，去了洗手台那边洗干净手。

至于戎行野为什么会来学校，说出来的那句话又是什么意思，她已经无暇顾及了。她知道，自己应该尽快安排离开的事情！

第六章 希望之光

黎婠婠刚跟人咨询完关于移民的事项，第二天下午，戎行野就出现在她家楼下。她快步走到他车旁。见他降下车窗，露出那张脸，她直接揣起包然后直接朝着戎行野砸了过去。

“你到底想干什么？你为什么就不能放过我？”黎婠婠觉得十分无语，“你是不是患有间歇性失忆症啊？你是不是忘了自己之前答应我的事情，是你自己放我离开的！现在你又在干什么？”

“黎婠婠，我现在也不知道我自己到底想怎么样，所以在我想明白之前，你给我在江城待着。”

黎婠婠想回楼上，被戎行野拉住了。她干脆拉开他的车门直接坐在后座，不说话，降低存在感。她真的很想知道，戎行野是不是哪里有毛病？

然而，车子停在了半山别墅。黎婠婠被戎行野直接抱了起来。

“你放开我，我自己会走。”

“你确定你会好好地跟着我走？”

“除了这样我还能去哪儿！”她连车都没有，她可不想自己从这里走回市区。

戎行野面无表情地道：“可是我想抱着你。”

黎婠婠满脑子都是脏话，没说出口，只是挣开了他的怀抱。

“戎先生，您回来了？”李妈赶紧跑出来迎接他们。

戎行野“嗯”了一声，将黎婠婠放下：“路西法在里面，这段时间见不到你，它总是在家里找你，你不想它吗？”

黎婠婠道：“猫只是动物，何况猫原本就不会一直记得人类。”

“路西法叫你一声‘妈妈’，你怎么好意思这么说？”戎行野对她的话十分不满。

黎婠婠不明白他说这句话是什么意思。“所以呢？”

戎行野转过头，阴沉着一张脸，没吭声。

要是放在以前，黎婠婠早就软下身段，去扯他的衣袖了。然后他再凶她两句，这件事也就这么算了。

然而今天，黎婠婠就只是站在那儿，像个隐形人。

大概发现了两个人之间的僵持和低气压，一旁的李妈赶紧拿来了路西法这段时间的视频截图，以及每日的菜单，还有它的活动范围。

“它在等你。”

“我就不去了。”

戎行野的脚步一顿，他扭头道：“理由。”

“以后它还会熟悉其他人，我都已经走了，还去见它做什么？它见不到我，时间一长也就忘了。”

“所以路西法对你而言，什么都算不上是吗？”

黎婠婠抿着嘴唇：“我只是不想让它留下不美好的回忆。”

“今天是它的生日，你忘了？”戎行野说完，黎婠婠想起来这么一件事。

路西法是戎行野从外面抱回来的，她一开始其实很害怕。她没养过猫，也不知道它到底是个什么脾气，保不齐突然给你一爪子。

据说路西法是因为原来的主人要生孩子了，家里养不了猫，被硬塞给戎行野的。戎行野也不喜欢养宠物，带回家就没管过。一天下来，家里的家具全被它祸祸了。连戎行野坐的椅子都没幸免于难，沙发更是一股尿臊味，沙发上的垫子被扯得七零八落的。

戎行野当场就要把它拎起来丢了。

最后还是黎婠婠抱着路西法，一人一猫可怜巴巴地盯着他，戎行野才不耐烦地让她抱着路西法赶紧走开，不然他会亲自扔了这只死猫。

后来路西法也跟她最亲近，见到她会高高兴兴地翻着肚皮，也不会对着她亮出爪子，总是把自己的尖锐爪子藏进肉垫里。

黎婠婠心一软，这才抬脚跟了上来。

路西法一觉睡醒就发现了黎婠婠。它立刻发出一声呜咽，很久都没见到她，它迈着优雅的步伐快速地朝着黎婠婠跑过来。走到黎婠婠边上，干脆直接翻身躺在地上，敞开四肢，让她摸摸自己。

黎婠婠也想它，蹲下来摸了摸它毛茸茸的脑袋。

戎行野拿出一个定制的大蛋糕。全是用它爱吃的食材铺的。蛋糕上面还插了一根蜡烛。

"小子，生日快乐！长命百岁，知道吗？"

黎婠婠看着戎行野难得露出柔情的样子，轻声道："路西法，又大一岁了，要快乐好吗？"

黎婠婠不知道路西法能不能听明白，至少知道，她能陪它的时光不多了。

路西法显然没想到今天还有加餐，还是它最喜欢吃的食物，当下兴奋地爬了起来，就开始用舌头卷着肉块吃了。

戎行野看它的精气神都不错，打算等它吃完就给它洗个澡。

黎婠婠刚想说自己要离开，可是戎行野想要给它洗澡，她开口道："我……"

"它今天过生日，你有什么急事非要走？这里打不到车，何况大半夜了，等会儿我送你回去。"

黎婠婠有些怀疑："你送我回去？"

戎行野简直都快被这个女人气笑了。

路西法洗澡的时候不安分，喜欢抖身上的水。戎行野拿着花洒给它冲水，这小子还要扑上来，想挂在他的身上。

黎婠婠好几次看着路西法玩得开心，脸上也露出了笑容，只是再对上男人的视线的时候，她面无表情地转开了头。

戎行野的手上也越发用力，揉得路西法有些不舒服。

等给猫洗完澡，两个人就算穿着防水围裙，也被路西法弄得浑身湿透。

戎行野想去洗个澡、换身衣服，然而黎婠婠看天都黑透了，非要早点回家。

“再等十分钟都不行？”

“我明天要早起去看我外婆，你要是不回去，我问问戎毅的司机在不在。”

话音刚落，就见戎行野面无表情地从她身边经过，然后狠狠摔上了门。

他这是上楼去换衣服了。人是走了，那冰冷的声音还是传来：“给她拿一套更换的衣服！”

李妈应了一声，劝黎婠婠道：“黎小姐，进去换了吧。”

黎婠婠将身上湿漉漉的衣服换下时，接到了医院的电话。

“黎小姐，您有在听吗？您的外婆醒了，现在可以过来看看她吗？病人的情绪有些不太稳定。”

“在！在的在的！我在的！”

黎婠婠差点跳起来。她挂了电话后，手足无措地站在原地转了一圈。

李妈听到动静从厨房走出来。

“黎小姐，你要找什么？”

黎婠婠看着李妈，哭着道：“我外婆！我，我外婆醒了。”

“天哪，这真的是天大的好消息啊！”

黎婠婠一下子抱住了李妈，然后放开她道：“我，我得现在立刻去准备东西，我，我要拿点什么。我是不是该打扮一下？我的外婆很久没见到我了，她会不会忘记我长什么样了？”

李妈笑着道：“不会的，黎小姐，你永远都是那么好看，老人家看到你开心就够了。我今天要做点营养餐送过去吗？你外婆喜欢吃什么呢？”

“我，不好意思，我的脑子有些短路。”

黎婠婠过了好一会儿，才把事情全部捋清楚。

交代完李妈后，她就要出去叫车。

戎行野此刻在书房，房门没关，自然也能听到楼下的动静。他揉了揉眉心打了个电话给戎毅：“安排人送她过去。”

黎婠婠走到门口时，戎毅已经把车停好了：“黎小姐，戎总让我送您去医院。上车吧，这里不好打车。”

黎婠婠回头看了一眼：“替我谢谢戎总。”就直接上了车，一路上她激动得有点手抖。

到了医院，她跟戎毅道了一声谢就往医院里跑。

等她冲到病房门口的时候，她把手搭在门把手上却又松开了。

近乡情怯，不过如此。然而下一刻，她还是鼓起勇气打开了病房的门。

外婆闭着眼睛，坐在床上，盖着被子，她带来的那个老式音响在唱着歌，是外婆最喜欢的歌手的歌。

老人家听到动静，缓缓地睁开眼睛的时候，就看到了眼圈红红的黎婠婠。

跨过时空，黎婠婠好像看到了以前的自己，飞奔向外婆怀里的画面。

从小时候被外婆抱着，到现在她有足够的能力为外婆撑起一片天，不知不觉，竟然已经过了这么多年了。

“外婆。”她的声音很轻。

老人家看着黎婠婠，有些不确定地问道：“是我的囡囡吗？”

黎婠婠快步走近，外婆这才把她看清楚。

“囡囡，真的是我的囡囡！”

她上下打量着黎婠婠，拉着黎婠婠的手摸了又摸：“囡囡，好像长大了？”

黎婠婠想笑着点头，可是笑得比哭还难看，泪水模糊了视线。

“囡囡可不要哭，哭了就不好看了。”外婆的手没什么力气，但还是舍不得放手，生怕等会儿一闭眼，自己又撑不住睡着了。

护士听到动静，进来道：“恭喜你啦！黎小姐。老太太要注意情绪哦，不可以太激动。”

“好的，我明白的。”

“现在各项指标还是不错的，有什么需要再叫我们。”

外婆一直等到护士走了，才轻声道：“囡囡吃了很多苦，对不对？外婆看你都瘦了。”

老人家躺了三年，头发早已花白，她的手一直摸着黎婠婠的头发：“我的囡囡，受苦了。外婆什么都知道的。外婆，都知道。”

老人家拍了拍黎婠婠的手，只是一直重复着这句话，眼皮却已经慢慢地合上了。

黎婠婠感到有些紧张，起身探了一下她的鼻息，确定呼吸平稳，才松了口气。她赶紧起来去找张主任。

“黎小姐，是这样的，您外婆的身体状况目前良好，但是一个人的身体是有恢复周期的。她长时间昏迷，现在清醒过来，也需要重新去适应。”

“那现在是正常现象吗？”

“目前看，这属于正常现象。我个人的建议是，这段时间，如果确定她的身体没有太大的问题，在进行下一个手术之前，最好带病人去一些她熟悉的环境，让她的心情开朗起来。如果黎小姐你没有这么多空余的时间，也可以让她待在医院继续接受治疗。但是有一件事我必须告知您，下一个手术很关键，有很大的风险。毕竟病人年纪大了，再进行手术，元气大伤的同时，也会有生命危险，但如果不做手术，不确定下次会不会发生神经刺激昏厥事件。所以要看黎小姐你自己的选择。”

“做手术的还是那位专家，是吗？”

“是的，这点您放心，对方也非常关心老太太的健康，如果确定要做手术，他肯定会在场的。”

黎婠婠在医院里坐了很久，才决定暂时带外婆回家。她想跟外婆待在一起。她一直在医院里等到外婆苏醒。老人家醒过来的时候，明显有些恍惚，不过还是认识黎婠婠的。

“回家？”

“是啊，婠婠有一套很大很漂亮的房子，外婆跟婠婠去住好不好？”

外婆点点头："我们婠婠有家了？"

这话说得黎婠婠很心酸："嗯，有家了。"

"那我要去看看，看看婠婠的家。"

黎婠婠将老人家的东西简单地收拾了一下，在想怎么把外婆带下楼的时候，病房的门被打开了。

霍司丞看着黎婠婠那费劲的样子，开口道："我来吧。"

男人说着朝她走来，低下头看着老人家道："您还记得我吗？"

"霍医生，对不对？"

霍司丞温和地一笑："我抱您到车上去吧，这样黎婠婠也轻松点。"

"好的，麻烦你了。"

躺了三年的老太太，身体的各项机能退化，身上压根儿没什么肉。霍司丞轻松地把她抱到了轮椅上，侧首道："赶紧跟上。"

黎婠婠跟着霍司丞上了员工电梯。

霍司丞叮嘱道："带外婆回家之后，每天也要给她按摩，多晒太阳，影响情绪的人、事、物，不要沾染。"

"好的，我明白。"

叫好了车，霍司丞将外婆抱到后座上，然后帮她系好安全带，关上车门才拉着黎婠婠走远了一点道："戎行野最近找你没有？"

黎婠婠的脸色难看了下来："找了。"

"果然。"

"什么意思？"

霍司丞道："你最近不要留在江城，正好你外婆醒了，你外婆的老家在哪里？你尽量带她回老家住一段时间，对她的病情也好。"

黎婠婠感到有些莫名其妙。

"我知道你有很多话想问，但我不会害你。"

黎婠婠见他的话说完了，便转身想走，走了两步，扭头问道："是戎行野发生什么事了吗？你刚才为什么要这么说？"

“去吧。”霍司丞明显不想多说。

黎婠婠带着满腹怀疑上了车。

“婠婠啊，那个霍医生，有没有对象啊？”

黎婠婠哭笑不得：“外婆，人家是小昔的对象，您想哪儿去了？他帮我，是看在小昔的面子上。”

外婆想了想：“小昔啊！她这个男朋友找得真是不错呢。”

“结婚了的。”

“小昔这么小就结婚了呀，我们囡囡有没有男朋友啊？”

黎婠婠感到有些无奈：“还没有呢。我想多陪陪外婆，找男朋友有什么好的？”

外婆道：“得是优秀的小伙子，才配得上我们囡囡。”

“好，一定要找个特别好的男孩子给外婆您看看，好不好？您不同意呀，我绝对不要！”

“那当然，谁能配得上我们囡囡？”

第二天，她约好了网约车，带上了外婆，知会楚昔了一声后，关闭了手机，前往外婆的家乡。

沉水镇是个四通八达的小地方，距离江城差不多三四个小时的路程。

外婆年纪大了，近期发生的事情记得有些恍恍惚惚，但对于自己的老家，她倒是记得很清楚。

小巷子不好停车，黎婠婠让司机把车停在了巷子口，叫了一辆人力黄包车拉她们。院子里是两层楼房。徐家不算什么富庶人家，当初也有个小香工坊，可惜随着工业化时代来临，就逐渐没落了。

徐梦打小生得漂亮，年纪轻轻就出道当了明星，所以很早就搬离了这个地方，后来生了黎婠婠，才把外婆接过去。

黎婠婠对这里没什么印象，听说很小的时候跟爸爸一起来过。

因为常年没住人，铁门上满是锈迹。房子里面倒是保持得很好。

“谁啊？”有邻居看到徐家的家门口站着两个人，探出身子问道。

“是阿芬吗？”

“你是？哎呀我的妈呀！小珍啊，真的是你啊！”

“谁回来了？”

“是小珍回来了呀，这是你的孙女？”

“我孙女才没这么好呢，是我的外孙女。”

“好看，跟你闺女一样好看，哎哟，你们这个时候回来，家里都没打扫呢，你等会儿，我这里饭做好了去给你帮个忙。还没吃饭吧，来我家吃，你怎么坐轮椅呢？”

小村子的人不多，家家户户都知根知底的，没一会儿就找人帮忙开了门锁，拿来了笤帚帮忙打扫院子里堆积的落叶，连饭也直接招呼黎婠婠去他们家吃。

而这边，戎行野接到了保镖的电话。

“什么叫到了那沉水镇就不打算回来了？”男人把玩着指尖的钢笔，听着保镖的报告。

还真是回老家了，以为这样就能躲得开他是吗？

戎行野挂断了电话，静静地坐在书房中，久不言语。

黎婠婠去镇子上买了新的被褥、窗帘，家里请了人来打扫，水管电路都重新检修了一下，置换了不少东西。

院子里还有许多小野花，外婆说养着挺好。

黎婠婠住在靠窗的小房间里，推开窗户就能看到大门，下面的阳台凹槽处正好可以养花。

院子的正中间有一棵老树，这几年没人照顾，倒是长得十分茁壮。

给老树修剪枝叶后，黎婠婠买了一张老式的藤椅，铺了厚厚的垫子，为的让外婆坐上去晒晒太阳。

这样的日子，她以前总是幻想着，没想到这么快就实现了。

在小镇的日子很简单、很快乐。

黎婠婠没有使用移动支付，出去买东西还用现金支付，小卖铺的老板有时候找不出零钱还挺着急。她会每天骑着家里的老式自行车，去村口给外婆买村子里的人都爱吃的手工包子，然后再绕到街尾买菜。

很快大家都知道虞小珍回来了，还有个特别漂亮的外孙女，是名校大学生，小姑娘哪哪都好，逢人就打招呼，笑得又甜。

外婆倒是挺开心的，她的囡囡当然哪里都好了。

黎婠婠平时喜欢去街上采风，老镇子有自己独特的韵味，拍一些空镜片段往往有特别好的效果。

可是今天回来的时候，发现门口停了一排的车。

黎婠婠的脚步一顿，她总感觉有什么事情要发生。她一进入巷子，就看到了身穿黑衣的保镖在别人家门口进进出出，人人手里提着一堆礼品。

“多谢对我们家的老太太的照顾，这是谢礼。”

黎婠婠看着送进去的礼品有些燕窝、冬虫夏草、陈皮什么的，价值令人咋舌，哪有人这么给不熟悉的邻居送礼的？好些人甚至不知道她们家是哪一户！她赶紧拉住了一个人，一看，果然是戎行野身边的人，她问道：“戎行野人呢？”

“戎总在前面。”

黎婠婠看到他后，沉着脸快速走向他。

“戎行野！”

男人转过头，一段时间没见，她晒黑了，不过精气神倒是挺好。

“最近在外头疯跑，防晒都不做了？”以前不是稍微晒个太阳就喊热？

黎婠婠才懒得听他这种熟稔的话，她咬着牙道：“你送这些干什么？”

“第一次上门难道不需要礼数？上门送点苹果完事？”戎行野挑眉问道。

黎婠婠感觉跟这个男人说不通。

“有些邻居都换人了，跟我们家不熟悉，你送这些让人家怎么回礼？”

事实上也正如黎婠婠顾虑的那样，不少人家想赶紧把礼物退回去，但是看到门口那一排穿着黑衣服的保镖，又瑟缩着把脚给缩回去了。

戎行野刚刚抬眼，就跟对面刚出来的一对母子对上了视线。

见那个孩子都快吓哭了，他才冷淡地收回视线，声音冷冷地道："既然他们不敢要就拿回来吧，送给那几户对你外婆特别照顾的吧。"

黎婠婠知道，他这已经是在让步了。

有些邻居赶紧把门给关上，生怕会有一些黑社会的人员上门勒索、要挟。黎婠婠只能看着戎行野的人提着大包小包，去敲了附近几户邻居的门。送的礼物里面，甚至连笔记本和平板电脑、游戏机都有，一看就是事先就知道对方家里有孩子。她浑身透骨生寒。站在原地不知道在想什么，只觉得自己好像一直误会了戎行野。这个男人哪里是放开了她，只是玩起了另一种游戏，让她以为自己逃离了，可还是处在他的掌控之中。

无论她飞得多远多高，他都可以轻而易举地出现在她的面前。想走就走，想留就留。

"婠婠，怎么不进来？"

黎婠婠猛地回过神，看到外婆正尝试着站起身走出来。她顾不得戎行野，赶紧进屋："您别出来。"

"我没事，你刚才在跟谁说话？"外婆好奇地问道。

戎行野从外面进来，倒是收起了平日里的吊儿郎当模样，态度恭敬地道："外婆您好，我叫戎行野，是婠婠的男朋友。"

黎婠婠的脸色一变："戎行野！"

戎行野对外婆笑了笑。

外婆闻言上下打量着他："男朋友？这，你怎么没提过？"

"前段时间我跟她闹了别扭，她生我的气了，后来等我出差回来才发现她带着您回老家了，我就赶紧过来了。"

黎婠婠瞠目结舌，这好好说话的样子还是戎行野吗？

外婆看着婠婠的反应，有些狐疑："是吗？"

黎婠婠瞪了他一眼："不是，他就是我的老板，以前的老板。"

戎行野脸上的笑容淡了下来，盯着黎婠婠不说话。

“这？”

外婆都快被他俩给绕进去了。

“是老板。”黎婠婠强调。

外婆看着黎婠婠瞪着戎行野的样子，心里回过味儿来了。

“你从江城过来？那得好几个小时呢，有地方住吗？”

“外面的宾馆很多。”黎婠婠紧接着开口。

一段时间没见，如今长能耐了，恨不得赶紧把他打包送出去是吧？向来只有他嫌弃别人的时候，哪有人拒绝他进门的？戎行野一口气上不来，差点把黎婠婠直接扛上楼去好好教训。

“来的就是客人，你姓容？”

“是兵戎相见的戎。”戎行野解释完，外婆道：“戎，在江城倒是少见的姓氏。我有一位老友，倒是嫁给了姓戎的人家，只是多年未见，不知道她怎么样了。”

外婆道：“你看我，说了这么多也没请你坐下，家里屋宅简陋，你坐下，婠婠去倒杯水，来者是客。”

外婆最重规矩，她点点头，看了戎行野一眼，暗示他别乱来，这才赶紧去烧热水。

戎行野坐下来打量这套老房子。看起来没有黎婠婠居住过的痕迹，家具那些都是特别古早的。戎行野有点纳闷这世上还有这种东西存在，居然还没被淘汰。屋子里打扫得很干净，但因为是下雨天，依旧透着一股属于老房子的霉味。

黎婠婠知道他的习惯，特地拿出了没用过的玻璃杯，给他倒了一杯水过来。“家里也没茶叶，喝白开水吧。”

戎行野接过去的时候，顺势捏住了她的手。

黎婠婠用力微微挣脱，水就这么洒了出来。还烫着的水泼在了男人的手背上，他连眉头都不动一下，只是目光沉静地盯着她。

“戎先生在江城是做什么的？”

戎行野回过神：“哦，也没做什么，一点小生意。”

“戎先生谦虚了。”

黎婠婠如坐针毡，看戎行野这副架势，一时半会儿竟然不肯走了。她也不知道他到底会跟外婆说点什么。

“您的身子怎么样？还有没有头晕目眩的症状，情绪还稳定吗？医生说了，您这毛病还是要多注意休息，复建也要跟上。”

外婆诧异地问道：“你怎么知道这些的？”

戎行野温和地一笑：“之前我常去医院看您，大概您忘了。”

外婆看向了黎婠婠：“是吗？”

黎婠婠都服了，瞪着戎行野，好能装。

“我不记得了。”

“她贵人事忙，确实不大记得，我的好友霍司丞您知道吗？”

外婆顿时心生好感：“原来你是霍医生的好朋友。”

“是。”

“我就说呢，我瞧着你第一眼，就觉得你眼熟。”

“我瞧着您也觉得亲切，就跟我的亲外婆似的。”

黎婠婠瞪着他，这还是戎行野吗？

“哎呀，刚才下雨了，晒在阳台上的鞋子，婠婠你记得收回来。”

黎婠婠没办法，只能再去楼上。

戎行野喝了一口水，目光似狼，灼灼地盯着她。

黎婠婠赶紧把鞋子拿回来，再下楼的时候，戎行野已经坐在了外婆边上，正给她开电视机。

“小戎啊，那这么说你在家里还挺辛苦的。平时谁给你做饭呢？自己去外面吃？”

“我爸不管我，家里也冷冷清清的，有得吃就吃，没得吃大部分时间饿肚子。”

外婆心疼地道："怎么会这样？那今晚呢？你的宾馆订好了没？"

戎行野看了一眼走下楼的黎婠婠，咳嗽了一声道："没关系，我去外面找找。"

雷声一响，雨点噼噼啪啪地落下来了，跟倒豆子似的。本来院子里的地面就开裂了，排水系统也不大好。好在老房子当初建起来的时候，还多立了两层台阶，这才不至于淹到门口。

"这么大的雨，干脆在家里吃了饭再走吧，尝尝婠婠的手艺。"

戎行野等的就是这句话。

"好啊。"

男人拿起苹果，说要给外婆削苹果。

"我们沉水镇啊，香料最是有名，我家以前就是做香坊的，后来工业化了，小香坊就倒闭了。"

"是吗？那现在大部分人都在做什么？"

"在大工厂里，咱们村子里一半的人都在厂里打工。"

外婆倒是跟戎行野很投缘。黎婠婠一边去厨房洗菜，一边竖起耳朵听着外面的动静。尤其是戎行野这个人，平日里多大的人物来家里，他不想搭理就不搭理。今天陪着外婆聊沉水镇的工资？吃什么喝什么？

黎婠婠的心无法安定下来，她总感觉有点不对劲。

"做菜也不专心，打算切了手指给我下饭？"

黎婠婠猛地转身，差点撞到戎行野的胸口。她往后一躲，男人的手已经撑在她的两侧。

"刀在后头，它可不长眼。"他说着，低头嗅了嗅她身上的味道，"换香水了？"

"你到底想干吗？"她低声质问。

戎行野垂眸，长长的睫毛垂着："不知道。"

"什么不知道？我外婆不了解我以前的事情，你快走吧，我不想让她知道我以前……"

“怎么，连我女朋友的身份都不想承认？”

“因为我从来都不是你真正的女朋友，我们之间只是一场合作。”她说完，低声道，“你贵人事忙，创嵘的每一秒都能创造天价业绩，在我这儿浪费时间做什么？”

“我也很想问自己，但黎婠婠，你怎么不问问你自己的心？”

“我的心早就告诉我，不能再跟你继续纠缠了。”

“你是在激怒我？”

“跟你说实话就是激怒你吗？那你也太容易情绪化了。”

外头传来了咳嗽声，黎婠婠警告他道：“我外婆受不了刺激，你要在这儿吃饭就别烦我。”她推开了他去做菜。

戎行野也不走，就在厨房门口待着。就这么盯着她，也不动弹。

黎婠婠的动作用力，恨不得把他当手里的菜给切了。

“外婆，吃饭了。”

老人家睡得迷迷糊糊，她一天昏睡的时间虽然比平时少了，但精力还是不能跟正常的老人一样。

“小戎啊，吃菜，吃菜。”

“好的，外婆。”

“怎么样，好不好吃？我们家囡囡的手艺可好了。”

“好吃。”

黎婠婠如鲠在喉：“外婆，你也吃。”

吃着饭，雨越来越大，戎行野磨磨蹭蹭地不肯走，但是外婆已经撑不住，想睡觉了。黎婠婠把伞递给他：“你赶紧回去吧。”

戎行野见她不留自己，沉下脸道：“用不着，我自己走。”

“哎，外面雨很大呢，现在出去裤腿都得湿，一楼还有一间客房，你要是不嫌弃，就住下吧。”

黎婠婠转头道：“咱们那间客房都没收拾，算了吧。”

“好的，谢谢外婆！”

戎行野直接折返回来，露出一副乖孩子的模样。

黎婠婠恨得牙根痒痒。

外婆吃了饭就要洗澡、擦身，黎婠婠给她泡了脚，才不情不愿地出来拿了新的床单和被褥递给戎行野：“自己换。”

她说着就要上楼，戎行野却猛地咳嗽了两声。起初声音还挺小，然后仿佛要把肺咳出来似的。

黎婠婠上台阶的动作一顿，蹙眉道：“你能不能轻点？我外婆刚睡。”

戎行野露出一副很难受的样子，蹙着眉扶着扶手抬眼看她。

黎婠婠原本想上楼了，可是看到了他的胸口好像有血渗出来。她的瞳孔一缩：“你，你身上怎么有血？”

戎行野好像憋着一口气：“用不着你管，睡你的觉去。”

黎婠婠闻言，还真的直接上楼了，不管就不管。鬼知道是不是这个男人的把戏。老房子的隔音效果不好，黎婠婠上楼梯的时候，还能听到木质楼梯咯吱直响。

黎婠婠知道身后有一道灼热的视线在盯着她，可是她不想回头。回到房间，她连衣服都懒得换，直接栽进了被子里。什么都不想去想，去做。她直接将头埋进了被子里，可是闭上眼睛，脑子里全是那个男人。她根本睡不着。

黎婠婠觉得气息不畅，又一翻身坐了起来，拿上睡衣去浴室洗漱。

老式花砖，昏黄的灯泡。黎婠婠在浴室里耗了许久，开门的时候甚至鬼鬼祟祟地打开一条门缝，观察了一下她的房间，确定只有她一个人才出来。

黎婠婠出来后坐在床上，还是觉得心浮气躁。

窗外的雨噼噼啪啪地打在窗户上，屋内比屋外还要潮湿。

黎婠婠闭上眼睛。

没一会儿就听到了楼下男人略带压抑的、连续不断的咳嗽声。

黎婠婠猛地又坐了起来，拿起手机，想质问他到底想干什么，是不是非要找点事情做，结果发现手机上没他的电话号码。

黎婠婠干脆扯过被子捂住耳朵，只要不去听，就什么事都没了。

然而过了一会儿，男人好像没动静了。

黎婠婠听到了楼下玻璃杯碎掉的声音，她终于忍无可忍，直接扯开被子翻身下床，气冲冲地往楼下走。

“戎行野！你到底想怎么样？”怕惊动外婆，黎婠婠压低了声音质问。

男人应该在客厅里，高大挺拔的身子此刻微微驼着背，玻璃杯就碎在他的脚边。

听到黎婠婠这么凶他，戎行野抿着嘴唇，然后一言不发地往房间走。

黎婠婠觉得气不打一处来，下楼质问道：“你闹出这么大的动静，到底想怎么样？”

戎行野每吸一口气都想咳嗽。明明气得不行了，但也不想搭理她，直接躺下来。

黎婠婠就想找他吵架呢，直接开了灯。

戎行野的衬衫湿了一块，虽然这个男人最喜欢穿黑色的衣服，但那一大块晕出来的水痕还是很明显的。

现在倒春寒，有时候比冬天还要冷，他的衣服居然还湿了，脸色出奇地难看。即使黎婠婠开了灯，他也只是用手肘撑着额头，什么话都没说。

黎婠婠凑近他，低声道：“你怎么弄的？”

“房间有点漏雨，我觉得身体不舒服，起来倒杯水，你也凶我。”

黎婠婠见他的脸色真的不大好，一摸额头，烫得惊人。

“快点起来跟我一起去医院。”

戎行野一动不动。黎婠婠伸手去拉他。

戎行野甩开她的手，睁开眼睛冷漠地盯着她：“不是嫌我烦？还下来干什么？”

黎婠婠咬着嘴唇：“我怕你生病死在我家，我可没办法跟你们一家子交代，我的胆子小，禁不起你吓，你赶紧起来！”

“死不了。”他说完，嗓子又痒了，止不住地开始咳嗽。

黎婠婠有些手足无措，不知道该不该给他拍一下后背。一摸他的身上，竟然滚烫。

“发烧了怎么不说？”

“你在乎吗？”

戎行野还是那副死样子。黎婠婠真的想丢下他不管了。

“你到底去不去医院？”

“不去。”

黎婠婠扭头就走。戎行野继续用胳膊遮着眼睛，也不知道为什么自己不起来离开。好像这样自虐，也好过见不着人。

可是脚步声很快再次响起。

黎婠婠提着药箱进来了，拿出额温枪对着他点了一下。

戎行野睁开眼睛：“你还是第一个敢拿着枪抵着我的人。”

“大哥，这是额温枪，要不了你的命。”黎婠婠真是觉得无语。她吐槽完后，看到额温枪上的红色屏幕，“都四十摄氏度了，你确定不去医院？”

“吃药就行，不想折腾。”总算说了句人话。

黎婠婠翻了个白眼，刚一起身，手腕就被拉住了。

黎婠婠回过头，戎行野道：“我放你走的时候，你是真的很开心吗？”她不知道怎么回答，只是垂眸道：“都什么时候了，你还问这个？”

可是戎行野死不放手：“是不是很开心？”

黎婠婠深吸一口气：“是解脱，行了吧。”她一下子甩开了他的手，这也是第一次，她甩脱得如此轻松。以前这个男人，只会死死地拉着她的手，绝对不允许她说出这种话来。她也没这个胆子。

黎婠婠走到外面打算去看看水烧开了没有，随后发现门口居然有一个黑色的人影。她吓得一抖，差点叫出来。

戎毅道：“是我。”

“你什么时候进来的？打算吓死人啊。”

“抱歉。”

“戎总怎么样？”

“发烧了，也不肯去医院。”

黎婠婠叹了口气，他这个样子，她也不好直接赶人走，只好折返回去照顾他，一晚上他反复高烧，她跟戎毅都没睡好。

等到天蒙蒙亮，听到了外婆起床的动静，黎婠婠刚想起身，戎行野就醒了，手还下意识地抓住了她的袖子。

“醒了？还有没有难受的地方？”

“想洗澡。”

“自己去楼上。外婆起来了，我得去做早饭。”

戎行野还想说什么，黎婠婠道：“你乖点。”他莫名地就点了点头。

黎婠婠把外婆搀扶到门口晒太阳，就进了厨房做早饭，没一会儿就听到了动静。黎婠婠从厨房出来，就看到了徐元和徐梦大包小包地进来了。外婆则是一脸激动的表情。

“妈，你真的醒了！”徐元差点老泪纵横，一下子扑了过去，差点给老人家跪下。

徐梦近乡情怯，摘下墨镜和帽子，轻轻地唤道：“妈。”

史蒂文跟瑞贝卡在外面还没进门。

徐梦的视线落在了正从厨房里出来的黎婠婠。看着她手上拿着的菜刀，徐梦下意识地后退了一步，脸色难看地盯着她。

“你这是什么眼神？”外婆猛地开口。

徐梦回过神：“我，妈，我回来了。”

“是啊！妈，小梦回来了，你之前不一直念叨吗？怎么回了老家也不告诉我们？要不是昨天有人打电话问我，提起你，我都不知道这事。”徐元赶紧接话，随后意有所指地道，“是不是有人故意不让你见我们？”

“你想说谁？难道我从小就是这么教你的？”外婆一双锐利的眼睛死死地盯着徐元。

徐元撇着嘴道：“我这刚回来，您怎么就教训起人了？”

“你爱走就走，我也没打算让你来，你们都走吧。”外婆一摆手，打算继续看电视，“婠婠，做你的菜。”

老人家完全不搭理徐梦和徐元。

徐元感到有些尴尬：“妈，你这刚醒过来，别光听别人的，也得听听我们怎么说。”

“徐元，我只是昏迷了，我不是什么事都不知道，你们做的那些，说的那些，我都听得到。”老太太很失望地把话说完，看着他道，“你小时候，我跟你爸的工作忙，把你寄养在邻居家里。你吃不饱、穿不暖，你就开始抢东西，什么都贪，什么都想要。我想着你年纪大了，就该懂人事了，知道分寸了。可我想多了，三岁看老，人歪了就是歪了。”

虞小珍指着门口道：“你走吧。”

“妈！我是你的亲儿子，你能不能听我解释解释？”

徐梦立刻道：“妈，我这次回来还带瑞贝卡回来了，我之前跟你提过的那个孩子，她小时候还很像个洋娃娃，您看过她的照片，不是吗？”

“瑞贝卡，快进来。”

徐梦招呼着，瑞贝卡有些嫌弃地上下打量着房子，很显然根本不想进来。

被史蒂文催促着，瑞贝卡进了屋，捏着鼻子道：“妈咪啊，好大一股霉味。”

徐梦示意她不要说话。

“来叫外婆。”

瑞贝卡看着虞老太太，很艰难地想叫出来，但死也出不了声。

“不用了。”老太太直接冷冷地打断。

“我只有婠婠一个宝贝，其他人我不认识，也没带过，我连女儿跟儿子都没有，这会儿来找我说什么？我一把老骨头，除了这套破房子，也没什么值钱的。你们想搅弄风云，就去找别人，别来我这儿碍我的眼。”

瑞贝卡跺着脚，看向徐梦：“妈咪。”

“乖，你先自己坐过去。”

徐梦坐下来道：“妈，我知道你怨我们，可是你昏迷了那么多年，要说徐元一次都没去看过你，也是不可能的。”

虞小珍闭着眼睛，只当没听到。

厨房里，黎婠婠面无表情地切菜。

瑞贝卡可受不了这个老太太说话，她也不喜欢这个地方。不过她对楼上感到很好奇。

趁着没人留意，瑞贝卡顺着楼梯上了楼。一上来，就看到了戎行野。

她正想搭话，就在这时，楼下传来了老太太愤怒的声音。

“滚！你们都给我滚！”

徐元带来的水果直接被老太太提起来扔了出去。苹果滚在地上，打了个转。徐梦捂着脸，靠在史蒂文的怀里，满脸不敢置信地看着老太太。

“妈，我是你的女儿，你怎么能这样？”

“我没你这样的女儿！你怎么敢说婠婠的不是！你有什么资格这么说她？你从小自私自利，凡事只想着自己，你有哪一点想过别人吗？你年轻的时候怀孕，说为了事业想打掉孩子！最后生了下来，你又埋怨她出生的时间不对！你跟黎擎闹别扭，觉得他限制了你的自由，觉得这段婚姻毁了你的梦想。你把你事业上的失败，全归咎于一个孩子！你觉得公平吗？你既然走了，既然去追求你的事业，就不该回来！我当初就说过，你走了，就别回来，你现在还回来做什么？让我去媒体上说你这个女儿的优秀，让我走进你的家庭，那么婠婠呢？我的婠婠，你不疼惜就算了，你还来糟践她，你甚至都不敢承认她，你也配当个妈？”

“外婆！”黎婠婠赶紧跑过来，用披肩裹着她，抚着她的胸口给她顺气。

“外婆，别生气，医生说过你的情绪不能大喜大悲。”

虞老太太拍着她的手，顺着气道：“外婆知道，外婆知道。”

黎婠婠扭头盯着徐梦：“快走！”

徐梦的嘴唇颤抖着，她显然气得不轻，戴着墨镜和帽子道：“快离开吧，我不想让这里的人认出我来。”

徐梦憋着一口气，等到了路口上了车，徐元才道：“现在怎么办？妈不点头，咱们家厂房那块地就没办法卖。”

当初黎擎的那些财产都充公了。但是之前的那家香坊工厂的土地，在出事前几年就给了老太太，之前出事后没能卖出个好价钱，这几年下来，那块地倒是成了个香饽饽。

徐元也是这两天等人找上门了才知道老太太还藏了这么个好东西！那块地方可不小，现在卖出去，还能值不少钱。看样子老太太是打算把东西都留给黎婠婠，那他可就什么都捞不着了。

而徐梦来这儿，也不是为了徐元，而是因为这段时间有知情人爆料，徐梦的母亲卧床三年，昏迷不醒，而这位口碑极好的影后，竟然还在国外秀恩爱，秀度假，根本没想过在国内的老母亲。为了维持她的人设，徐梦的公关团队建议她最好是能跟母亲一起接受采访。

两个人各自心怀鬼胎，可都是需要老太太帮忙的。

只是徐元刚开口，妈就不乐意了，还闹腾起来。

徐梦觉得不甘心。妈最疼她，以前她想做什么，妈都支持她。可现在呢？妈竟然不想见她！只因为她说了一句黎婠婠的话也不能全信？她哪里说错了？哪个母亲会这么对自己的女儿！

徐梦越想越觉得委屈。史蒂文叹了口气道：“我觉得你们有些太过分了，妈治病的时候，你们几乎不出现，现在一来就问她要东西？”

“姐夫，你到底帮谁的？再说了，你也不在国内，你知道什么？”

徐梦声音冷冷地道：“史蒂文，你应该相信我，站在我这边，现在我很需要妈的帮助，跟我一起出面又不是很难的事情，她都要拒绝我。”

“以前妈不是这样的，肯定是有人在她的面前说了什么！”徐梦坚信，就是黎婠婠在挑拨离间。

“现在戎行野在，咱们也不敢做什么，不过我就不信了，那戎行野还能一直在。”

徐元刚说完，就接到了电话。

“喂，我是徐元。

“您是……”

徐元瞪圆了眼睛：“好，好的老戎总您说。”

等挂了电话，徐元兴奋地道：“姐，不用怕了！咱们有办法拿捏黎婠婠了！”

黎婠婠忙前忙后地去找药。

然而外婆这口气好像顺不下来，等她找到药、倒好水，老太太已经昏迷了。

“外婆！”

戎行野过去摸了一下脉搏：“人没事，打电话给戎毅。”他俯身一把将人打横抱起来往外走，“赶紧把你外婆的那些证件、病历都带上。”

黎婠婠有些慌，可是听了戎行野的话，立刻镇定了下来。拿上全部东西后，她问道：“我们这里的县城小医院可以吗？”

“你跟着我走就行。”

戎行野到了路口，戎毅已经开车在那儿等着了。

戎行野直接抱着人上了车，黎婠婠赶紧跟了上来。

“婠婠，你外婆的身体状况你最了解，你一定要保持镇定，知道吗？等会儿医生问你什么，你直接打电话给霍司丞，明白？”

“我知道，我知道！”她跟着点头。

老人家紧闭着双眼，瘦瘦小小的身体窝在戎行野的怀里，仿佛一点重量都没有。

到了医院，戎行野直奔顶楼。那边的医生早就准备好了，并且还是在霍司丞的医院里常见的那几个。

黎婠婠感到十分诧异，扭头看向了戎行野。

“就是怕遇到这种事情，特意调过来的，等会儿如果情况不妙，霍司丞他们也会过来，你放心。”

外婆已经被推进了诊室。

黎婠婠跟着到了门口，才抖着嘴唇道：“谢，谢谢。”

好在医生很快出来了。

“老太太目前的情况还行，大概很快就会醒过来。暂时没有危险。”

黎婠婠颤抖着嘴唇：“真的吗？医生。”

“真的，不用太过担心，住在普通病房即可。”

“戎总！”戎毅一声惊呼，戎行野已经彻底晕了过去。

再醒来时，戎行野下意识地看向了病房门口。没有黎婠婠。

“她人呢？”

“老太太那边刚脱离危险，应该在病房里。”

戎行野下了床，戎毅蹙眉道：“戎总！她又不会跑了。”

“我知道。”但他就是要看着才安心，才舒服，就算她现在压根儿不在乎他怎么样。

病房里，黎婠婠紧张地守在老太太身边，光看背影也知道她有多焦虑。

戎行野在门口看着她的身影，眼神晦暗。

…………

虞老太太苏醒的时候，黎婠婠盯着心电监护仪，眼睛都有些干涩了。

“囡囡……”

“外婆。”黎婠婠立刻反应过来，坐了过去，“你怎么样？有没有觉得哪里不舒服？我现在去找医生过来。”

“我没什么事儿，就是心口有点不舒服，这是在哪儿啊？”

“医院，您刚才昏过去了，我就赶紧送你来医院了。”

“我没什么事儿，天都黑了，你吃饭了吗？小戎呢？”

黎婠婠看了一眼中午的时候戎毅送来的饭盒，因为没什么胃口，里面的饭菜也没有动。

“我都吃过了。”

“快回去吧，医院不好睡。”

“没关系，我就在这儿守着您。”

“你这孩子就是不听劝，家里的门窗都锁好了吗？你还是回去吧，明天早上再来。”被外婆这么一提醒，黎婠婠才想起来出门的时候好像门都没关。考虑到最近容易下雨，她道，“那我就回去收拾几件衣服，把门窗关好再过来。”

电梯门一打开，她就跟戎毅对上视线。

戎毅见到她问了一句：“老太太醒了吗？”

“醒了，谢谢关心。”

“那你赶快去看看戎总吧，他从中午开始就没吃饭，我也劝不住他，你去试试，也许可以。”戎毅向来话不多，很少能见到他说这么长一句话。

黎婠婠点点头。等被他带到病房的时候，黎婠婠才看到男人脸色难看地躺在床上，皱着眉头，也不知道睡着了没有。

“你们为什么不回去呢？这小县城的医院，他住着肯定不习惯。”

戎毅语气淡淡的：“他不肯走。”

为的是谁，大家心里也明白。

黎婠婠抿着嘴唇，打开病房的门进来。看到了跟她病房里一样的餐盒。看来是戎毅他们一起准备好的。

黎婠婠将里面的饭菜拿出来，还温热着，都是家常菜，还有一碗汤。

听到了动静，戎行野不耐烦地道：“说了不吃，你听不懂？”

黎婠婠一愣，轻声道：“你的病还没好，也还在发烧，吃一点吧。”

听到她的声音，男人这才睁开眼睛。因为生病，平日里嚣张跋扈的样子，反倒是褪去了不少。

“外婆醒了？”

“嗯，医生来看过了，没什么大碍，今天谢谢你。”

戎行野想起来，黎婠婠伸出手，半抱着他。本来完全可以自己撑起来的男人，好像突然浑身没了力气似的，将全身的重量，都卸了下来。他虽然不胖，但常年健身的男人，体重也不轻。

黎婠婠费了好大的劲才让他靠好，然后她去调整了一下病床的弧度。老式病床没有江城的医院的好，咯吱咯吱的声音也大。

黎婠婠端起碗："还热着，你先喝口汤润润。"

戎行野都想不起来她上次这么乖巧地喂自己喝汤是什么时候了，好像在创嵘跟何家联姻的消息放出来之前，她还是老样子。自打那个消息放出来后，她就变了。

"你怎么会想起我来？"

"遇到了戎毅。"她想也没想就这么说了出来，所以男人眼底的戾气再次浮现。

"你这话的意思是，如果没遇到他你就不会来，是吗？黎婠婠，你还有没有良心？"他的嗓音透着几分沙哑，却咄咄逼人。

黎婠婠抿着嘴唇不吭声。

看着她倔强地不肯低头，戎行野压抑着火气。

"你今天晚上住哪儿？"

"回家收拾点东西就过来陪外婆。"

虽然是意料之中的回答，但听到她亲口说出来，他的心口还是一堵。

"晚上回家住，老太太那边我找人照顾。"

"明天早上过来记得给我带早饭。"戎行野说完，就扯过被子要睡觉。

黎婠婠伸手扯他的被子，戎行野蹙眉扭头盯着她。她讪讪地缩回手："我没别的意思，你只喝了一口汤，不顶饱，身体为重，把饭吃完吧。"

戎行野终于正眼瞧她，大概是感觉到自己说话的语气太不好了，他稍微收敛了点。

"黎囡囡，我的手没力气。"

黎婠婠的手差点一抖："你叫我什么？"

戎行野一掀眼皮，理直气壮地道："你外婆都叫你囡囡，我叫你不行？"

"不许叫。"恶心死了。而且他明摆着是调戏，跟外婆叫起来都不是一回事。

"我就叫。

"黎囡囡，我要吃牛肉。

“再来口汤。”

黎婠婠真的想问他今年几岁了，明明比自己大，还要做这么幼稚的事。她的勺子刚抬起来，戎行野道：“张嘴。”

“嗯？”

黎婠婠下意识地服从他的指令，勺子被人握着，掉转方向喂进了她的嘴里。大概两顿饭没吃，已经饥肠辘辘的，温热的饭菜一进嘴里，她也有了点食欲。

“吃饱了就回家。”

黎婠婠看着他，咀嚼了两口。

“你是怎么知道我在沉水镇的？你的控制欲是不是应该克制一下了？”还把她家周围的邻居都调查了一遍，根本是变态的行为。

“我这是派人保护你，你少不识好人心。”

黎婠婠憋着一口气：“你离我远点就是保护了。”

她刚说完，整个人被戎行野拽着手腕拖了过来，随后，黑铁在眼前一晃，本该是他随身携带的黑龙戒指，就这么配了链子戴在了她的脖子上。

“黎囡囡，你再给我随便摘下来试试。”他离她很近，眼里的神色很认真，“别摘。”

黎婠婠“哦”了一声，把饭盒收拾好，出了房间。

戎毅在门口等着，看了一眼她脖子上的项链，神色复杂。

黎婠婠回了家，看着满地的水果，拿了东西过来清理。

上了楼，她也没空拖地了，收拾好去医院要带的行李，还有电脑等重要物品，就钻进了被窝。

翻了个身，又睡不着，她将项链取下来转了个圈，放在掌心中细细观赏。做工非常精巧细腻，里面还刻着花纹。

也不知道有什么用处。

第七章 终不舍

黎婠婠一晚上没睡好，总感觉徐元他们不会就这么算了。

只是大清早来的人，竟然是宋清让。他应该是刚到不久，肩膀上还有晨雾留下的露水。

“婠婠，你果然在这儿。”

“你怎么会过来？快进来吧。”

宋清让提着行李箱进门，看了一眼小院子：“你跟外婆这段时间都住在这儿？”

“嗯，你来了很久了吗？”

宋清让松了一口气道：“吓死我了，你知不知道我去医院的时候，被人告知外婆已经出院了，我一晚上都没睡好？想来想去觉得你跟外婆大概回了老家。还好没白跑一趟。你还把手机都关机了，压根儿联系不上你。”

黎婠婠道：“抱歉，之前太忙了，何况我也不想麻烦别人。”

“婠婠，我不是别人，小时候外婆也照顾过我，她跟我的亲人是一样的，不会因为没有血缘关系而改变。”他将行李提进屋，看了一眼有些凌乱的餐厅跟客厅。

“昨天发生了什么事吗？外婆呢？”

黎婠婠道：“徐元来了一趟，外婆被气得住院了，我现在还要赶过去。”

宋清让一把提过她的行李箱：“那我们一起去吧。”

“那我买个早餐一块儿过去吧，外婆已经醒了。”

“那就好，医生没说有什么事吧？”

“嗯。”

戎行野住在病房里只觉得浑身都不自在，别看他吃了不少苦，但戎少爷凡事讲究也是众所周知的。他几乎没怎么睡着，就等着黎婠婠早晨来送早餐。左等右等，干脆早早起来去陪老太太说说话。

医院有早餐，戎行野陪着老太太喝了一碗粥，刚嘟囔着黎婠婠这个死丫头怎么还不来的时候，就看到了宋清让提着早餐进来了。

戎行野的眼睛一眯，两个男人隔空对上了视线。

宋清让只是看了他一眼，立刻走到了外婆跟前。“外婆。”

老人家拿混沌的眼睛看了看他，才不确定地道：“阿让？你都长这么大了？”

“外婆还记得我就好。”宋清让一来，立刻前后招呼。

护士站的护士都纳闷：“十床的病人什么来头？昨天送了那么多水果、鲜花给咱们，今天又来一个送礼的。”

“不知道，不过怎么看都是晚辈，好像自己的亲生子女没来过。”

戎行野看着病房里来来回回忙碌着的男人，恶狠狠地咬了一口黎婠婠递过来的肉包子。

“差点咬到我的手。”黎婠婠没忍住吐槽。

戎行野抬眼，咀嚼的时候十分用力。就咬你。

“外婆，这是你以前常喝的茶，我这次特地跑了老字号带回来的。”

“有心了。”

“这是我应该做的，您的身体感觉怎么样？我看今天下午有阳光，医生说你可以多晒晒太阳，等会儿我和婠婠陪您一块儿下去好不好？”

戎行野深吸一口气，宋清让实在是太会装了。

“这会儿你不用上班？”

宋清让笑着看了一眼戎行野：“没有什么事儿会比婠婠跟外婆更重要。”

戎行野真是气笑了。

见戎行野一副要发飙的样子，黎婠婠一下子摁住了他的手：“呃，外婆，我去问问医生注意事项。”

“嗯，你去吧，小戎生病了，也还没好吧，要多注意休息，别仗着年轻就乱来。”

黎婠婠听完后立刻带着戎行野离开了，好像生怕再等一会儿，戎行野就要发疯。她自己也没留意到，下意识地对戎行野做的动作，跟对待别人是不一样的。然而旁观者清，外婆将她那些亲昵得无法隐藏的动作全部看在了眼里。

“阿让这些年在做什么？”

宋清让一直等病房的门被关上，才收回聚焦在某人身上的视线，回答外婆的话：“就是跟以前在公司做得差不多，老板还算器重我。”宋清让坐下来为外婆削苹果。

“你也辛苦了。”外婆叹了口气。

“不辛苦，只要看到您跟婠婠都好，我就满足了。”

…………

戎行野真的很讨厌宋清让。说话就说话，什么为了外婆？装腔作势。讨厌一个人的时候，对方连呼吸都是错的。

戎行野在心里给宋清让泼了无数脏水，才看向黎婠婠道：“你可别被你那个便宜哥哥给骗了，这小子没一句老实话。”

黎婠婠觉得十分无语：“人家得罪你了？你天天中伤他。”

戎行野没好气地道：“怎么？你觉得我是故意说他的坏话？”

“你的语气很难不让人想到这方面。”

“黎婠婠，我跟你说的话你都没记住是吧？你就想活活气死我。”

黎婠婠立刻转移话题：“有菠萝，你要不要吃？”

戎行野一噎：“干吗？以为给我做点菠萝炒饭就能让我把这茬揭过去？”

黎婠婠道：“那你到底要不要？”

“午饭你亲自给我做，假手于人我就不吃。”

黎婠婠觉得十分无奈，都不知道自己为什么一边照顾外婆，一边还要伺候这位大少爷。

“你什么时候回江城？总是不去公司也不好吧？”

“干吗？怕创嵘倒闭？放心，就算我半年不去公司也倒不了。”戎行野回了病房，拉着她一把扯近，“听明白没有？离那个阴恻恻的小子远点，他肯定不简单。”

“我知道了，本来我也没离他多近。”反而是他一直在提这件事，让她也总是会想起这茬。

黎婠婠没想到的是，她跟戎行野刚走没多久，村里的主任跟干部也上门了。先是慰问了奶奶的身体，毕竟虞小珍的香坊当年为镇上解决了不少人的就业难题。可是寒暄完毕，话题就变了。

“小珍同志，咱们也算是认识很多年了，虽然这些年没联系过，但是徐元到底是徐家唯一的男丁。你这该放手还是要放手，咱们一家人不说两家话，母子俩有什么误会都是可以解决的。何况时间过了那么多年了，有什么事好好说就行。”

老太太一开始还愿意听着，时间一长就不乐意了。

“这件事我已经打算好了，这块地，我说得很清楚，那是我的女婿赠予我的，并且这些年也一直都在我的名下，政府如果有任何要求我可以配合，但没人规定我必须给谁吧？我现在还没死，完全有资格决定到底给谁。”

“但是你也得考虑咱们徐家是不是？徐元他爸爸走的时候，你一个人拉扯两个孩子长大，可是受过苦的，如今年岁大了，也该跟孩子好好过日子，等着颐养天年，闹成这样实在是难看啊。”

“徐元这小子也知道错了，昨天找到我这儿说了一晚上掏心窝子的话，我看他是有心悔过的。婶子，你也得给他个机会。”

一群人你一言我一语，好像虞老太太才是那个斤斤计较的过错方。

宋清让清了清嗓子道：“诸位，我外婆还在休养，医生说了，禁止出现大喜大悲的情况。不好意思，如果你们还要继续用这个话题刺激我外婆的话，我会请大家离开。”

“哎，我们这是劝和，这母子俩闹成这样好看吗？”

很明显这些人就是觉得宋清让这个不知道从哪儿冒出来的小子碍眼。毕竟人家在村里说一不二习惯了，哪里容得下一个小辈来教训人？

眼瞧着要吵起来了，宋清让赶紧请他们出去。

“咱们出去说吧，出去说。”

刚走到门口，遇到了折返回来的黎婠婠，一群人又有话说了。

“你就是小珍同志的外孙女吧。”

“小姑娘看起来斯斯文文、白白净净的，做人不能忘本。”

“是啊，我们不刺激你外婆，你跟我们出来说。”

黎婠婠一头雾水，戎行野正在隔壁跟人打电话呢，眼瞅着黎婠婠跟宋清让跟一群人在门口掰扯，就挂了电话出去。

“你们说的我听明白了。”黎婠婠直接抬手打断他们，“我们家的地，是我爸爸花钱买的，后来被他送给了我外婆，你们的意思是让我外婆把这块地给徐元是吧？”黎婠婠嗤笑出声。

“不是，你这是什么态度？”

“我什么态度？不服气就去打官司。要是收了徐元的钱再来刺激我外婆，信不信我去你们孩子的单位发状？别没事上来倚老卖老，我们家的事情轮不到你们来插手。”

“你，你怎么说话的？！”有个看起来比较有声望的声音陡然拔高。

“你怎么说话，我就怎么说话。再不走我可赶人了！”

黎婠婠根本不想跟这群徐元找来的帮手说话。

而这群人也丝毫不把黎婠婠这个小姑娘放在眼里。

黎婠婠也是觉得可笑，徐元知道戎行野在这儿不敢自己上门，就找了一群什么都不懂的人来压着外婆，还拿出外公来压人。

戎行野直接出声道：“得了，跟这群人有什么好说的？进去陪你外婆。”

戎行野觉得自己遇到黎婠婠后，对付的人是越来越低端了。

“去给你外婆做饭去，这种事你也要自己动手？”戎行野扯过黎婠婠，拍了一下她的头，“去吧，这里有我。”

黎婠婠转头对宋清让道：“麻烦你照顾外婆了。”

“不麻烦，刚才是我不好，不该让这群人进来。”

黎婠婠摇了摇头，她不知道该说什么。

见她离开，戎行野的眼神有些晦暗。

宋清让也没立刻回病房。

“戎总，死缠烂打不是你的作风，还请您放手吧。”

戎行野上下打量了一下眼前这个男人，穿得像个人样，说的话也是冠冕堂皇。戎行野语气不善地道：“我的事，轮得到你来插嘴？不是喜欢当黎婠婠那便宜哥哥？就好好演下去，别崩了你的人设，回头装什么痴情不悔。”

宋清让那完美无缺的笑容终于有了一丝龟裂。

碍眼。这是两个男人对对方的评价。

宋清让整理了一下袖口：“婠婠向来讨人喜欢，总不能每个喜欢她的男人你都要警告一番。好了，我要去照顾外婆了。戎总身上有伤，不如先处理好自己，因为一点小伤就麻烦婠婠跑来跑去，实在不是男人所为。”

戎行野看着宋清让离开，嘲讽意味十足地道：“宋清让，黎擎出事的时候，你在里面起了什么作用呢？”

宋清让扭头道：“爸爸出事我感到很意外，也很着急，更多的是对未来的迷茫。婠婠的监护权也不在我这里，那段时间我才意识到自己的不中用，所以现在才开始努力，将来我不会再让婠婠承受这样的委屈。”

戎行野直起身子，挑眉打量着他道：“你说谎话挺自如的，难怪黎擎在一群人里面，偏偏选了你当养子，不过天底下没有不透风的墙。”

宋清让温和的笑容收敛起来：“哦？戎总总是说一些似是而非的话，难不成是因为造谣不成，恼羞成怒了吗？”

戎行野淡淡地开口：“就是觉得你这人经历挺奇怪的。跟你一起从福利院出来的一个叫宋晓慧的女人上个月在度假的时候意外死了，你的助理前段时间也离职了，听说打算回老家结婚，但是出了意外，变成了植物人？”

宋清让叹了口气：“世事难料，晓慧和我助理的遭遇我的确感到惋惜，戎总难道把这样八竿子打不着关系的事都要迁怒到我头上，是不是有点不太讲道理？”

“嗯，不过我可听说，你现在合作方的老板对你十分器重，好像要把女儿嫁给你。”

“没有的事，戎总多虑了。”宋清让推开了病房的门。

“伪君子。”戎行野评价完，吩咐戎毅，“去把宋清让的事情仔细查一查。”

“是。”

黎婠婠回到家将食材清洗了一下，准备赶紧做好饭菜去医院。

回到医院的时候，黎婠婠先去给外婆送了饭，又将饭盒交给戎毅，然后回到外婆的病房就没打算出来。还是戎毅过来敲了敲门，黎婠婠才起身。

“怎么了？”

因为外婆睡了，黎婠婠特意降低了声音，转头对宋清让做了一个手势，宋清让朝她笑着点了点头，示意她放心。

“怎么了？”

戎毅摇摇头：“你不过去，他不肯吃饭，还是去看看吧。”

黎婠婠无语地道：“他又不是小孩子，还非要我喂他吃饭。”

戎毅也是个闷葫芦，站在那里一动不动。

黎婠婠见他站着不动，才进了戎行野的病房，看到饭盒摆在那果然没被动过，她深吸一口气道：“不合胃口？”

“不想吃。”

“你是不想吃还是想作妖？”

“黎囡囡，你是不是巴不得饿死我？”戎行野直接问道。

黎婠婠没好气地道：“你能不能讲点道理？爱吃不吃。”她说着就要走。

戎行野一把将她拉了回来：“脾气这么大，我就抱怨一句。你不来我吃不下，这里太无聊。”什么好玩的东西都没有。

黎婠婠看着他难看的脸色，伸手摸了一下他的额头：“药有没有好好吃？”

“有的。”

戎行野喜欢看她这样关心他的样子，这是一种无法取代的感觉。

黎婠婠的脸色稍缓，她将饭盒打开后道：“我做了你爱吃的鱼，跑了好几个菜摊，不过这里的鱼没有江城那边的新鲜，说是野生的，我也不确定，先尝尝吧。”

戎行野想也没想直接吃了一口：“味道还行。”

黎婠婠的手艺还是他一步步督促着练出来的，能有什么问题？黎婠婠觉得他这人就是难伺候，都什么条件了，还跟皇帝点菜似的挑上了。她又夹了其他的菜：“病好了就赶紧回去吧，老赖在这儿，你不舒服，我也不自在。”

“你想赶我走？”他刚说完，就剧烈地咳嗽起来。

黎婠婠觉得不对劲：“你向来身体很好，怎么这次生病这么严重？我好像听护士说，你的后背有伤。”

“死不了。”

“你说不说？”总是不好好说人话。

戎行野闭上眼睛，确实不想说，黎婠婠也懒得理他。

关上病房的门，就遇到了从医生诊室回来的沈确。

“沈特助。”

“黎小姐，方便说几句话吗？”沈确询问道。

“好。”

沈确带她去了医院走廊尽头的阳台处：“黎小姐应该知道，戎总的身体一直很好，就没好奇过为什么这次感冒他一直好不了吗？”

黎婠婠摇头：“我问了，他不肯告诉我。”

“那我告诉黎小姐吧，戎总着急来见你，车子被人动了手脚，出了严重的车祸，当时开车的司机还在医院做手术，戎总的后背，包括手部神经都受了重伤，国内没有这样的条件，医生建议我们带他去国外，人都联系好了，但戎总放心不下你，所以迟迟不肯去。这样耽误的结果，只是让他的身体情况更加糟糕，现在又高烧不退，他骗你说是感冒，事实上病情早就已经恶化了。”

黎婠婠诧异地道：“你们没报警吗？是谁干的？”

沈确的视线落在她身上：“戎家的关系错综复杂，最后大权落在了戎总身上，老戎董并不乐意见到这样的情形，事实上，流落在外面的私生子也不少，想拉戎总下台的人，谁都有可能动手。可这样的节骨眼，戎总知道您一个人照顾老太太，也放心不下您，黎小姐，是真的觉得戎总没把您放在心上吗？”

黎婠婠不知道该说什么，这个消息对她来说太过震惊。她这几年跟着戎行野，都没想过自己在他的心里会有这么重的分量。

“戎总现在必须立刻进行手术，不然后果不堪设想，可是您不跟着去，他恐怕也不去。黎小姐，请您帮帮忙，跟我们去一趟。”沈确说完，对她深深地鞠了一躬，“至于老太太这边您放心，我们的人会留在这里看顾，手术的时间并不会很长，您去了，戎总才会安心手术。黎小姐，您的分量，远比您自己所了解的要多。”

黎婠婠心事重重地折返回了病房，外婆最了解她，开口问道：“是小戎的事情吗？”

黎婠婠回过神：“嗯，他要去国外做个手术……可是我放心不下您。”

“去吧，他是有心人，你也放不下他，外婆看得明白。再说了我在医院里，你能有什么不放心的？婠婠，想做什么就去做，喜欢的人，也要好好珍惜。外婆老了，只想说珍惜眼前人。”

黎婠婠决定陪戎行野去国外手术，沈确立刻去安排了，当天下午就可以出发。她嘱咐了外婆很多话。

沈确敲响病房的门：“黎小姐，我们可以出发了。”

外婆拍了拍她的手：“去吧，等回来了，咱们再说说话。”

黎婠婠一步三回头，这才跟着沈确离开。

宋清让晚上来医院，才发现戎行野已经不在医院，而黎婠婠也走了。

“婠婠她有点事，小让，你没事也回去吧，我这里有人照顾的，你好好工作。”

宋清让笑得虚浮，但还是答应了下来，他很想知道，黎婠婠到底跟戎行野去了哪里，有什么要紧事，能让她连外婆都不管了。

他让医院的医护人员照顾好外婆，自己先开车回江城看看什么情况。

而就在两个人都走了后，听到风声，确定戎行野不在沉水镇后的徐元和徐梦又折返回来了。

得亏戎行野的父亲戎慎在帮忙，不然他哪能掐着点准时出现？

这会儿老太太还在医院晒太阳呢，看到徐元进来，直接质问道：“你来做什么？”

“妈，你看你，病了身边也没个人照顾，我们能放心吗？”

徐元放下水果，笑着对护士说：“辛苦你们了。”

护士道：“她这瓶点滴快挂完了，等会儿你们去护士台叫一下我们。”

“好的好的，你放心。”

虞小珍看着徐元和徐梦伪善的脸：“我不用你们照顾，等会儿婠婠就会来了。”

“您看您又说气话，连宋清让都走了，他们一时半会儿回不来。”

虞小珍盯着徐元：“你怎么知道清让这孩子走了的？”

徐元讪讪地一笑，还能为什么？自然是让人一直盯着这儿呢。

“妈，咱们是母子，你说你老跟我计较这个做什么？”徐元坐下来道，“我来了你也不让我看你，你这不是寒了儿子的心吗？”

“你想说什么？要是想要婠婠的那块地，我告诉你，想都别想！”

徐元脸色一变：“妈，你这话就没意思了，我是你亲儿子，你帮我一次也不过分吧。”

徐梦也在旁边说：“是啊妈，您帮帮弟弟，也帮帮我吧。”

听他们这么理直气壮，还要来逼自己，老太太两眼一翻，呼吸急促起来。

徐梦抓着她的手，结果老太太猛地从轮椅上栽了下去，浑身抽搐不停。徐元吓了一跳，赶紧把东西一收：“护士，护士快来啊！”

此时，已经在国外医院的黎婠婠的眼皮猛地一跳。她有些心神不宁地看向手术室。

沈确拿了一瓶水过来："黎小姐。"

"谢谢，沈特助，我的心里有些慌，戎行野的手术还要进行多久？"

"快结束了，主要是之前耽误了点时间，黎小姐，别紧张。"

"是，我是有点紧张。"

说话的时候，手术室大门打开，戎行野被推了出来，黎婠婠的思绪很快被打断。

"医生，他怎么样？"

"手术很成功，不过要好好休息。"

黎婠婠松了口气，陪着戎行野回了病房。想联系外婆，却发现这边的白天，老家那边是深夜，因此她打算第二天再联系。

戎行野是第二天中午醒来的，黎婠婠就趴在他病床旁边睡着。男人心头一软，抚摸着她的长发。黎婠婠惊醒过来，见他盯着自己："你怎么样？有没有什么不舒服的地方？"

"没什么事。"戎行野让她凑近点，"这两天没睡好？"

一边是外婆，一边是他，黎婠婠哪个都放心不下。

"累的。"

戎行野想了想："黎婠婠，每当这个时候我就觉得，我是真的离不开你。"

黎婠婠倒水的手一顿，微微一笑，道："人一生病就比平时脆弱点，你身边有那么多人，不缺我一个，你只是不习惯。"

"你不相信我说的话？"

"我信，但情爱是会蒙蔽人的神志的，你只是当下还不习惯陪在你身边三年的我要走了而已。"黎婠婠说完，自己回了沙发区休息，也没有多看他一眼。等一觉睡醒，她发现戎行野那边正小声地开会，她也不想打搅他们，起身往外走。

"去哪里？"男人问道。

黎婠婠回头："我给外婆打个电话。"

"早点回来。"

黎婠婠关上门，打电话到医院，先是没人接，又联系了外婆的护工，才知道外婆出事了。

戎行野这边还在开会，黎婠婠一下子就冲了进来，焦急地道："我外婆出事了！"戎行野立刻给屏幕那边打了手势，中断了会议："怎么回事？你慢慢说。"

"我不知道，医院说我外婆急救了好几次，现在必须送往上级医院，因为我出国了，联系不上我，现在还在等消息。"

"你别着急，我立刻让霍司丞去联络。"

这边，霍司丞刚返回诊室，就收到了戎行野的来电，得知消息后就去对接沉水镇的人民医院。沉水镇的医院那边松了口气："你们总算联系我们了啊，老太太的状态很不好，已经昏迷了！"

霍司丞的脸色沉了下来："什么时候的事情？"

"昨天的事，中间休克过，我们经过抢救现在刚刚稳定下来，但是我们医院的医疗水平有限，只能到这个地步了，现在已经联系了上级医院，送到江城霍氏医院，你们家属赶紧过去吧！"

霍司丞赶紧打给医院，才知道老太太确实已经转院，还在路上，没入院。

"医护人员都已经就位了吗？"

"张主任他们正好去开会了，不过我已经打电话联系他们快点回来了。"

"杰夫医生呢？"

"杰夫医生的助理刚才联系我们了，说他们正在赶过来！"

"好的。"霍司丞稍微放心了一些，对戎行野道，"我们现在直接去医院，老太太的状态很不好。"

黎婠婠正跟着戎行野去机场："我自己回去吧，你刚做完手术。"

"我会陪你。"戎行野握紧她的手，"一定会没事的，你放心。"

黎婠婠点点头，心绪不宁到了极点。一上飞机，想到这漫长的旅程，黎婠婠就变得更加焦虑了。戎行野对她说“睡一觉就到家了”，但她觉得脑子里乱糟糟的，一直等到飞行的后半程才渐渐睡着。

再醒来时，已经到了。办完手续后，黎婠婠赶紧询问情况。

“外婆怎么样了？”

“霍司丞说情况不太妙，但是医护人员已经就位了，就等你外婆到达医院立刻采取急救。”

黎婠婠一听这话，急火攻心，只能希望司机速度再快点。

而另一边，何嘉敏遇见了白雪。这是两个人第一次见面，何嘉敏看了她一眼，刚想转身离开，就听见白雪喊她：“何小姐。”

何嘉敏侧头：“有事？”

“没什么，只是觉得有一桩事，恐怕何小姐还不知道。”

何嘉敏的笑容收敛起来：“你想说什么？”

“我之前听说，何家老先生原本从国外专门聘请了一位专家回来，以备不时之需，为此还花了不少人力物力呢，可是那位专家现在虽然人在江城，但并没有在何家工作，而是行野哥哥亲自带走了。何小姐想不想知道，行野哥哥把人带走是为了做什么？”

何嘉敏当然在意，这件事情一直被隐隐地传着，圈内人多多少少也会暗示她，她每次都得找借口敷衍过去。但自始至终都是卡在她心口的一根刺。

何嘉敏：“怎么，你知道？”

白雪看着何嘉敏，缓缓地开口：“行野哥哥亲口告诉我的，带走专家，只是因为一个重要的人需要他。”

何嘉敏死死地盯着她：“你该不会是想说那个更重要的人是你吧。”

白雪的笑容微微僵硬，心里泛酸，她道：“当然不是，那个人何小姐也认识，叫黎婠婠。可不就巧了吗？黎婠婠的外婆跟何老先生患有同样的病呢。”

何嘉敏的脸上彻底没了笑容：“你想说什么？”

白雪微微一笑："我就是想告诉你真相。"

其实她就是想报复黎婠婠，毕竟黎婠婠害她失去了一切。

何嘉敏猛地打断了她的话："不要再说了，你说的话我一个字都不信。"

待到白雪离开，何嘉敏才问林星："之前黎婠婠找你是为了什么事？"

何嘉敏不傻，结合白雪的话，很容易联想到上次黎婠婠找林星的事。

林星犹豫了一下，说："黎婠婠想求何家请来的专家去给她外婆做手术。"

黎婠婠，难道这一切都是因为黎婠婠？

何宏华打电话过来的时候，何嘉敏的声音里还带着哽咽。

"嘉敏，怎么了？跟爸爸说。"

何嘉敏把这些日子的委屈尽数倾泻了出来："爸爸！戎行野居然是为了黎婠婠才一直不跟我订婚的。"

何宏华听着女儿的哭泣，心如刀绞。挂断电话后他沉着脸问秘书："那个杰夫医生现在在哪里？"

"刚从咱们这儿急匆匆地离开，说老爷子的身体很好，他有更需要去救治的病人，先出去一趟。"

"把人给我拦截下来。"何宏华眯起眼睛，"要是不肯跟我们回来，撞他的车会不会？一个医生出了车祸，还能上手术台吗？"

助理一愣，何宏华眯起眼睛："怎么？没听懂我说的话。"

"是……"

另一边，戎行野带着黎婠婠赶到医院的时候，左等右等也没能把载着外婆的救护车等到。

"去查一下那辆车到底在哪条路上！"

黎婠婠眼巴巴地看着戎行野，等他那边的消息。

张主任也急匆匆地赶回来了，手术室也都准备好了，就等病人抵达。

在创嵘的沈确听到消息急匆匆赶来："戎总，我刚才已经联系了那边的公路监控，高架上发生了连环车祸，杰夫医生的车就在里面，现在交警跟救护车都在赶往现场。”

黎婠婠腾地一下站了起来：“什么？专家出了车祸，那怎么办？”

沈确深吸一口气，抬了一下眼镜道：“第二个消息是，老太太的救护车也在连环车祸的现场。”

刚赶到医院正在等消息的楚昔等人也是一愣。她下意识地朝着黎婠婠看去。

黎婠婠愣在原地，耳朵里嗡鸣作响，好像有些听不清外界的声音了。

“黎婠婠……”

黎婠婠眨了一下眼睛，泪水却猛地夺眶而出，她下意识地颤抖着手抓着戎行野的衣袖：“救……你想想办法，你一定有办法。”

戎行野一把攥住她的手：“安排直升机，快去！”

沈确道：“已经安排了，最快的救援抵达也需要十分钟。”

“各位司机朋友们请注意，前方江海高架上发生恶性连环车祸，请绕道通行。”

听着车内的广播，何嘉敏摇上车窗：“回家。”

老太太被送到医院的时候，看到她戴着氧气罩，被医护人员快速送进急救室，黎婠婠整个人腿软得差点跪在急救室门口，只能被戎行野架着才能勉强站稳。

“我外婆，她会怎么样……”

霍司丞看着急救室的灯，摇了摇头：“我们只能尽力，急救时间就那么一点儿。”他没办法保证黎婠婠的外婆能活下来。何况在沉水镇那个小医院里的那几天，情况恶劣到了什么地步，他们也完全不知道。

从老太太病发到专家发生车祸，这些事情都太凑巧了，好像计划好的，专门针对黎婠婠的这个软肋而来。

现在再去深究背后的人到底什么目的也没用了。人没了，那就是真的没了。有意也好，无心也罢，到时候戎行野与黎婠婠之间的嫌隙只怕更深了。

那时，黎婠婠该怎么活下去？

戎行野刚想将黎婠婠带到一旁的位置上休息，急救室的门就被打开了。

张主任出来的时候不敢看黎婠婠。

黎婠婠也不知道哪儿来的力气，朝着张主任走了过去："我外婆怎么样了？怎么这么快就出来了？"

张主任看着黎婠婠，遗憾地宣布："黎小姐，进去见最后一面吧。"

心里重重地一沉，黎婠婠说不出那是一种什么感觉，她膝盖一软差点跪了下来："你说什么？"她只觉得耳朵里嗡嗡响，什么声音也听不清楚了。张主任的嘴巴一张一合，她却没有一个字能听清楚。

戎行野在后面撑着她，张主任抱歉地道："很抱歉，我们已经尽力了，进去见最后一面吧。"

黎婠婠摇着头："不，不会的，她怎么就不行了？怎么就见最后一面了！"

黎婠婠抓着张主任，满脸期冀的表情："张主任，你跟我开玩笑对不对？外婆一切都好是不是？她不会有什么问题的，不会的！"

张主任深吸一口气，看向霍司丞道："哪位是戎先生？老人家醒了，也点名要见他。"

黎婠婠浑身一震，扭头看着戎行野："你去，你去看看外婆，她不会有事，你去。"

戎行野看着她濒临崩溃的眼神，心里感到一阵闷痛。随后喉结一滚，带着她一起进了手术室。

医护人员已经停止抢救，虞小珍紧闭着双眼，躺在手术台上。

戎行野带着黎婠婠到了手术台前，俯身轻唤道："外婆。"

虞小珍听到声音，微微睁开眼睛，颤抖着手伸向了黎婠婠："囡囡……"戴着的氧气罩里有一层雾气腾起。

黎婠婠的泪水已经夺眶而出，她点头应着："我在，外婆我在。"

虞小珍舒了一口气道："外婆，看不到囡囡成家了。再给外婆笑一笑。外婆，舍不得囡囡……"

黎婠婠早已被泪水模糊了视线，挤出了一个极其难看的笑容。

虞小珍用苍老、瘦削的手抚摸着她的脸，替她将脸上的泪水擦干："不哭了，外婆只是去了别的地方照顾婠婠……"

"外婆，我不要你走，你不要留下婠婠，婠婠就剩下你一个亲人了，你不要抛下我！"黎婠婠抓着她的手，泣不成声。

虞小珍有些无力地点点头："外婆不走，外婆记得，医院楼下樱花应该开了，囡囡下去给我摘一朵回来好不好？外婆想看看樱花。"

黎婠婠点头："我现在就去，外婆，你等等我！"黎婠婠说着，起身跌跌撞撞地往手术室门口走去。可是她走到门口，泪水就无声地落下。一个人痛彻心扉，原来连哭都是无声的，所有人看着她在手术室门口跌倒，却不知道该怎么上前安慰她。

"小戎。"

戎行野抓过虞小珍的手："外婆，我在。"

"我知道，你的身份不简单，也知道，你不是婠婠的老板，这些年，是不是你在她身边？"

戎行野承认："是。"

虞小珍点头："果然如此。"

老人家混沌的眼神变得锐利："小戎，婠婠她是我的宝贝，我没办法守着她……看着她成家，请你一定要答应我，若是有一天，她想离开，请你一定要放开她。"

戎行野却迟迟没有回答。

"不会有那一天。"

虞小珍蹙眉，还想说什么，只是目光眷恋地看向了手术室门口。那是她最后的爱意，是它，让这个老人家撑着一口气，迟迟不肯闭眼。

戎行野轻声道："我答应您，我一定会待她好，绝对不会跟以前那样。"

虞小珍只是笑了笑，大概是终于撑不住了，才慢慢地合上了眼睛。

戎行野抓着她的手，看着她渐渐没了呼吸，直到机器显示心跳彻底停止，才默默地唤了一句："外婆！"

手术室的灯，彻底变了。楚昔看着那盏灯张了张嘴。

戎行野从手术室走出来，赶来的黎娋娋已经蜷缩成一团。他蹲在她的身边，缓缓地开口："外婆……走了。"

黎娋娋的脊背仿佛彻底垮了。下一瞬间，她两眼一黑，就这样栽倒在了地上。

"黎娋娋！"

所有人齐齐出声。

与此同时，徐梦正在插花的动作一顿，刚修剪好的花枝竟然硬生生地折断了。她的心中有一种不祥的预感。

"徐元，你说这事能成吗？咱们什么时候看看妈？"

徐元正在玩手机，今晚约了几个朋友玩牌。

"明天吧，等妈消气了，我再去求求妈，她一定会同意帮我们的。黎娋娋最近不在国内，妈一定不会对我们置之不理的。"

"黎娋娋跟戎行野到哪里去了？你怎么那么笃定他们两个就不会出现了？"

徐元嘿嘿一笑："慌什么？创嵘这两天要召开股东大会，就要换人当这个执行总裁了。"

徐梦蹙眉："你怎么知道那么多内幕的？"

"反正我不会坑你，你等着瞧吧。"徐元一想到接下来自己要过上顺风顺水的日子，心里那叫一个美滋滋，感觉压在自己头上的乌云都没了，就等着创嵘集团发布官方声明了。

此刻的创嵘集团的确正在举行股东大会。

戎慎端坐在主位上，因为太久没出席，他直接坐在了原本该由戎行野来坐的位置上。今天股东大会上一股子不寻常的味道，下面的小股东正在观望风向。戎慎甚至不等戎行野到达会场，直接宣布，这次股东大会开始。

"戎董，戎总没到，为何召开股东大会？"

"戎行野玩忽职守，因为不明原因缺席股东大会两次，集团的运营不是非他不可，我们必须给员工以及股民，还有投资商一个合理的交代，开始今天的会议吧，并不会有任何影响。”

戎慎说完，他身边的秘书长立刻开口道：“本次会议将采取最新议案，此前的那一份作废。”

“专门针对今年的集团政策所做的调整方向，包括上半年的三个审议提案，股东们关心的其他问题，稍后会在管理层人员更替后，统一进行答复。”

“更换管理层？戎董，这是什么意思？”有人提出异议。

毕竟自打戎行野接管了创嵘之后，创嵘是以什么样的速度持续扩张，成为江城第一商业集团，那些业绩，还有取得的成就，对未来的规划都是有目共睹的。说戎行野是只赚钱的下蛋金鸡都不过分，这小子就没有什么决策是失误的，可比戎慎在位的时候强百倍。

何况戎慎都多少年没有实际管理过集团的事情了，这些年集团都换届多少次了，戎慎的人几乎都是在集团拿分红，手上连个实权都没有。

现在创嵘身居高位的，都是戎行野提拔上来的心腹。

“是的，管理层更换名单，已经发到了各位的手上。”

几个人对视一眼，打开那份名单，自己的名字果然在列。

“戎董，这是你个人的意思？不好意思，我要等戎总回来。”

“开除你还需要等戎行野？”戎慎只是觉得好笑。

“从即日起，创嵘集团将会迎来新的CEO，下面将由我公布他的名字。”

戎慎高兴地宣布道：“戎……”

戎慎的话还没说完，会议室的大门猛地被打开。在座的人中有人反应了过来，起身激动地道：“戎总。”

戎行野身穿黑色的西装，俊美的脸对上了戎慎诧异的视线。

戎慎颤抖着嘴唇，不敢置信地看着戎行野，这小子是怎么过来的？

戎行野看起来气色不错，脸色红润，根本没有任何问题。不是说他出车祸了吗？并且他消失了这么多天！难不成是做戏骗他的？

戎行野已经走到了近前，然后伸手，沈确立刻将桌上的那份提案交到了戎行野的手里。戎行野看着戎慎，然后打开那份提案，随意地扫了几眼直接合上，看也不看，直接丢进了垃圾桶里。

戎慎眯起眼睛问道：“你这是什么意思？”

“对待垃圾，就该丢进垃圾桶，有什么问题吗？”

戎家父子俩吵架，底下的人自然什么也不敢说。

“你扔了有用？官方文件已经下发，事情已成定局。”戎慎说完。

戎行野把手撑在桌子上，低头看着他。

戎慎看着这个高大、英俊的儿子，也不知道究竟是什么时候，他已经长成了自己难以撼动的模样。

戎行野嗤笑着道：“我想知道，是谁吃了熊心豹子胆，敢冒充总裁办的人下发这种文件。”

戎慎深吸一口气，想来自己的人已经被拦下来了，他咬着牙：“你身为总裁，三番两次缺席股东大会，我现在撤了你的职，有什么问题？”

“总裁都不在，能叫什么股东大会？我不参加一个没有我下达指令的草头会议，有什么问题？”

戎行野说完，沈确立刻挪来了另一把椅子，戎行野直接坐了下来：“会议开始。”

刚才戎慎需要废话一堆才能开始的会议，俨然已经井然有序地开始进行。而之前已经答应了戎慎会站在他那边的股东，现在一个个低着头不吭声，生怕戎行野找他们算账。

一场会议就在僵持、冷峻的气氛中结束。

长达三个小时的会议，其间戎慎这边提出的异议全部被驳回，一个不留，甚至戎行野还直接解除了戎慎几个心腹的管理权。

以前只知道戎家父子俩不对付，今天算是直接搬上台面了。只是不知道，到底为什么会闹成这个样子。

戎慎等会议结束，人都走了，才一拍桌道：“你倒是好手段，在这儿将我一军。”

戎行野不甘示弱，冷冷地抽着雪茄，轻轻吐出一口烟圈："你想扶着那些什么都干不好的人上位，操控我打下来的江山，也得看看他们有没有这个本事。还有，通知你一声，我在车祸后第一时间就报警了。"

戎行野逼近戎慎，一张脸和他十分相像，只是父子俩的眼里，都是对对方浓重的不满。

"属于你的时代，已经结束了。"戎行野说完，起身一脚踹开椅子，带着人扬长而去。

戎慎气得胸口发疼，直接将茶杯朝着戎行野摔了过去："混账！"

戎行野稳定了公司的局面，上车之后脸色就变得难看起来。他接过戎毅递过来的药瓶，吃了药之后开始闭目养神。

"戎总，回医院吗？"

"嗯。"

黎婠婠还在医院，还有外婆的丧事等着他处理，他绝对不能倒下。他必须把老人家的丧事办得风风光光的。

回到医院的时候，黎婠婠竟然醒着，只是她单纯地睁大眼睛，好像没什么知觉。

"婠婠，吃一点吧？"楚昔想喂她吃饭，只是黎婠婠怎么也不肯张嘴。黎婠婠仿佛什么都听不到。

楚昔叹了口气，一转头发现了戎行野，她将碗放下。

戎行野进来道："还不肯吃饭？"

楚昔摇摇头："无论我跟她说什么，她都是这样呆呆地看着天花板。"

就这么短短的一段时间，她整个人的生气仿佛都被抽走了。外婆走了，黎婠婠的半条命也没了。楚昔根本不知道应该怎么安慰她。

戎行野拿起一点儿也没动的饭菜，看着黎婠婠道："我知道你现在的心情，但是，你是外婆唯一的亲人了，她的丧事你不打算帮忙置办吗？你准备让谁来做这些事情？"

闻言，床上的人的眼皮终于动了动。

戎行野见她终于有了点反应，端过饭菜："吃一点，嗯？"

黎婠婠突然自己爬了起来，夺过他手里的碗，就往嘴里放，机械地吞咽着。

"慢点吃。"

黎婠婠仿佛根本听不到戎行野在说什么，他给她夹什么，她就吃什么，就像个木偶。

戎行野看着她这个样子，只觉得心口那股气咽不下去，也不上来。

"外婆的葬礼，我打算办得隆重一些，到时候让江城有头有脸的人都来。"

黎婠婠咀嚼的动作一停，摇了摇头："他们都是为了你来的，与外婆何干？不要打扰我外婆的清静。"她话语里的冷意，让周遭的气氛变得尴尬起来。

楚昔立刻打圆场道："是啊，外婆是沉水镇的人，不如回沉水镇办。"

黎婠婠木讷地道："外婆说过，她死后，想葬在家门口对面的山上，那边对着沉水镇，她长在那儿，最后也想回到那儿。"

江城从来都不是她的家。

戎行野的语气一软："那我们就回沉水镇办。"

黎婠婠继续吃着饭，只是吃饭的时候，眼泪又像断了线的珠子一般，一颗连着一颗往下坠。

楚昔看着觉得心疼："婠婠，你想哭就哭吧，不要憋在心里。"

黎婠婠也不是号啕大哭，她只是一点点地掉着眼泪，看得戎行野觉得自己的心仿佛被一双大手死死地抓着，让他根本喘不上气来。身上的伤口又开始隐隐作痛。

好不容易等黎婠婠睡着了，戎行野还有一堆事情要处理。

"沉水镇那边的老房子派人去打扫了没有？"

"已经去了，找了当地的老人家，那个地方的风俗他们比较了解。"

戎行野对沈确道："务必尽善尽美，多找几个德高望重的人来操持。"

黎婠婠的外婆没了，他得为她把这个家撑起来，不能让人欺负了她。

“好，宋清让还在医院的楼下，是否让他上来？”

“不必。”

这个男人太过危险，黎婠婠现在正是脆弱的时候，被他骗了可是麻烦事。

陆斯昂过来的时候，戎行野还站在病房门外。

“丧事打算怎么办？”

“等会儿就会把老太太运回沉水镇。”

“好，有需要我帮忙的地方记得说。”

陆斯昂其实有很多话想说，但是人也已经没了，再说那些埋怨的话也没用了。

楚昔听到动静出来，关上门道：“她刚刚睡下，外婆在医院里好好的，怎么突然就病发了？还刚好是你们不在的时候，怎么就这么巧？”

霍司丞镜片下的眸光微微一滞：“这件事，的确是我们的疏忽。这件事情既是个意外，也不是个意外。我们需要时间查清楚，但的确有疏忽。”

一切根本就是他们意料之外的情况。

现在老人家已经走了，再来查这些，也弥补不了黎婠婠心里的难受。

死亡证明已经办好，沉水镇那边的事也都料理了。

黎婠婠不愿意坐戎行野的车，非要亲自送外婆回去，戎行野干脆跟着她上了车。黎婠婠根本无暇顾及他，只是专注地替外婆整理仪容，小声在她的耳边说着自己的趣事，从孩提时代的，一直到长大之后的，很多事情反复地说。好像这样，老人家就会回来一样。只是所有人都知道，走了就是走了，回不来了。

戎行野一直沉默地坐在车里。

按照沉水镇的规矩，棺木每走过十步，子孙等亲属就得跪下三拜。

一路磕头进家门的时候，黎婠婠看着灵堂的布置，还有外婆的黑白照片，眼泪又是止不住地往下流。

“外婆，回家了。”

楚昔有些受不了，走出来擦眼泪。霍司丞将手帕递过去。

楚昔夺过来擦了擦，才拿起手机给向璃发了个消息。

黎婠婠的亲戚朋友不多，这些年有联系的也没几个。

哪知道打电话给向璃的时候，向璃说自己已经在来的路上了。

“下午我就收到通知了。”

楚昔一愣：“谁联系你们的？”

“对方说婠婠现在不方便打电话，就通知了，还给了地址，我想着这件事也不能是什么诈骗之类的，对方还安排了酒店，报销车费，我估摸着这件事八成是真的。工厂的活儿我都交给我爸爸盯着了，我先过来再说。婠婠怎么样了？”

楚昔叹了口气：“情况不太好，你还是自己来看看吧。”

黎婠婠要守灵，沈确负责安排来宾的住宿问题，小镇最好的宾馆跟酒店都被预订了。人员三三两两过来的，到时候安排车去接送。

一切都按照沉水镇的老规矩来。

黎婠婠也不是在沉水镇长大的，等村子里的老人来了，戎行野来叫她过去。因为提前打过招呼，所以村子里来帮忙的都是懂这个的。

黎婠婠几乎不用怎么操心，前往吊唁的人都有人迎来送往。连她自己都不知道，外婆竟然还有这么多的亲戚、朋友。

那天在医院跟外婆吵架的那几个人倒是也来了，只是嘴脸完全不一样了。黎婠婠也根本无暇顾及他们为什么要来，是不是要搞什么事情。她只是麻木地待在灵位旁边，来一个人，她鞠躬一次，听着他们说些“节哀顺变”之类的话。

到底是外婆的葬礼，戎行野不想跟黎婠婠闹别扭，从江城追过来的宋清让一直站在院子外也不是个事，还是让人进来了。

村子里的人对虞小珍的离世感到十分唏嘘，倒是没说什么，反而对她的外孙女找了个有权有势的男朋友的事津津乐道。从进门到出门，那浑身的气场、架势，一看就知道不是个简单的人物。

黎婠婠没想到的是，向璃还有学校里的同学们也会来。

张弛来的时候，都没想到这件事是真的。

“这么大的事，怎么也不跟我们说？”

“婠婠，节哀。”

黎婠婠深深地鞠躬：“谢谢，谢谢你们能来。”她知道是谁在安排这一切。这几天，戎行野连上来跟他攀关系的不认识的村里人都愿意聊两句，为的是谁的面子她也知道。但有些事，不是说原谅就能原谅的。

“好好照顾自己，学校的事情有我们。”

“嗯。”

自然也有人看到了站在黎婠婠身边的戎行野。一个个感到惊讶的同时，又齐刷刷地闭上了嘴。黎婠婠也失去了跟任何人解释、掩饰的兴趣。她跟了戎行野三年，是事实，无法更改。

外婆出殡火化那一天，徐元和徐梦也没出现，黎婠婠不想去深究他们是不想来，还是不敢来，抑或不能来，反正村里人也没人在她的面前嘀咕。

她也不希望他们出现。

虽然已经做好了准备，但看着外婆的尸身进入焚化炉的那一刻，黎婠婠还是长跪不起。

从今以后，她在这个世界上，再也没有任何一个亲人了。没有了，再也没有了。

戎行野在后面撑着她。

这几天守灵，她一直都没好好休息过，甚至都没看到她怎么睡觉。

出殡的时候，下起了小雨。

按照村子里的规矩，需要男丁摔盆，负责捧骨灰坛，黎婠婠是外孙女，没这个资格。老规矩不能坏。众人因为这个起了争执。

有人想着给谁家包个大红包，让他们的男丁来帮忙摔盆，可一时半会儿上哪儿找人也是个问题。

“我来。”

“我来。”

戎行野刚出声，一直跟在队伍里的宋清让也开了口。

只是大家还是看向了戎行野，毕竟这次的丧事全程都是他在张罗。他起身到了最前面，看着捧着照片的黎婠婠道：“走吧，送外婆。”

队伍浩浩荡荡地朝着山上准备好的公墓而去。

“婠婠的男朋友找得真不错。”

大家朝着队伍前头看去。高大挺拔、英俊得堪比影视明星的男人，站在黎婠婠身边，为她撑起了一片天，头顶的黑伞，都是倾斜在她身上的。

虞小珍的墓地是很早之前就选好的，是合葬的墓地。

徐老生前跟妻子虞小珍一起开的香坊，那会儿让不少镇上的居民都有了工作，不少人受了恩惠，只是后来香坊被淘汰，徐家就此没落在时代的洪流中，没保住自家的产业，人情往来也就淡了。

黎婠婠跪在墓前，看着外婆彻底跟她阴阳相隔，将一把一把的纸钱一一烧了。大概这几日该流的眼泪都流干了，这会儿尘埃落定后，她除了满身的疲倦，竟然没有其他感觉。

身边有阴影落下，戎行野双膝跪地，结结实实地给老人家磕了三个头。

莫说霍司丞、陆斯昂这几个人诧异，就连跟着来凑热闹的人都感到震惊。毕竟他们没结婚，就算结婚了，还隔着一层血缘。只有认识戎行野的人才知道，戎行野这辈子还没这样跪过。

黎婠婠什么也没说，好似对周围的一切都很麻木。

从山上的墓地回来，戎行野让人带宾客去酒店吃饭，楚昔陪着黎婠婠上了楼，替她换衣服，陪她说话。

陆斯昂递给戎行野一支烟。

“接下来有什么打算？”

“先带她回半山别墅。”

“她要是不肯呢？”

“你明白我不会放手，这些话不必再劝。”

陆斯昂轻轻地叹了一口气：“我以前只是看着她谨小慎微地活着，毕竟这样的姑娘太多，可看着看着，就觉得她既倔强又坚韧，很可怜。但到了今天，行野，我觉得你别逼她了。”

戎行野也不知道自己是在笑还是仅仅活动了一下僵硬的面部。

“我放过她，谁来放过我？”

丧事结束，宾客们都要回城，沈确安排司机送人，一切准备得妥妥当当的。唯一不太好的，恐怕只有失去了亲人的黎婠婠。

楼梯口传来动静，楚昔赶紧关上门出来，上来的人果然是戎行野。

“她怎么样？”

楚昔摇了摇头：“还是不肯说话，外婆刚走，她肯定需要很长一段时间来缓冲，能不能让她跟我回家住？”

“你现在不是住在你自己家吗？”

楚昔现在回娘家住，也缓冲了她跟霍司丞离婚的事情。现在两个人见面，关系也没好到哪儿去。楚昔也没意外，戎行野怎么会把她的事情了解得那么清楚。

“你家里那么多人，黎婠婠家里新丧，我不希望她去你们家看人脸色。”

“我爸妈……”楚昔沉默下来。

当初黎婠婠家里出事的时候，楚家也没帮上什么忙，现在带黎婠婠回家的确会出现戎行野说的情况。

“婠婠可以去我那儿。”不知道什么时候出现的宋清让站在楼梯拐角处，正准备上来。

戎行野眯起眼睛：“你找死？”

自打上次他说了那番话后，这小子好像完全没听进去。

宋清让道：“我是婠婠唯一的亲人，她去我那儿，比什么都名正言顺。”

“你们不用争了，要去哪里，婠婠自己说了算。”楚昔劝和道。何况黎婠婠现在的情况，再逼她，谁也不知道会出现什么后果。

素来霸道的戎行野听了这话，居然也没继续朝着宋清让发难。

“今天大家都累了，都去休息吧。”楚昔说着要回房，也没再管外面，但她知道戎行野没走。

楼下，霍司丞他们也没走。

一群男人全部聚集在这个小院里。

楚昔回来，从后面抱着黎婠婠：“向璃今天也住在这儿，她说店里的订单你别担心，她那边帮你代发。”

黎婠婠盯着窗外，也不知道在想什么。

楚昔摸着她的头发：“婠婠，你还有我们。”

黎婠婠闭上了眼睛。

戎行野抽了一晚上的烟，连带着窗外月光都被烟圈晕染得看不真切。

…………

黎婠婠第二天勉强起身，打开门的时候，差点被烟味给呛到。也不知道这个男人抽了多少烟。

戎行野靠在门边，见她出来问道：“饿了？”

现在才早上六点。屋内，楚昔应该还在睡。

黎婠婠木讷地道：“我想去医院，外婆还有一些东西在医院没带走。”

“好，先吃饭？”

黎婠婠没什么反应。

戎行野道：“我去给你买，巷子口那家的行不行？”

戎行野发现了，现在无论跟她说什么，她都没什么反应。行不行，她都不会有多少回应。

只有楚昔跟她说话，她愿意点点头或者摇摇头。

除非事关外婆，她绝对不会多跟他说一句话。

戎行野一想到这儿，眼底落下一片阴霾，但还是亲自去给黎婠婠买了早餐。

吃了饭，戎行野带黎婠婠去医院。

病房里早就住了新的人。

护士把外婆的东西递给黎婠婠："黎小姐，您外婆的遗物都在这儿了，看看还有什么遗漏的。"

黎婠婠看着那些东西，红了眼眶："谢谢。"

护士要去忙了，黎婠婠道："我能不能问问，我离开的那段时间，外婆在这里是什么情况？"

护士叹了口气："黎小姐啊，不是我说啊，明知道老人家一个人，病情又这么严重，就不要随便离开啊，我们当时一直打电话联系不到家属，后来她的儿子过来了，然后老太太的病情变得更严重了，要不是我们进去得及时，老太太那会儿就抢救不回来了。"

黎婠婠一怔："他是什么时候来的？"

"就是你们离开不久啊，那会儿还不知道你去哪儿了。隔天他来的时候，就跟老太太发生了争执，我们进去急救时就告诫过他，不要再来刺激病人，他就走了。后来他每天来一趟，每次都刺激得老太太病发，我看他的手里拿着什么文件，想让老太太签字，这个事情我们也不太了解。"

黎婠婠刚才上来的时候，不准戎行野跟上来。等她一进电梯，发现这个男人还是跟着来了。

戎行野接过她手里的东西："东西没少吧？"

他也没指望黎婠婠能有回应。

哪知道她点了点头："嗯。"

戎行野心里默默地松了口气："这里的事情也了结了，跟我回家，嗯？"

"如果我说不呢？"

戎行野没回答。

黎婠婠扯着嘴角讥讽地道："既然都是一个结果，由你决定，那你还问我干什么？"

戎行野幽幽地道："我的确不会放开你，以前没打算，现在也不会。"

"所以你之前放我走，只是为了验证我会不会真的离开你？"

"不是。"戎行野想解释，却又不想把她卷进复杂的纷争里。

"反正……"

"你的反正我不想听，毕竟你总有很多借口来满足自己的私欲，而我又有什么选择的可能？"

戎行野以前也不是没听过她的冷言冷语，只是自打这段时间她闹着要离开他开始这种话就变得多了罢了。听多了，本来也该麻木了，有时候都当情趣了。然而现在她依旧是这种态度，男人却只是眸光沉沉地盯着她。

两个人就这么僵持着回了家，戎行野让楚昔帮忙收拾黎婠婠的行李，下午离开沉水镇。

楚昔趁着戎行野不在房间问黎婠婠："你真的要跟他回去？那有没有提过将来的事情？"

黎婠婠只是回头看着她："我没关系。"

"听说你的珠宝展已经在准备了。"

"怎么突然提这个？"

"只是觉得，我在这个时候还让你操心，很抱歉。"

"傻丫头，你干吗跟我说这个啊？咱们是朋友啊。"

黎婠婠抱着她："一定要顺利举办。"

"嗯，那当然。"

黎婠婠朝着她笑了笑，这个笑容楚昔觉得有些怪怪的，具体是什么她也说不上来。

来开门的时候，戎行野还在门口，他直接提起了行李箱，将黎婠婠带上了自己的车就要走。

霍司丞自然地拿过了楚昔的东西，楚昔却冷着脸道："我自己会开车。"

"你这段时间照顾黎婠婠，自己哪有好好休息过？为了安全着想，还是让司机开车吧。"

宋清让只能站在原地，看着黎媗媗再次上了戎行野的车。

“媗媗。”宋清让看了一眼坐在黎媗媗边上的戎行野，“要是不开心，欢迎随时来找我。”

戎行野死死地盯着这小子，恨不得直接掐断他的脖子。

黎媗媗却只是朝他微微一笑：“麻烦你了，回去吧。”

没人救得了她。她早已经腐朽。唯有自救，可得心安。从一直拴着自己的那根绳子断裂开始，黎媗媗就知道，有什么东西，已经不一样了。

戎行野坐在她的身边，明明一伸手，就能将她抱进怀里，可是她显得那么疏离，那么遥远。就算在他身边，那感觉也完全不一样了。

戎行野一把将她搂进怀里，她也只是乖乖地靠在他的胸口，像个木偶娃娃，抽离了全部的灵魂。

戎行野用从未有过的温柔语气开口道：“路西法最近又长大了不少，你一回去就能见到它。最近我都不忙，可以在家陪你，你有没有想看的电影？想玩的地方？毕业设计拍完了没？有什么地方需要补充？”

他说了很多，用以前她奢望的态度。

黎媗媗的视线投在远处。

得不到她任何回应，戎行野的心口蓦然一酸。但他还是觉得，过段时间，或许就好了。所有的难过和伤痛，都需要时间来抚平。

戎行野等到黎媗媗睡着后，才从房间出来，沈确一直在楼下等着。

“戎总，查清楚了，老太太突然受到刺激病发，跟徐元、徐梦姐弟俩有关。”

戎行野翻了翻沈确递过来的资料，心里思索着等黎媗媗醒了该怎么跟她说。

“戎总，还有一件事，徐梦姐弟去找老太太的时候被人偷拍了，现在网上已经有一定热度了，需要处理吗？”

“顺其自然吧。”

业内德艺双馨大前辈气死母亲的消息像火卷枯草一般引爆了娱乐圈。

网友纷纷下场，不到一天，又扒出徐梦隐婚生女，片场耍大牌、艺德败坏、欺骗粉丝、欺骗社会大众、引导舆论等消息。

一个老牌艺人，拥有粉丝基础和过硬的能力，但凡不是严重的偶像失格，都不会面临这样人设全面崩塌的场面。

黎婠婠对徐梦的塌房事件一无所知，每天醒过来，就在半山别墅里发呆。戎行野不禁止她出门，但她无论去哪儿，都有保镖跟着。久而久之，她也就不想出门，会在附近的海滩从早坐到晚。戎行野下班回来，就会领着她回去。

黎婠婠现在越来越沉默，两个人相处的时候，倒是他说话比较多。

“今晚看电影怎么样？你之前一直想看的电影，票我已经买好了。”

黎婠婠不想回答，他也不生气，等进了家门，他的身子一顿。

“您怎么在这儿？”

黎婠婠猝不及防，与坐在沙发上，头发花白却显得雍容华贵的老太太对上视线。

“奶奶难得来看你一趟，怎么还不乐意了？”戎老太太抱怨着道。

戎行野道：“没有的事，只是您过来怎么不打个招呼？我好让人去接您。”

“算了，我还能不知道你打的什么主意？”戎老太太说完，看向了黎婠婠，还有戎行野牵着她的那只手。

黎婠婠想把手抽出来，戎行野却不让，死死地抓着，如同铁钳一般。

戎老太太心下了然：“好标致的姑娘，过来让我瞧瞧。”

戎行野侧头看了一眼黎婠婠的反应，然后直接拉着她走到了戎老太太跟前。

黎婠婠觉得有些不大自在。她从没想过要见到戎行野的长辈。

“近看更漂亮了，是个好孩子。”

黎婠婠任凭她夸奖着，一点反应也没有。

戎行野觉得黎婠婠平时还挺喜欢讨老人家欢心的，连医院隔壁病房的老人家她都能唠上两句，可是今天对着他奶奶她却什么都不说。

“奶奶，她的家里出了变故，她的心情有点不好。”

“我知道，小丫头，你跟奶奶一起去草坪上散散步怎么样？”

黎婠婠警觉起来，戎行野坐下来道：“您有什么话在这儿说不行吗，跟她能有什么好说的？”

“你还怕我吃了她不成？走吧。”老人家拄着拐杖要起来。

戎老太太虽然头发已经花白，但因为没经历过生活的磨炼，外加保养得宜，显得要比同龄的老太太年轻得多。

黎婠婠再不想面对，也只能硬着头皮跟着她往外走。

“这个东西你看看。”

老人家从一旁的保姆手中拿过一份文件。

黎婠婠一愣，下意识地后退一步。

“是你外婆让我转交给你的。”

黎婠婠一听，有些怀疑自己的耳朵。

戎老太太叹了口气道：“我是今天早上收到的这份土地买卖合同，这是小珍的遗嘱。我也不知道为什么今天才转交到我的手上，想来她其实一早就做好了准备，大概是因为自己的身体不行了。里面还有一封她写给我的信，你也看看吧。”

黎婠婠露出不解的表情，但还是郑重地接过了那个文件袋。

里面的确是父亲买给外婆的那个工厂土地的合同，里面的信里，有一张发黄的照片，照片里两个扎着大辫子的姑娘对着镜头笑得阳光灿烂。

“我跟小珍当年是一个学校的，后来我回到了江城，由家里做主，嫁入了戎家，因为那会儿通信不是很方便，也只剩下家庭住址，小珍后来怎么样，我也不太清楚。她辗转通过我家以前的地址，联系上了我，说有东西托我保管，说是如果有什么事，希望我能护着你一些。这些年来求我办事的人不少，可是小珍她不是轻易求人的人。”

戎老太太说完，叹息着道：“没想到你会是小珍的外孙女。我当年还戏言，她若是生个女儿，两家做个儿女亲家，可惜儿女没成真，孙辈倒是真的走到了一起，只是我那孙子是个顽劣不堪的。”

黎婠婠此刻哪里听得进去她的话，只是颤抖着手打开了外婆写来的信。

“老友爱华见字如晤，我是虞小珍，冒昧地给你写了这么一封信，再三恳请你能够答应我的要求……”

字不多，可是在黎婠婠看来，那都是外婆未尽的遗言。

原来外婆辗转从徐元的嘴里知道了黎婠婠这三年来的遭遇，更是想起了那个多年没联系的好友，没想到就这么对上了号。

一辈子没求过人的人，写下这封信的时候，该有多么心疼自己的外孙女！她爱如珍宝的宝贝，却因为她，遭受了那么多痛苦，她却还要为了这个，觍着老脸来求以前的老友，庇护一下自己的宝贝。她怕自己的时间不多，她怕自己护不住黎婠婠，才想凭着当年的那点情分，让戎老太太照顾婠婠一些。

徐梦没尽到母亲的责任，这位老人却在弥留之际，在医生抢救醒来后，第一时间找人联系了戎老太太，怕唯一留下来的这点东西被徐元拿走，赶紧送出去，只想着能够给婠婠留多一点点的底气。

黎婠婠的视线早已模糊。泪水一滴一滴地落在信纸上，将那封信打得湿透。

“吾爱婠婠，若看到此信，不要哀伤，外婆永远爱你，愿我的宝贝能够开心。”

戎老太太看着她的肩头颤抖着，拿着信纸几次泣不成声，也跟着擦了擦眼泪，说道：“孩子，你外婆跟我说，她活了一辈子，到现在没什么牵挂，虽然生了两个不孝顺的孩子，可还有你这么个外孙女让她感到骄傲。身为她的好友，我对你和行野的事情，也是十分愧疚。奶奶现在问你一句，你愿不愿意嫁给行野？如果你愿意，奶奶给你做主。”

多少人都等着戎老太太一个保证，一个肯定。

黎婠婠却只是摇了摇头：“戎奶奶，我不愿意。”她不相信他。

戎老太太没说什么："我可以给你考虑的时间，我知道你现在应该也不想考虑其他的事情。但人要往前走，我这辈子经历了旁人没经历过的，也享受了别人没享受的，看到的人多。你对这小子有情意，再想想吧。"

戎行野在楼上看着，也不知道她们到底说了什么，有些焦虑地下楼朝着她们走去。

"奶奶，今晚留下吃饭？老宅那边也没什么好吃的。"

戎老太太道："不了，在这儿你还嫌我烦呢。"

戎老太太看了一眼黎婠婠："得了，你好好照顾婠婠，我就先回去了。"

老太太也不废话，说要走就让人去安排车。

黎婠婠回过神，戎行野蹙眉看着她，先去送了奶奶，回来发现黎婠婠还站在那儿，看着她手上的档案袋："是什么东西？"

"没什么。"黎婠婠根本不想跟他多说关于外婆的事情。

若是以前的戎行野，早就一把夺过去，自己看起来了，可现在他只能按下好奇，反正他早晚会知道。

看着半山别墅渐渐被车抛在脑后，戎老太太回过了身。

"怎么叹气了？难不成是小姑娘没同意。"

戎老太太低头笑了笑："还真是没同意。"

陪着她的福婶感到十分诧异："这倒是没想到。"

"如今家里也不太平，父子俩一味地闹，把我夹在中间，什么也不让我知道。这姑娘的心里若向着行野，倒也无妨，可若是真的因为这件事跟行野离了心，被人一次两次地利用，那说到底也是不合适的。"

第八章 插翅难飞

徐梦的处境显然很糟糕，各大广告商、投资方，都在向她索赔。

徐梦这些年的确不缺钱。可那些赔偿金都是天价，全部赔偿之后，她就什么都没了。史蒂文已经准备带着瑞贝卡回国，和徐梦办理离婚手续。

黎媗媗重新回到学校，不过比之以前，显得更加沉默。

她是黎擎的女儿，外面的人不知道，学校里的都是知情人，大家对黎媗媗的同情更大于恶意的揣测。只是谁都看得出来，黎媗媗变了。

黎媗媗收拾好东西准备从图书馆离开的时候，几个同学跟她道别。黎媗媗仅存的那么一点好心情，在看到等在停车场的徐元时全部消失。

徐元最近很落魄，宛如过街老鼠，讨债的都上门了，睁开眼闭上眼全部都是钱，好几次都快撑不下去了。

徐梦手里有钱，可现在也不给他了，彻底跟他撕破脸了。

这两个人倒是一样自私自利。一旦遇到与自己利益相关的情况，就会毫不犹豫地舍弃对方。

徐元身上穿着一件满是褶皱的衬衫，整个人显得落魄极了。一看到黎媗媗出来，他赶紧冲了过来："媗媗，媗媗！你帮帮我，我真的快活不下去了。"

黎媗媗目不斜视，想直接甩开他。

徐元哀求地搓着手："媗媗啊，舅舅真的要活不下去了。你就看在你最难的时候舅舅收留你的份上，帮一下舅舅吧！你让戎总给我投点资金吧。"

黎媗媗打开车门上了车，徐元扒着车门不松手："媗媗，你不帮我，我就死在你车前。”

黎婠婠看都不看他。

没过多久，徐元已经无暇来学校骚扰黎婠婠。他也因为上门讨债的人太多，被朋友一家赶了出来。实在是无以为继，徐元想了想，就去要挟徐梦。徐梦要是不帮他，他就把徐梦背地里的那些丑事全部说出去。

徐梦也跟过街老鼠一般，每天躲在自己的公寓里，发了疯似的联系史蒂文。现在只有史蒂文能帮她了！然而史蒂文不仅不接她的电话，还给瑞贝卡换了手机号，禁止她再联系瑞贝卡。

他怎么可以这么狠心！

徐梦不肯接受自己的失败，所以在徐元再次打电话要挟她的时候，徐梦果断叫他“去死”。她现在自身难保，怎么可能再把地址透露给他？

然而怕什么来什么，不知道是谁给了徐元她的住址，徐元竟然带着一堆媒体记者来拍她。徐梦连窗户都不敢开了！

当晚，黎婠婠在吃饭的时候，收到了楚昔的来电。

“婠婠，你听说了没？徐梦出事了。”

“她怎么了？”

“被媒体追赶的时候不小心从楼梯口跌下去，摔成植物人了。”

曾经外婆的遭遇，她现在也尝到了。黎婠婠只觉得心痛，都是和她血脉相连的亲人，而且外婆永远回不来了。

“你过两天就要举行毕业典礼了，我们要不要去庆祝一番？”

“再说吧。”

“哦，戎行野会给你准备吗？”楚昔问道。

黎婠婠看着窗外：“他说会来，见证我的作品。”

毕业典礼那天，陆斯昂跟霍司丞他们早早就到场了。

展会里，陆斯昂看着黎婠婠的作品，低声问道：“心情好些了吗？”

“还不错啊。”黎婠婠随口回答。

“跟戎行野最近怎么样？”

“你问哪方面？”

陆斯昂突然沉默下来：“算了。”反正她现在看起来一切都挺好，没有之前那种颓丧的感觉。

“你怎么在这儿？”楚昔抱着手捧花出现的时候，看到霍司丞，笑容直接凝固在脸上了。

霍司丞果然把人给等到，双手插兜道：“你能来，我就不行？”

“来都来了，两个男人连花都不带，还说什么入选了有钱有风度票选榜单呢，我看拉倒吧！”

楚昔说着，直接绕过了霍司丞，朝着黎婠婠走去。楚昔一把抱住了黎婠婠：“作品比我想的还要精彩！”

黎婠婠今天倒是露出了一个难得真心的笑意：“不是说会迟点来吗？”

“是为了去拿我送给你的毕业礼物。”楚昔说着，从包里拿出了一串宝石手链，每一颗宝石的颜色都不一样。

“我将彩虹送给你了。”

黎婠婠诧异地道：“这不是你这一次的主打产品吗？”

“把最珍爱的设计送给最爱的人，这一直都是我从事珠宝设计最大的宗旨啊，不浪费！”

“奇怪，戎行野呢？”楚昔看了看陆斯昂他们，低声询问。

今天毕业典礼，是黎婠婠非常重要的日子，戎行野没道理不出席啊！

霍司丞也觉得纳闷：“这会儿还不来？不是说这么重要的日子，一定要跟黎婠婠拍照留念吗？”

那会儿他们还笑他，跟黎婠婠在一起三年，竟然连一张合照都没有。

简直服了。

戎行野还嘲讽他们到处跟人合照，不像他一样，会选个重要的时间节点合照，那意义是完全不一样的。

可是这个点儿还不出现，这根本不是戎行野的作风。

事实上，戎行野早就出发了，只是在半路上却收到了照顾侄女的保姆的来电。“你把话给我说清楚，什么叫人不见了？”

“小啾说想你了，可是这段时间一直见不到你，她觉得你不喜欢她了，昨晚上她说要睡觉，我陪她睡着了。本来我还打算今天带她去游乐园呢，哪知道早上起来去找她的时候，发现家里根本没有人！她存压岁钱的钱包也没了，估计是拿上钱包出去找你了。”

“那你还愣着干什么，排查监控了没？”

“小啾从小就生活在这里，哪里有监控她都摸透了！这边那最后发现她的监控时间是昨晚上两点，然后就没有任何线索了。”

那个地方人不多，孩子乱跑，很可能会遇到危险！

戎行野看了一眼手表：“快报警。”说完，直接挂断了电话，“去枫雅山庄！”

“时间到了，婠婠，赶紧进来！”张弛今天又要送走一批学生。黎婠婠是他的得意门生，见她一个人还站在外面，他赶紧过来招呼。

黎婠婠整理了一下心情，将手机交给楚昔。

“加油哦！”楚昔给她加油打气。

走了好久才走到这一步，总要努力走完。黎婠婠转身进入礼堂。

聚光灯下，女人美得令人挪不开目光。怪不得都说美女很难让人意识到她实力的存在，因为美色当前，人们都会把注意力放在她的脸上，从而忽视了她的能力。

陆斯昂他们作为特邀嘉宾，自然是坐在第一排，可惜最重要的那个位置，一直空着。黎婠婠往台下看时，发现那个男人一直没出现。她突然想起，昨晚上他答应过自己一定会见证她的重要时刻。面对他的爽约，她发现自己竟然没什么感觉，连一点遗憾的情绪都没有。

黎婠婠朝着观众鞠躬，久久没有直起身子，最后才挺直了脊背，离开了现场。

戎行野此刻还在漫山遍野地找人，收到陆斯昂他们发在群里的长视频跟照片时，还因为山里的信号不好，恼火地到处找信号。

等把那些视频都看完的时候，他的嘴角早已不自觉地带上了一抹笑容。

霍司丞：毕业展作品实至名归。

号称“刁钻毒舌”的霍司丞也给出了这样的评价。

戎行野觉得这像是在夸他自己。

陆斯昂给他发了语音：“等会儿就要拍毕业大合照了，毕业证都发完了，你怎么还不到？”

“我暂时来不了。”

“那你总得跟人交代一声吧？大家都在等你呢。”

“她人呢？”

“现场乱糟糟的，估计被同学抓着合照去了吧。”

陆斯昂觉得十分无语：“我还能一天到晚跟在她的屁股后面？”

“你跟她说一声，我这边出现了特殊情况，发消息给她的时候估计她在台上，没看到。”

戎行野以前哪里会跟黎婠婠报备行程？现在却生怕她看不到。

随后手机又没了信号，戎行野烦躁地让人继续掘地三尺地找人。这么屁大点的丫头片子能跑哪儿去？

“戎总！找到了。”

“在一辆黑车上面。现在已经截停，把小啾小姐带回来了。”

一直到了戎行野下山，才有了好消息。

身穿黑衣的保镖抱着穿着白色公主裙的女孩过来的时候，戎行野沉着脸看了过去。小丫头扭过了头，怯生生地又抱住了保镖。

“自己下来。”

她扭头抿着嘴唇，泪水在眼眶里打转。

戎行野一把将她从保镖的怀里拎出来，抱在怀里就往庄园里走。

“放开我！放开我！坏叔叔！小啾不跟你好了！”她嚷嚷着，人已经被戎行野丢进了保姆怀里。

保姆从早上就忙着找人，直到现在还没吃过饭，见到她回来了，立刻扑了过去，然后上下打量了她一下：“还好人没事，下次还敢不敢乱跑了？”

“我还是要去找小叔叔！”小丫头大吼一声，然后朝着戎行野的方向跑去。

戎行野沉着脸将她提溜进了别墅。

“我的肚子好饿。”她被丢到了沙发上，自己一骨碌爬了起来，怯生生地道。

每次犯了错，这丫头片子就会来这一招。保姆心疼，立刻去拿吃的。

戎行野道：“饿着她，胆子不是很大吗？都敢自己偷偷跑出去了，还找不到吃的？”

小丫头噘着嘴，摸索着去抓戎行野的膝盖：“谁让你都不来看我，我想你了嘛。”

戎行野没好气地道：“不是让人送了礼物来？”

“可那都不是叔叔，叔叔不来看小啾，小啾很想你。”

养孩子真是件累人的事。

戎行野闭了闭眼睛：“过来。”

他的语气充满了不耐烦，可是小丫头还是闹腾着往他的怀里钻：“叔叔，以后我可不可以叫你‘爸爸’？”

“那不行，小啾有自己的爸爸。”

小啾噘嘴：“那你现在又要走了吗？你从刚才起就一直在看手机。”

“嗯，叔叔得去找女朋友了，已经迟到很久了。”

小啾说：“是之前给叔叔打电话的姐姐吗？”小啾的记性很好，尤其是跟戎行野有关的事。

当初戎行野来这里的时候，那个叫黎婠婠的姐姐经常会打电话来，每次都小心翼翼地问叔叔回不回去吃饭。

“我记得那个姐姐，声音可好听啦，叔叔，她就是你的女朋友吗？”

原本以为这样的问题，戎行野不会回答。

然而男人倒是露出了今天的第一个笑容。“嗯，是叔叔的女朋友。”

小啾好奇地问道：“叔叔很喜欢她吗？”

“你又看不到，从哪儿感觉到的？”

“语气。”

“嗯，最近叔叔在忙着陪她，今天是她很重要的日子，叔叔不想错过。”戎行野说完，着急离开的心情变得很强烈。

小啾一下跳下了沙发，张开双臂：“那抱一抱小啾，叔叔就回去陪你喜欢的女朋友吧。”

戎行野挑眉：“这么乖？”

“嗯，小啾长大了，童话故事里，小孩子都会长大的。”

戎行野抱了抱她：“好了，你乖乖听话，叔叔得空就来，而且小啾马上就能看到了。”

戎行野起身的时候对着保姆道：“把人看好。”说完，他就离开了。

戎行野拿起手机，发现黎婠婠还没回消息。他给黎婠婠打了个电话，发现黎婠婠的手机关机了。他皱着眉，看了一眼时间，打了个电话回半山别墅。

“先生。”

“小姐回来没？”

“没有啊，今天不是毕业典礼吗？我想应该有谢师宴，所以晚上也没准备晚饭。”

也是。戎行野想了想，又打电话给陆斯昂。

“不知道，毕业作品展示之后黎婠婠就不见了，我们不想参加毕业典礼，就先走了，楚昔倒是留在那边了，你问问霍司丞。”

然而戎行野打电话给霍司丞，他竟然回答得更离谱：“我跟楚昔在停车场吵架，你怎么还来问我？”

戎行野心里那种空落落的感觉更加明显了。

他又把电话打给张弛。

结果张弛大概是在宴会上喝多了。

“婠婠？你谁啊？她没来，说身体不舒服！”

戎行野直接挂断了电话，拿起手机搜索定位，看到定位竟然在快速地移动，竟然朝着云城的方向走了。

“戎毅！掉头，去云城！”

“戎总，发生什么事了？”

“黎婠婠跑了。”戎行野说出这句话的时候，嗓音低得吓人。

戎毅的心里咯噔一下，他看着戎行野阴沉的目光，二话不说掉转了车头。

这段时间，她麻痹了所有人，甚至平时保镖跟着她进进出出都不提意见了。只是今天是毕业典礼的日子，她说不希望保镖跟着，免得被人说闲话，不想再出名。他也答应了，想着自己也会去，没什么大不了了，可偏偏小啾在这个时候失踪了。

黎婠婠……如果这是你的精心计划，那你可算是找准了好时机了。你居然就这样撇下我就走！

男人的手开始不自觉地抖动着，他盯着前方茫茫的夜路，心里如同被火烧一般。

与此同时，江城的某个景区码头。

因为江城每年这个时候，正好是旅行旺季，每个来江城游玩的游客都会在这里排队，只为了早点登上去景点的船只。

有皮肤黝黑的船夫在一旁的小船上抽着烟，眯着眼睛看着看不到尽头的队伍。

“每年也不知道哪儿来的这么多人都要登岛，早知道咱们当初也努力努力，住在岛上就好了。”

另一个船夫觉得好笑：“行了，咱们好好送货就行。”

江城除了最大的主岛，周围还散落着几座零星的小岛，有些岛民会通过运货的小渔船穿梭于几个岛屿之间，这样不用买票，只要给现金即可，也很方便，不用按照客船的时间。

“大叔，去花鸟集吗？”

“去啊，马上走，十五块钱。”

女孩穿着黑色的风衣，戴着口罩，衣服宽大，看不出身材。

小船正好装完货，也已经有四个人在等着了，看年纪都是五六十岁的岛民了。

“你是哪家的？”

黎婠婠抬眼笑道：“我来找我姨婆的。”

“哦。”

小岛地方不大，每家每户都知根知底的。

黎婠婠上船后，拿出了刚才新买的手机，然后换上了卡，箱子里有一些自己的衣服和现金，她也没打算在哪儿停留，一副随时可以离开的样子。

等到了花鸟集，她又上了其他船只，然后辗转去了一个小镇的公交车站，上了一辆即将出发的公交车。

黎婠婠抱着包，全程不敢摘下口罩，甚至上车的时候，还戴上了假发，换上了男装。等再次睁开眼睛的时候，太阳正好缓缓升起。温暖的阳光就这么照在了她的脸上。黎婠婠的瞳孔微微睁大，她的心里有一种想迫不及待地奔赴自由的冲动，想朝着那边呐喊。所以，在看到一片青色的大海时，她就这样下了车，朝着那没见过的风景奔赴而去。

她一直在那儿坐了很久，久到身边的游客走了又来，换了一批又一批，才在太阳落山的时候，再次上了一辆车。车上的很多人也是来这里旅行的，他们有男有女，很多都是刚大学毕业，充满了对步入社会的好奇、对未来的期待。可黎婠婠却根本不想说话。她经历得太多，如今她的心早已是千疮百孔，明明才二十多岁的年纪，心境却已经跟同龄人不同了。她沉默着在下一站与他们挥手分别，孤独地踏上自己的旅程。而江城的一切，她希望自己能在不久之后全部放下。

…………

“怎么会找不到？”戎行野不敢相信自己听到的消息。

戎毅说：“黎小姐走之前没有告诉任何人。”

“戎总。”沈确进来，“戒指找到了，是在一位名叫郝一鸣的乘客的包里发现的。”

戎行野转头，那枚黑龙戒指此刻就在秘书拿着的锦缎盒子里。

戎行野一把抓起戒指，感觉肺都要气炸了。

“这个人跟黎婠婠是什么关系？”

“没什么关系，只是刚好经过J大校门口的奶茶店买奶茶的时候，与黎小姐擦肩而过，应该是那个时候就塞进他随身的购物包里了。当时那位先生不知道这枚戒指是哪儿来的，还以为是天降横财，觉得也蛮好看的，就放包里了。”

“你确定？”

“确定。”

戎行野想露出一个笑，却笑不出来，显得英俊的面孔有些扭曲。

他什么也没说，直接出了监控室的门。

楚昔这会儿刚睡下，家门被人撞开的时候，她还有点蒙。

直到楼下的狗叫起来了，她才猛地翻身而起。

冲到门口的时候，住在客房留宿的霍司丞也打开了房门。

楚昔跟他对视了一眼，她立刻下了楼，却猛地被霍司丞一把抓住了手腕：“你别下去。”

当家门被人撞的时候，楚昔还以为是邻居酒驾，没看清楚自家的大门呢。

“怎么了？”

她刚说完，水晶吊灯晃了晃，那辆车好像直接开到了家门口，保姆，还有楼上楚昔的父母都穿着睡衣下来了。

“谁啊？”

“先生、太太，是戎总来了。”

“哪个戎总？”

“楚昔呢？”还没等下面的人说话，戎行野充满戾气的声音就响起来了。

霍司丞一把将楚昔塞进了房间里。

楚昔不清楚，但霍司丞知道戎行野现在出了什么事。他将房门反锁，转身下楼的时候，就跟带着人上楼的戎行野对上了视线。

“稀客，你居然在楚家。”戎行野讥讽地道。

霍司丞沉着脸道：“你搞这么大阵仗来这里做什么？”

“你不是知道吗，干吗还明知故问？”男人说着，一把推开了霍司丞。

下一秒身后的戎毅赶到。

霍司丞跟戎毅动起了手。楚家父母当场吓得心脏都有点不舒服了。

“这！你们这是要干什么？”

戎行野直接问道：“楚昔呢？”

门内，楚昔听着动静，猛地打开了房门：“你要干什么？”

“黎婠婠呢？”

楚昔盯着他：“我不知道……”

“她的手机刚才开机了，你家里人接的电话！”

楚昔指着床头柜上的手机道：“婠婠那天把手机交给我，我自己回来了，才发现带回来了。想着给她送回去，刚好家里有事，现在充了电而已。”

要不是霍司丞来她家了，她早就去半山别墅找黎婠婠了！至于婠婠去了哪里，她真的不知道。

霍司丞盯着戎行野道：“你别发疯了，她是真的不知道。”

“你说她不知道她就不知道？她是你老婆！你说的话我凭什么相信？”

霍司丞冷下脸：“那你想怎么样？每个你怀疑的人，你都要冲到别人家去吗？”

“是。只要能把黎婠婠找到，我不在乎！”

“你是真的疯了！”

霍司丞站在楚昔身前：“反正黎婠婠不在，楚昔是我的老婆，楚家更是我的岳家，你想做什么？”

戎行野盯着楚昔，半晌后，直接拿走了黎婠婠的手机。

霍司丞很想追上去跟他打一架，起码要制止他这种不受控制的发疯的行为。然而楚父觉得心脏不舒服，楚母也吓得六神无主，楚昔的兄弟姐妹也都不在家里，他要是走了，楚家的人估计今夜彻底无眠了。

“爸，我先给你检查一下身体。”霍司丞对楚父道。

楚父惊魂未定地问道：“司丞啊，这戎行野到底要干什么？婠婠不见了吗？”

“还不清楚，不过他向来有点毛病，您别在意这个。”霍司丞说着，眼底落下阴影。

等将楚家父母送回楼上，再折返回来的时候，楚昔已经坐在床上了。

“霍司丞。”她看着他，用这段时间从没有过的语气问道，“婠婠真的跑了吗？”

“不知道，但可以肯定的是，她这次跟谁都没说。”

“婠婠能去哪里呢？她一个人在外面，会不会出什么事？”

“黎婠婠不会无缘无故地离开，至少应该不会缺钱。”

霍司丞收拾好行李，然后坐到了床边：“你真的不知道她去哪儿了？”

楚昔摇摇头。

“黎婠婠！”

梦里，戎行野那张脸突然出现，疯狂地质问她。男人压抑而痛苦的声音在脑海中炸响，黎婠婠猛地惊醒过来，她浑身被汗水浸透，看了一眼时间，才凌晨三点。

黎婠婠揉了揉额头，起身疲惫地喝了口早已冷掉的水，才朝着浴室走去，浴室很小，黄色的污垢堆积在瓷砖的缝隙里。她每次进来都要再三检查有没有偷窥的摄像头。

隔壁传来了男人打麻将的声音，楼上则传来打骂声。这座楼里三教九流，什么人都有。唯一的优点，是房东不检查身份证。

黎婠婠洗了个澡之后睡不着了，热水器的温度经常调不好，经常洗着洗着，就只有冷水。她只能坐在床上，看着百叶帘后面慢慢亮起来。

天亮了。又度过了一天。

黎婠婠与外界隔绝了全部的消息。

她在楼下找了一份工作——帮一位婆婆打理花店。

婆婆也没看清楚她的身份证，操着本地口音，叫她“阿妹”。

每天早上六点要开车去花市选最好的鲜花回来，婆婆是隔壁楼的房东，倒也不缺钱，只是给自己找点事做，奈何老人家的体力不大好。可是早上六点就要开始工作，也没几个年轻人愿意干。

黎婠婠来的时候，她也没问什么，只问她一个月三千块钱干不干?

每个月三千块钱足够在这个小镇生活了。

黎婠婠下楼锁上门的时候，正好遇到隔壁打了一夜麻将的人出门。

见到黎婠婠穿了一身黑色的衣服，还戴着个帽子，衣服穿得厚实，他瞥了一眼就叼着烟走了。黎婠婠等他走了才提起门口的垃圾袋下了楼。

这会儿天气热，还戴帽子、穿长袖的估计就她一个。

下楼的时候，还能看到巷子口一群小混混刚从铁闸门处隐藏的网吧里走出来。

黎婠婠上了停在楼下的小货车，直接换下了外套，只穿着 T 恤朝着花市开过去。

这会儿小镇起来的人除了他们这种载货的，也就剩下开早餐店的。

“来了啊？”

负责批发的老板娘让自己的儿子阿宝把花弄上车。

“你今天怎么这么早？正好这一批鲜花刚运到。”

黎婠婠道：“失眠了。”

阿宝放暑假时就在这儿帮忙，皮肤晒成了小麦色，为人倒是热情。

“那，你干脆把我妈这碗鲜榨的豆浆喝了，保准你身体好、睡得香。”

老板娘一个苍蝇拍直接打了过来，阿宝赶紧抱头鼠窜。

黎婠婠看着低头笑了一下，阿宝呆呆地看着她，小麦色的脸上浮现起了红晕。

黎婠婠按照清单清点好了花，就在上面签了个字，准备上车离开。

“阿妹啊，晚上来我家吃饭好了，我看你老是一个人冷冷清清的，你那栋楼也不好开火，住的人都乌七八糟的。”

老板娘递给黎婠婠一袋苹果：“记得来哦。”

黎婠婠看着那袋苹果，点点头。其实她想拒绝，但还是架不住别人给予的那么一点温暖。

她租的是短租房，她在这儿也不会停留超过三个月。

等戎行野那边消停了，她一定会去她自己想去的地方。

花店很安静，除非是节假日，不然来的客人都是熟客。

黎婠婠已经把人都记住了。

婆婆习惯性地在她清理花枝的时候，打开电视机看着新闻，也只是听声音。

“今日创嵘集团革新举措，未来风向是否有变……”

黎婠婠觉得手指刺痛，低头一看，指腹已经被花刺扎出了血。她低头舔掉，强迫自己不要去看新闻。

她给其他花换上新鲜的水。

“哎，江城怎么最近风云动荡的？财经报道说又有人要跳楼威胁，创嵘集团……给我看迷糊了，我的股票不会有事吧？”

风铃摇晃，黎婠婠快速出了花店，拿出了兜里的一块钱，给向璃打了个电话。

“你好。”

向璃的声音传来，电话那边有机器的动静，看来她在工厂里。

黎婠婠轻声道：“小璃，是我。”

向璃没第一时间应声，反而走到了最嘈杂的地方道：“啊？你说什么？上次那批货？”

黎婠婠仿佛预感到了什么，猛地挂断了电话。

向璃一定是认出了她的声音。向璃为什么会有这样的反应？向璃的手机被人监听了！

黎婠婠几乎想也不想地转身回了店里就要辞职。

“婆婆，我家里突然有事，剩下的工资我不要了，今天的花，对不起了。”

“阿妹啊……怎么这么突然啊？”

黎婠婠来不及解释，拿上包就冲上了楼，因为房子还有两个月的租金，她也不想退回了，直接上楼收拾了行李，戴上了口罩跟帽子就走。

出门前，她跟隔壁的女人对上了视线，随后快速朝着楼下走去。

只是刚到车站，她就发现有人在到处找人。

黎婠婠不敢上前，只能拿上包赶紧从另一边离开，想着赶紧离开这个小镇，至少花店附近她是不敢回去了。

黎婠婠正不知道去哪儿、手心冒汗的时候，有车从她身边经过，喇叭嘀了一声。她一扭头，就看到了阿宝开着卡车看着她。

“真的是你啊，我看背影有点像你，你怎么不在花店啊？”

黎婠婠朝着他快速走过去：“你要去哪里？”

“去帮我妈送货喽，去广德。”

“你载我一程好不好？”

“那回来很迟的哦。”阿宝道。

“没关系，你可以把我放在服务区！”黎婠婠拉开车门上车，全程低着头，不敢让摄像头拍到自己。

阿宝蹙眉：“你拿着大包，要去哪里啊？我妈还说今晚多煮点饭让你过去吃呢。”

“不好意思啊，我家里出了点事，我得立刻离开。”

“这样啊，需不需要帮忙？”

“不必麻烦，你把我放在下一个服务区就好。”黎婠婠想了想道，“如果有人来找我，问你有没有见过我，你就说‘没有’好吗？”

“干吗？搞得好像外面欠债了一样。”

“反正你听我的就好。”

“行啦，你放心，我阿宝最讲义气啦。”

看着车子离车站越来越远，黎婠婠闭上眼睛松了口气。

就在车子拐向右边的时候，已经有人进了花店。

挂在门头的风铃一响，阿婆睁开眼睛，只见一个长相极为俊美的男人走了进来。

“婆婆。”

“买什么花啊？”

“我买光你的花，你是不是可以告诉我她在哪里？”

阿宝的车没油了。在服务区停下来准备加个油的工夫，他就接到了家里的电话。

“在服务区加油啊，还能去哪里？”

“啊？买什么？哦，那等等。”

阿宝对黎婠婠道：“我妈让我给她买点东西，你在车上等等我。”

“那你什么时候回来？”

“很快的。”

黎婠婠目送他走进店里，继续抱着包等待。

可是过了很久，阿宝也没出来。

黎婠婠不敢下去找人，直到车门被敲响，她高兴地转过头，随后眼底的光渐渐消失。

烈日下，戎行野的面容越发清晰，他在说：“下来。”

她深吸一口气，闭了闭眼睛，这才打开门。

她一出来，就落入了男人的怀抱之中。

在这偏远小镇的破败服务区里。

路过的司机见这个西装革履的男人怀里抱着一个娇小的女人，纷纷好奇他们是什么身份。

黎婠婠闻着他身上熟悉的味道，这一切都让她觉得非常不舒服。她挣扎着："放开我！"

他不肯放，反而越发用力，扣着她的脑袋将她狠狠地揽进怀里。

"我终于找到你了。"他的嗓音里还有几分颤抖，"你知不知道，自从你走了以后，我就没睡好。你知不知道，我有多担心你！你知不知道，我现在有多……"

多高兴。多高兴你还能出现在我面前。

他的右手不受控制地颤抖着，捧起她的脸："瘦了。"

一个人跑到外面，也不会照顾自己。

黎婠婠别过头："你不用跟我说这些，我跟你说得很清楚。我胖还是瘦都跟你没什么关系。"

"怎么会没关系？"

"什么关系？我们之间还能有什么关系？你放了我吧，我已经努力逃离你了，为什么你不肯放过我？"

"命运的齿轮从你奔向我的那一刻就开始不停转动，从那时候起，你跟我，都已经无从选择！"

"我跟你不是命运。"黎婠婠再次强调。

"我不会跟别人联姻，你不高兴，我就不联姻。跟我回去，好吗？"他的语气里带着从未有过的低声下气。

黎婠婠一怔，但还是无声地笑着："两家联姻，那么大的利益，你都肯为了我放弃？戎行野，你不会告诉我，你违背了合约条款，爱上了我吧？"

男人只是这样静静地看着她，随后道："你不高兴，我就不联姻了，跟我回去，嗯？"

黎婠婠就这么看着他："是不是不跟你回去，你还会有其他办法？"

"嗯。"

黎婠婠将包丢在一旁："那你还问我干什么？"她现在除了跟他回去，还能有什么办法？逃得再艰难，回到半山别墅也只需要几个小时。

黎婠婠又回到了过去的生活。

戎行野随时都要问她在哪儿。

黎婠婠开始回应戎行野，试图麻痹他的神经，让他觉得，她开始恢复如常。

戎行野对她比以前还要好，陪伴她的时间变多，她只要愿意跟他说说话，想要做什么他都会答应。除了离开他这件事。

戎行野也渐渐习惯了这样的生活，好像一切都没什么变化，一切都已经回到正轨。

黎婠婠会问他："今晚你回来吗？"

大概她很久没问这句话，戎行野感到十分意外："回来。"

"我给你煲汤喝吧，我现在去买菜，你不能迟到。"

"好。"戎行野抬起头，笑着对沈确道，"今晚不用给我安排应酬了，黎婠婠说要给我煲汤。"表情是肉眼可见的高兴。

黎婠婠挂了电话，拿上了包，几个保镖跟着她。

这次回来后，她的行李戎行野并没有直接全部拿走。只要她现在想走，随时可以拿上东西走。她必须再找到一个好的时机。

这次七拐八扭，她转到了向璃家附近的老菜场来买猪筒骨。

这个时间点儿，正是下班高峰期。

住在附近的居民可不少。

黎婠婠正跟人讨价还价。

感觉身边的位置一空。

黎婠婠扭过头，戎行野就站在了她边上。他那纯手工定制的皮鞋就这么踩在菜市场湿漉漉的地面上。

这个时间点儿，他出现在这儿，可见是自打她出门开始，他就出发了。他居然会来这种地方。

"买了什么？"他神态自若地问道。

黎婠婠垂眸："猪筒骨。"

“买好了吗？”

“差不多了。”

戎行野直接问老板多少钱，扫码后将袋子递给了保镖，然后拉着黎婠婠出了菜市场。

“这个地方你常来？”

“不常来。”

“那怎么来了？为了找向璃？”

黎婠婠将身边的包随便往上提了提：“只是记得这里的猪肉比较新鲜，比超市里的好，怎么？我不能来找向璃？”

戎行野没回答。可是两个人都知道，这是在彼此试探。他也没上车，就这么拉着她，漫无目的地往前走着。

拐过一片花墙，戎行野看着对面硕大的婚纱海报，突然道：“黎婠婠，我们有合照吗？”

她瞳孔微缩，别开脸：“没有。”

“那走吧。”他突然拽着她要进入婚纱店。

黎婠婠却在原地站住了，任凭他怎么拉拽，也不肯再往前一步。

戎行野哪里会问她的意思。反正答案显而易见，无论问多少次，她都一定回答“不要”。可是他不想听这个。直接将人抱起，就这么推开了婚纱店的门。

“最近流行什么婚纱款式？”

服务员激动地说:“啊，最近的婚纱流行风尚我们店内有一本册子，戎总，请这边走，我马上为您推荐。”

“你要做什么？”黎婠婠不解地看着他，“我不该跟你来这种地方。”

戎行野却不等服务员拿来平板，直接看着那些模特身上穿着的婚纱。

“修身的，开衩的，突出肩颈线条的，腰臀处做一些简单、高级的处理，缎面，不需要大片的蕾丝和拖尾，简单优雅的。”

戎行野给出了几个关键词。

“把你们这里最好的摄影师叫过来，我要拍一组简单的照片。”

吩咐完之后，七八个服务员立刻手忙脚乱地把符合要求的婚纱全部拿了出来。他挑选了其中一件，然后拽着黎婠婠进了更衣室。

婚纱店的更衣室，拉上帘子，四面八方全是镜子。

黎婠婠做梦都没想过，有一天会是戎行野帮她换上婚纱。

“这件婚纱不怎么样，以后我会给你最好的、最名贵的。这里还缺一条有设计感的项链，才配得上你。”他好似一个正在进行创作的设计师，自说自话地妆点她。

“你带我来这儿，到底想做什么？”

“不知道，但就是想这么做。或许觉得，非要看到一个女人穿着婚纱站在我的身边的话，希望那个人是你吧。”

黎婠婠见鬼似的看着他。

戎行野却默默地站在背后抱着她。

“你喜欢这套吗？”

“我有选择的权利吗？”

“可以给点意见。”

“你选的我都不喜欢，唔！”

下一瞬间，男人已经转过她的脸，狠狠地吻下来。他的大掌扣着她的腰肢，护着她的后颈。是钳制，也是渴求。蛮横之中逐渐变得温柔下来，感受着她的甘美的同时，希望她能够给予一点回应。跟以前一样，一点点也好。

然而黎婠婠只是眼神空洞，视线都懒得停留在镜子上。

戎行野的指腹摩挲着她的唇角。

“不喜欢穿婚纱？”

黎婠婠觉得这个人挺会自我屏蔽掉一切对自己不利的东西的。

“婚纱很美，我不喜欢的另有其人。”只是不想为你穿。

“可惜，今天你不仅为我穿了，还是我亲手给你穿上的，将来也只有我能站在你的身边。”

戎行野刚说完，外面配套的西装已经送来了。

“帮我换上。”他吩咐。

黎婠婠的手腕被他抓着，摁在了西服扣子上。

“你一辈子这么蛮横地要求别人，你会觉得开心吗？”

“如果能达到目的，我才不会去管使用的什么手段。”

她把最后一颗扣子给他扣上后，缓缓地道：“你不是要拍照吗？还拍不拍了？”

戎行野的手拂过她的发，嗓音有些哑：“好。”

掀开帘子出来的时候，一群服务人员倒吸一口凉气。

在没有化妆的情况下，两个人的五官也十分优越，不敢想化妆后会多么惊艳。

黎婠婠只让化妆师随便化了个淡妆。

场景是内景。

黎婠婠曾经无数次想过跟戎行野拍婚纱照。她那会儿想一想都会脸红，觉得这是不可能实现的梦想。可有一天真的实现了，她心里只是心疼那个曾经日夜难安，总是害怕失去的自己。

脱离爱慕者的身份后，她发现当初的自己真的是天真，单纯得可笑。

布景很简单，白色与黑色的幕布就在身后。因为人已经很好看，倒也不需要那些额外繁复的布景来衬托了。

戎行野也不想要那些花里胡哨的东西，他只想跟黎婠婠坐在一起，拍一张最简单的合照。

看谁以后还敢说他们两个没合照。

都快到下班的时间了，还要给大名鼎鼎的戎行野拍照，那位摄影师的压力也是巨大的。

小助理严阵以待。

摄影师习惯性地指挥着自己的客户摆出最上镜的姿势，可是拥有故事感的男女，站在那儿足以向世人展现他们情感的冲突。

摄影师的快门几乎没停过，指令也比较简单化。

“靠近一些，好的，这位先生，你的眼神可以看向我这里吗？”

然而没什么用，戎行野由始至终，想看的也唯有一个人。倒是最后一个镜头里，他对着镜头，牵着黎婠婠的手，笑了一下。眼底的桀骜不驯，嘴角微微勾起的弧度，都彰显着这个男人对这段感情的把控。

回到家的时候，照片已经发到了戎行野的手机上。因为戎行野要求要原片，所以对方也没有耽误。

黎婠婠根本懒得看照片，径直去厨房处理买来的食材。

戎行野倒是满意地抓过路西法。

“你喜欢哪一张？黎婠婠，我们应该多拍一些照片，可惜以前没拍，不过没关系，接下来每一年我们都能拍。这张去洗出来，挂在客厅。”

黎婠婠充耳不闻，任凭他一个人瞎忙活。

等肉骨汤的香气飘出来的时候，她还盛了一碗不加盐的给了路西法。

又端给戎行野。

“我就跟它吃一样的？”

“不一样，它的汤没加调味料。”

黎婠婠舀了一勺汤，结果被他从旁边直接伸头喝下去，看样子心情很不错。

难得吃着家常饭，戎行野吃得挺多，大概是因为今晚推掉了一个重要的饭局，他的手机也关机了，以免有人打扰他。

黎婠婠今天倒是兴致不错，特地问他要不要看一部纪录片。

对于这种无聊的东西，戎行野宁可去玩打僵尸之类的游戏，也不愿意看上一眼，也不知道黎婠婠是怎么看得下去的。他把玩着她的头发，没一会儿就觉得有些疲惫。

过了十五分钟等黎婠婠转头看他的时候，他已经睡着了。

她扯过毛毯给他盖上，然后拍了拍路西法的脑袋，这才穿着家居服出来。

戎毅就在楼下待着，见到她下来仰头道：“你要出门？”因为她带着随身的小包。

黎婠婠道："去买点文具，你去开车。"

戎毅看了一眼楼上："老板呢？"

"昨晚上不是跟严向宇他们去了酒局，半夜三点才回来，没睡好，这会儿困了，不信你上去看看。"

黎婠婠看了一眼花瓶里的花道："李妈，明天买一些新鲜的花回来，这些有点蔫了。"

"好的，黎小姐。"

一切都很如常。

黎婠婠趁着这个时间，快速换上了家政的外套，离开半山别墅的时候，心口都在跳。

直到被车拦下来的时候，她都还在颤抖着。

"黎小姐，我们老太太在等你。"

黎婠婠被带上了路边的一辆黑色豪车。

一进去，车内的灯亮起。

一杯温热的开水递到了她面前："出来得匆忙，车上也没准备什么茶点，先喝点水吧。"

黎婠婠看着坐在旁边的戎老夫人，抿着嘴唇道："戎奶奶。"

"嗯，你还肯叫我一声'奶奶'，也不枉费我亲自跑这一趟。这段时间，行野为了你的事情闹得人仰马翻，如今车上就只有我们两个人，我们的话，不会传出去，你跟奶奶说一句老实话，你联系我，是真的不想跟他继续过下去了，是吗？"

不等黎婠婠回答，老夫人笑着摇了摇头道："我这个孙子，自诩什么都能拿捏在手中，却连你的心都抓不住。在我看来，他这段时间做的事情已经彻底昏了头了。戎家的人，可以感情用事，但不能耽误了戎家这个大家族。我说过，你愿意嫁给他，戎家我来摆平，你的身后有我，也算我给小珍一个交代。"

安静的车厢里，戎老太太品着茶，仿佛一句话的工夫，就已经能够决定她未来的路。

“谢谢戎奶奶的看重，但我不想再跟戎总有牵扯了。”

“选好了？”

“选好了。”

“不后悔？”

黎婠婠一笑：“不后悔，我曾经全心全意地爱过这个男人，如今也该去走自己的路了，至于将来的人生路，我就不陪他走了，戎奶奶有句话说得对，戎家是一艘正在全速前进的大船，而我的身后一无所有，我能为他提供的价值并不多。何家有最新的技术，两家联姻才是最好的选择，这也能让戎总跟族老还有股东、股民有个交代，何况，他从来没说过要娶我，我现在只求走自己的路。我既不想成为什么人的太太，也不想成为什么人的女人，我只想做我自己。”

“真的不爱了吗？”

黎婠婠看着老太太精光毕现的眼睛，知道她是明白一切的。这位蛰伏在戎家多年，跟着戎老太爷一路征战杀出来的女人，就算是老了，也不是老糊涂。

黎婠婠的手心出了很多的汗。

“奶奶，送我离开吧，我不会再出现。”

“好。”

黎婠婠打开车门下车，在这几番试探之中，她明白了，如果她刚才真的答应了，那才是万劫不复。

“老夫人，现在我们去哪儿？”

“去看看那个傻小子吧。”

戎行野醒过来的时候，觉得头疼欲裂，他手抚着额头，骨节分明的大掌上青筋暴露，他的眼睛在指缝之间睁开，随后警觉地看向了周围。

影音厅，原本属于黎婠婠的位置，此刻正坐着他的奶奶。

戎行野猛地坐了起来。

“醒了？”戎老太太开口。

戎行野皱着眉头：“您怎么在这儿？什么时候来的？黎婠婠呢？”

“我放她走了。”

戎行野瞪圆了眼睛，猛地起身就要往外走。

“站住。”戎老太太一声呵斥，“我看你最近真是不知道在做什么了。”

戎行野站定。

“今晚，何家的庆功宴，你为了陪黎婠婠看电影，可以在家里窝着不去，这没关系。因为你是戎行野，你的背后有创嵘，那是你横行霸道的底气。可你别忘了，你的底气是来自哪里，你要做这个掌舵者，就不能放任自己一错再错！”

“您说得太严重了，我不去，只是给何家一个下马威，别以为拿捏了锻造技术我就会乖乖地送上门。”

戎老太太的眼睛锐利地扫视着眼前这个已经长成了茁壮雄狮的孙子。

“你这话，七分是真，剩下的三分，是为了黎婠婠，我还真没想到，我们戎家还能出个情种。”她继续道，“她不愿意跟着你，以后也是麻烦。我把人放走了，亲自送她走的，行野，你也该清醒了。戎家一旦倾覆，整个家族坍塌可能就在顷刻之间，当年我嫁到这个家的时候，也是适应了十年，才慢慢掌控了这一切。你是我的孙子，更是戎家的继承人，我不允许你再继续胡闹。你已经在黎婠婠身上浪费了太多的时间。”

戎行野揉了揉眉心。

“奶奶，她可是你好朋友的外孙女，之前你不是也很认可她？”

“她要不是小珍的外孙女，我怎么会让她这样伤害你！”

戎老夫人说完，戎行野只是沉默了一瞬间，然后道：“奶奶，如果得到了戎家，就必须失去黎婠婠的话。那我不如直接摧毁了戎家，那些族老，那些股东，我大可以换一批新的。”

戎行野猖狂地说完这句话，直接转身离开。

“行野！你非要这么执迷不悟？”

戎行野打开了影音室的大门。

“我的路，向来我自己说了算。我想要的人，谁也无法夺走。”

“你！”戎老夫人捂着心口。

外面的人赶紧进来，将药给她服下，慢慢地给她顺气。

“您悠着点。”

“这小子。”

“二少爷的脾气您也不是不知道，何必要说这样的重话呢？没得气病了自己。”

戎老夫人笑着摆摆手：“我倒不是生气，而是惊讶，这小子果然是个最有血性的，我倒是没看错。戎家的家主，就该是这样的！若他真的有这个本事，掀翻了江城又如何？”

“那您就不管了？”

“不管了，何家非要吞下这么大一块肉，就看看这小子怎么留住黎婠婠，再吞了何家吧。反正是死是活，这条路他硬着头皮非要闯一闯，我又能说什么？那个丫头上飞机了吗？”

“应该已经在半路上了。”

“命啊，这都是命。”

第九章 囚情

从夜晚的飞机往下看，大地仿佛成了暗黑之河，万家灯火点缀其上，倒是成了地面上的星空。

黎婠婠疲惫地闭上了眼睛。没想到这次出走得这么顺利。有戎老太太出手，这次应该可以安心了。估摸着，不必隐姓埋名，就可以开启新的人生了。

只是留给戎行野的那封信，不知道他看了没有，希望他这次不要为难小昔和向璃，更不要去找师傅他们。

而就在此刻，飞机开始通报一则消息。

“各位尊贵的乘客，现在有一条紧急消息需要播报，因为环境影响，我们乘坐的 HT7809 号客机将会迫降在通城……”

这个消息直接让飞机内的乘客都纷纷蹙眉。

“为什么呢？那降落通城之后什么时候能出发？”

“我家里人还等着接机呢。”

黎婠婠的心里纷乱如麻，只希望真的是因为天气因素。

然而飞机降落到通城后，上来的人，却让黎婠婠浑身一僵。

身穿黑色西服，面容英俊，浑身散发着冷意的男人一上飞机，直接吸引了周围乘客的注意。

“回家。”他也只是说了这么一句，然后俯身，解开了她的安全带，牵着她的手就要下飞机。

黎婠婠根本没办法反抗，因为她清楚地知道。如果她现在不配合，这个男人也会想办法追上她。

从飞机上下来，晚风将她的长发吹得飞扬，车子已经停在了飞机边上。她不知道在飞机里的人是怎么想的，她只是深深地感到无力。

“戎行野，我没有家了。”

男人转过头：“你要闹，我陪着你闹，一辈子都成。想消耗掉我的耐心，你是做梦。”

“那你到底怎么样才肯放了我？”黎婠婠有些无力地问道。

男人的手指只是这样轻轻地将她脸上的乱发拂开。

“绝不放手。你死了这条心。”

黎婠婠被他塞进了车里。然后他们将会乘坐私人飞机，回到江城。

黎婠婠觉得自己的这次出逃简直成了一个笑话。他仿佛很享受这样，将她一次次抓回来，彻底打消她的念头的游戏。黎婠婠感到有些麻木了，不想再跟这个男人沟通。而戎行野并未在何家的庆功宴上出现，何嘉敏一整晚的脸色都难看到了极点。

戎行野回到老宅的时候，已经猜到何家一家子都在了。毕竟这样重要的核心技术，全国独有，如今的何家可算是炙手可热。他一直没有动作，就看何家到底是个什么意思。如今这一家子总算送上门了，那么主动权只会掌握在他手里。

“今天人来得这么齐。”

“就等你了。”家中的族老三叔公朝着他招招手，“阿野啊，你总是忙得脚不沾地可不行，耽误你奶奶抱曾孙了！”

一家子人呵呵笑着，等着戎行野坐下。

戎慎看着他就觉得心烦，明明是家族聚会，何家的人也来做客，明摆着就是想把婚事订下来的意思。可戎慎一想到这小子要如虎添翼就觉得心塞。

戎家人多，口杂。对于这位何小姐到底能不能嫁进戎家，看热闹的人也多。何嘉敏倒是神色自若，前几天晚上睡不着留下的黑眼圈，也被浓妆给遮掩住了："行野。"

戎行野似笑非笑地道："何小姐今天来得倒是早。"

"怎么还说这样生疏的话，都快是一家人了？"有人打趣。

戎行野坐了下来："这话可不能乱说，我倒是无所谓，何小姐还没嫁人呢，影响人家的名声不好。"

说话的人适时闭嘴，何宏华的脸色难看了起来。倒是何嘉敏着急地扯了扯他父亲的衣袖，何宏华这才不动。

戎老太太道："人来齐了，就先开饭吧。今天早上庄子里送来的新鲜的菌菇，我拿出来招待大家，大家别嫌弃才好。"

何氏夫妇哪里敢对老太太有什么不恭敬的态度？谁不知道戎家最不显山露水的就是这位老太太？

戎行野坐下来后，也不吭声，只管吃饭。

饭后，何宏华还是请戎行野去楼上的小会议室说话，陪同的还有戎家几位举足轻重的族老。这样也好，给何家一点颜面，最后若是谈不成的话，自己的女儿也不至于被人耻笑。

戎行野自打进这个会议室，就知道这群人其实早就达成了共识。毕竟联姻是最简洁、省事的方式。一群人相谈甚欢，到最后才想起来当事人一直在沙发区那边抽着雪茄，搞得周围烟雾缭绕的。这个年轻的后生，手段狠辣，为人睚眦必报，是戎家当之无愧的新一代家主。

这些年他做的每一件事情都极其漂亮，总不会在这件事情上掉链子，以前何家若有什么配不上的地方，靠着这项技术也能弥补了。

何宏华想要戎行野一句准话，这件事拖得太久了，家里也被人看笑话那么久，他总该表个态。

"阿野，倒是说句话，跟何小姐的订婚宴，打算在哪儿办？"

"你们都计划好了，现在想起来问我了？"戎行野似笑非笑地道，眼底却没有任何情绪。

谁都知道，这小子天生反骨，最讨厌别人做主。

三叔公倒是脸面大："那你来说。"

"创嵘必须提前入股，其他的条件免谈。"

提前入股，那等于是把天价的嫁妆率先拱手相让，在订婚前就让创嵘掌握了核心技术，到时候戎行野不想订婚了，他也没有任何损失。这样亏本的买卖，何家怎么可能同意？

何宏华的脸一阵红一阵白。

"我们家的女儿也是不愁嫁的，年轻人狮子大开口，也该有点诚意。"

"创嵘就是最大的诚意，你觉得你们家的这项专利，除了创嵘，谁吞得下？要不就你们自己留着。"戎行野俯身，手在茶几上点了点，"可以试试，要么烂在你的手里，最后拱手送上，要么提前入股。"

戎家的族老一起沉默下来。在谈判时，他们不会跟戎行野对着干。

这是赤裸裸的警告。何宏华气得几欲吐血。这个乳臭未干的臭小子，耍流氓是吧。

何宏华的脸色变得僵硬，一时之间他有种下不来台的感觉。

戎行野一笑，靠回沙发上。

"给我一天时间考虑。"何宏华说完，直接起身，怒气冲冲地离开。

回去的路上他如何大骂戎行野猖狂自不必说。

这边，戎老太太将戎行野留下。

"为了黎媗媗？你不用回答，我也知道，有一部分原因是为了她。何家不是你说捏死就捏死的。你这样对待何家，其他几个家族怎么想？唇亡齿寒，你做事也要顾及首尾，做人做事都得留一线。"

戎行野自然知道，所以到现在，要怎么把何家吞了，他还在慢慢计划。

"如果我说，我非要吞了何家呢？"

戎老太太的眼神深沉："那是你的本事，打江山是能耐，守江山也是能耐，野心再大，也要看你吞得下多少。玩火自焚，太自负也是要承担得起后果的。"

“您老等着吧，何宏华只会亲自把所谓的天价嫁妆送上门，因为除了创嵘，没人敢拿下这个项目。”他起身往外走，“您八十大寿的贺礼，我送您一整个何氏融资。哦不，那会儿应该是创嵘子公司了。”

戎行野说完，直接离开。张扬、猖狂、傲气，这才是她认识的戎行野。

戎老太太看着外面占地面积极大的戎家庄园，喝了口早已经凉掉的茶。

何家……算了，这小子想做什么，恐怕没人拦得住。何家那个丫头，恐怕是痴心错付了，她的孙子，除了一个黎婠婠，谁都不放在眼里。

爱上这样的男人是毫无希望的。可是被他爱上，到底是幸运还是不幸，恐怕也只有当事人说得清楚了。

“老夫人，回房间吗？”

“去挑个好日子，希望到时候风雨皆停吧。”

而这边，戎慎早已找上了何宏华。两个人谈了什么，也没人清楚。

何嘉敏一直在家里等到了晚上，才把何宏华等回来。“爸爸。”

何宏华看了一眼自己的女儿。她一直乖巧懂事，是父母心目中的好女儿，更是圈内颇受褒奖的千金名媛。

“这么晚了怎么还不睡？”

“你要答应行野的要求吗？他既然已经开口了，就是有订婚的意思，现在我的朋友都在等我的消息，我不想让她们看笑话啊，如果嫁不了戎行野，我会被人嘲讽死的。”

这个圈子里哪有真正的朋友，哪个人会希望你过得好？

何宏华叹了口气，他的处境又能好到哪里去？不少生意伙伴也明里暗里地打探。不过过了今晚，他已经决定好了，打算破釜沉舟，试一试。

“嘉敏，你以前也不是非戎行野不可，如果换个人选呢？不会比戎行野更差的。”

“那谁能比戎行野更好？”何嘉敏执拗地道，“我只想嫁给行野。”

“你有这个信心拿下他？”

“怎么没有？只要爸爸你支持我就好了。”

“不怕被他轻看？”

何嘉敏感到有些心酸：“他这样的男人，我除了哄着，还能做什么呢？”

何宏华道：“那爸爸答应你，你准备好做新娘，穿得漂亮一些。”

何嘉敏感到十分意外：“真的吗？爸爸，我爱你！”她一下子扑到何宏华怀里，然后欢天喜地要上楼去挑选礼服，要立刻去通知她的几位好闺蜜。这回她一定要一雪前耻。

戎行野应该也是对她有好感的，不然怎么会同意订婚？家里可是有拿捏住戎行野的技术啊……何嘉敏心想，要怪，只能怪黎婠婠不再是黎家大小姐了！

何宏华眯起眼睛，戎行野，你不仁我不义。到时候你可别怪我！像这样的女婿，他可不敢要，回头别把何家给搭进去！

戎行野是半夜回来的，被子突然被掀开，黎婠婠猛地惊醒。

“醒了？”

黎婠婠没好气地道：“很难不醒，我又不是没知觉的人。”

“从明天起我会比较忙，如果你听到了什么联姻的消息……”

黎婠婠闭上眼睛：“你想跟什么人订婚不用告诉我。”

戎行野强行掰过她的脸：“不，你应该知道，我跟何嘉敏是假订婚，我要何家。”

黎婠婠一愣，可惜他的话，她已经不相信了。

“哦。”

“不相信我？”戎行野挑眉，然后在她唇上啄了一下，“没关系，等事成之后，你自然会明白，到时候你想去哪里度假，我都有时间。你也得养好身体，我们可以生个很可爱的宝宝，女儿的话就像你，儿子像我，好不好？”

黎婠婠闭上眼睛，不想再听，如今的她跟他，不过是逢场作戏罢了。

接下来足足七八天，戎行野都没回来，月初时沈确带着一堆品牌方上门，为黎婠婠采购新款的衣服首饰。黎婠婠没客气，选了最贵最好的。这些东西卖到二手店还能让她熬度一阵子。等到第八天晚上，黎婠婠肚子疼，浑身是汗，李妈吓了一跳，赶紧让人去找医生过来。黎媗媗疼得抽搐，吐了好几回，路西法焦急地一直在床边陪着她。

李妈给戎行野打电话请示，让救护车过来，这才上了车。他的电话没挂断，背景音很嘈杂，一听就是在应酬。

“别怕，医生已经到了，不会有事。”他放低声音轻轻哄着。

陆斯昂等一行人在里面坐着，乌烟瘴气的，酒瓶摆着，红的、白的都有。

那个男人穿着一身黑色的衣服，站在外面迎着风就这么吹着，轻声细语的，不像是刚才在谈判桌上狠厉杀伐的模样。

耐心地哄着，然而都是他在说。笨嘴拙舌的，也不知道说一句软话。

商业伙伴扭过头，笑着道：“英雄难过美人关，戎总也不例外。”

陆斯昂嗤笑：“自找的。”

戎行野晾着一屋子的人在这里等着，他倒是自在。

黎媗媗的声音很小，被人仔细地照顾着，她觉得有些不耐烦，要他挂了电话，他这才挂断。

回来的时候大家戏谑地看他。

“二哥哪儿来的心肝肉，这样捧着，怎么不带出来？”

谁不知道戎行野跟何嘉敏好事将近，看这样子也不像是哄何嘉敏。

何嘉敏，圈子里出了名的懂事。男人谈生意还要让人哄？不太靠谱啊。

戎行野叼着烟，痞里痞气地道：“等结婚了带来给你们看看。”

陆斯昂的眉梢一挑，虽然那天就知道了他的意思，但他到底是第一次亲口承认。也好，能消停一阵子，就谢天谢地了。

众人不知，只当还真是何嘉敏，看来这位何家大小姐有点本事。

黎媗媗被送到了医院，霍司丞听到消息过来检查，然而诊室里空空如也。

霍司丞皱着眉头，找到一个正在忙活的护士问道：“人呢？”

“什么人？呀，这里的病人去哪儿了？不好意思啊！霍医生，今晚上有个工地出事了，四十多个人连带着家属都在这边，我们忙不过来。”

霍司丞放开了那个护士。不用猜也知道，黎婠婠又跑了。他调看了监控，确定黎婠婠离开后，回到办公室准备通知戎行野，却发现了她留下的信。

黎婠婠这回是自己开车走的。二手车市场买的车，挂着临时车牌。她也不知道要去哪里，只是顺着高速一路开，开错了就拐弯。

出乎意料，这次已经开了很久，只在服务区停留了一会儿，也没任何动静。但是有过前几次的经验，黎婠婠不敢麻痹大意。按照向璃给的地址，找到了帮忙运货的陈师傅。

车子继续前行，那辆二手车则被直接留在了原地。

黎婠婠抱着自己的行李箱，里面是她的全部身家。

…………

戎行野知道黎婠婠再次出走的时候，虽然早就有这样的预感，但还是免不了动怒。脸色阴沉下来的同时，还带着冷冷的嘲讽的表情，去阳台抽了一支烟。他现在人不在江城，而且事情繁多。

只用了一分钟考虑，他就拿起电话打了出去。

“师姐。”

“你小子怎么有空打电话给我？”手机那头的人觉得很意外。

“有事相求？”

“你还有求人的一天？”电话那头的女人饶有兴味地问道。

“我的女朋友不懂事乱跑，估计要到你那边，你多看顾一些，我等这里的事情一解决就来接她回家。倒也不必事事周全，她这人看似柔弱，其实心思狡黠，放哪里都能活得很好。你别让别人欺负了她就行，多帮忙疏通下关系。她手上有一点闲钱，办大事不够，小事应该足够，但一个外地女孩在人生地不熟的地方还是挺难的，也不必说是我说的。”

电话那头的人听他絮叨了两分钟，好似交代身后事一样。

对方笑出声道：“我从在学校认识你到现在，从没见你一口气说这么多话，要不是你还会骂人，我还以为你小子是个哑巴。行了，谁让你是我盛晚棠的师弟，一个师傅教出来的，帮你一回也无妨。她的资料你发给我就行了，左不过在 H 市，饿不着你的宝贝。”

戎行野的喉结一滚，要放她离开一段日子，他心有不甘。可他现在手头要处理的事情太多。再把她抓回来的时候，恐怕她又要埋怨他许久。

…………

黎婠婠到了 H 市后，暂时不敢租房，大城市可不像小城镇。

可是这次风平浪静得厉害。

有关戎行野的消息倒是不断地传来，还有各种创嵘的新动向。黎婠婠知道了他最近不在国内。

而何嘉敏好像已经前往国外，为了订制礼服和订婚宴所需的用品。

向璃接手父亲的工厂后，在 H 市的郊区弄了个小厂房，黎婠婠就住在那儿的员工宿舍里。

一开始帮忙发货，当客服，后来逐渐放松了下来之后就开始外出活动。发现没有一丁点儿被跟踪的痕迹后，向璃告诉了黎婠婠实体店的具体位置。

那段时间社会上有些动荡，店铺也很久没上新了。她偷偷登录了自己店铺的账号，几天后也没有戎行野的人出现，她才闻到了一丝自由的气息。

黎婠婠没想到自己还能开一家实体店。钱的来源是这些年跟向璃合作的分红。投入了两年半的收入，向璃出店面，她负责实体店的装修和运营。

黎婠婠的店还没开，已经有人摩拳擦掌地等着来采购了。

自己装修自己的店铺是一种很特别的体验。因为主要客户群体都是年轻的女生，黎婠婠也选择了比较有特色的风格。

从包装到细节，完全把控，忙碌的生活和工作，早就让她把江城的一切都淡忘了。

与此同时，白雪看到了铺天盖地的消息。戎行野和何嘉敏要订婚了。

如今江城上下都在讨论这场世纪订婚仪式将会有多盛大。毕竟何家包下了整个江滨酒店，在最好的地段举行游轮订婚仪式呢。

到时候肯定是全城瞩目。

何嘉敏一扫前段时间的颓唐。那么多的婚纱品牌还有钻石等着她去挑选，她根本忙不过来。不过她希望选择的时候，戎行野能全程陪在身边。

可惜他一直在忙，她也知道，现在创嵘接手了核心技术研发工作，戎行野每天在公司，又要跑国外，是很忙，但是她这个新嫁娘也希望让他多关心自己。可惜打电话给沈确，得到的回答永远都是不行，没空。

何嘉敏觉得心里没底。现在就要选订婚礼服了，何嘉敏还是想联系对方。

“订婚礼服是要一对的，我选了，行野不选，到时候不好看的呀，而且也要量体裁衣。”

“戎总说您决定就行，不过他没什么时间，而且他自信地认为他穿什么都好看，何小姐自己选择吧。”

沈确的语气跟 AI 机器人一样，毫无起伏。

何嘉敏失望地挂断电话，看着满墙的礼服，瞬间失去了兴趣。

“林星，我的心里总是觉得有什么事情要发生。”

“不会的，何小姐，你是不是多虑了？现在都要订婚了，喜帖都已经发出去了，你很快就是戎太太了，还能出什么变故呢？”

何嘉敏道：“希望如此。”

戎行野收到小啾被绑架的消息的时候，人刚刚回到江城。

“你把话给我说清楚点，什么叫被绑架了？”

保姆哭着道：“我带小啾来做手术前的身体检查，白雪小姐也一起去的，我就去上了个厕所的工夫，小啾就不见了，还有那个白雪！小啾一定是被她给带走的。”

戎行野立刻挂断电话，让人去找白雪。戎行野正准备报警，手机就响起来了。是白雪打来的视频电话，他接起来。

“行野哥哥，你总算接我的电话了，我换了那么多号码给你打电话，你从来不接。”

“小啾在哪儿？”戎行野面无表情地看着她，沉声开口。

白雪的笑容淡了下来："是不是只有这样，你才肯接我的电话啊？你要跟何嘉敏订婚了啊？你为什么要跟她订婚啊？你为什么不选我呢？"

白雪自言自语："为什么你每次让人来找我，都是为了别人呢？我是哪里做得不好吗？我也学着黎婠婠给你做饭、煲汤，为什么你从来不看我一眼呢？"

戎行野说道："我记得我跟你说过，你愿意帮助小啾，我感谢你，但我和你从来没有越界的关系。"

白雪的嘴唇颤抖着："那我对你来说算什么？你以前对我那么好，难道都是假的吗？"

"你失忆了吗？你口中的对你好，难道不是你一次次向我提要求吗？"

戎行野一边说，一边用眼神示意沈确联系警方，定位白雪所在的位置。

警方很快根据来电的定位找到了白雪。白雪坐在一辆车内，看样子是准备带着小啾走。

戎行野深吸一口气，也不想刺激她。

"白雪，你现在还有回头的机会。"

"回头？我回不了头了，行野哥哥，你让我见识过那么美好的一切，却又告诉我，我永远都得不到。要我看着我心爱的男人跟别人结婚，我会疯的。我可受不了！你立刻跟她解除婚约，告诉所有人你要娶我！"

戎行野抿着嘴唇盯着她："白雪。"

"行野哥哥，你这样叫我真好听，我希望你一辈子都对我这样好，好不好？我会很爱你的。"

戎行野不想搭理她，可是警方那边的意思是，不要刺激她。

"白雪，回头是岸，你现在是在犯罪。"

"想让我回头很简单啊，你说你爱我，你说啊！"

就在这时，车子猛烈地摇晃了一下。镜头里，小啾被白雪绑在后座，嘴巴被胶带封住，不能出声。

"戎行野！你报警！"白雪震惊地看着后面不知道从哪儿冒出来的警

车，生气地质问。她根本来不及等到戎行野的回答，就被后面的警车吓得慌了手脚，乱打方向盘。

当撞上栏杆，一头磕碰在方向盘上的时候，白雪视线所及，依旧是戎行野的方向。只是她永远也得不到她想要的回应了。

戎行野快速赶往现场，小啾已经被警方救了下来，整个人吓得不轻，戎行野一来，小姑娘就绷不住了，直接大哭出声。

"小叔叔！"

"没事没事，小叔叔在，小啾不怕。"

"戎总，警方说白雪还没上救护车，心脏就停止跳动了。"

戎行野："罪有应得。我先送小啾回去。这里的事情交给你处理。"

"好的，戎总。"

白雪死了，小啾需要安抚，戎行野疲惫地回到家里的时候，已经是半夜了。他突然很想念黎婠婠。在这个家里，但凡她还在，能陪他说说话都是好的。可是家里空荡荡的，只有路西法陪着他。

戎行野上了二楼，走进她的书房，翻看她的东西，却发现了一部她没带走的手机。手机已经没电了，他充上电后，发现里面只有一个 App，里面有一个记录日常的微博账号，设置了禁止任何人评论。

与其说是一个记录生活的账号，不如说是黎婠婠的个人暗恋日记。

3月2号

今天戎先生提早回来了，我给他做了一杯草莓奶昔，他说不吃这么可爱的玩意儿。

…………

今天戎先生很高兴，我好像因为他的一个赞美而兴奋了一整晚，他夸我穿白色的裙子很漂亮，虽然是喝醉酒之后说的，但也已经让我觉得很幸福了。

我好像做错事了，他放在茶几上的文件，被我笨手笨脚地弄乱了，但是他没有怪我，我真的觉得既幸福又难过，我知道他以后也绝对不会属于我。

戎先生究竟是个什么样的人呢？我从来没见过他这样的男人，神秘、狠厉，有时候又很幼稚，不高兴的时候会拉着我连夜打游戏，累了就睡在我的膝盖上。会突然拉着我去国外，会给我制造惊喜，会凶巴巴地吼我，又给我粗鲁地抹掉眼泪，也会在我难过的时候，抱着我别扭地哄我。

今天是情人节，他会回来陪我吗？他会有那么一点点喜欢我吗？

他真的回来了！还给我带了一束玫瑰花，不过他说是赠品，但是这是他第一次送我花，对我而言意义非凡！

戎行野打开了书房的门。

戎毅诧异地道："您这个时间点儿还要去哪里？"

"我想黎婠婠了，我要去接她回来。"

"可是订婚，马上就要……"

"没有订婚了。"

他现在只想见到他最心爱的女人。

…………

黎婠婠店里收到了一个大订单，她按照地址送上门的时候，却不小心弄脏了衣服，到客房换衣服的时候，有人突然打开了房门。

黎婠婠看到来人时，心彻底沉了下去。被人愚弄的恼怒瞬间涌了上来。

"是你安排的这一切？"

戎行野看着日思夜想的她，喉结一滚："我没这么无聊。"

他要不是刚才开门进来，自己也不知道黎婠婠会在这儿。

"最好是这样。"最好这只是一场误会。

黎婠婠也不想换衣服了，她直接套回了脏衣服就要离开。

"既然是误会一场，戎总就先休息吧，我先离开了。"

“你说走就走，把我当什么？”

他一语双关，直接关上了房门。这架势，俨然是不想让她走。

黎婠婠直视着他。“你跟这家的主人是什么关系？”

戎行野挑眉：“她是我师姐。”

黎婠婠冷笑着道：“所以，我一开始就进入了你的圈套是吗？将我放走，看似给我自由，然后在我振翅高飞，以为获得自由的时候，再直接将我一下打落尘埃，告诉我，枷锁一直在我的脖圈之上，你满意了吗？”

黎婠婠盯着他：“你真是让我感觉到无比厌烦。”

戎行野脸上的笑意一寸寸凝固。

“一段时间不见，你要跟我说的就是，我让你感觉到无比厌烦？”

戎行野只觉得心口有一股子闷闷的感觉，让他觉得喘不过来气。只感觉黎婠婠这个混账东西，果然不能把她放在太远的地方。摸不着，看不到，她早就把他丢到了脑后。

“不然你想听我说什么，看到你很开心？你认为这是我的心里话吗？”黎婠婠冷笑着道，“戎总，我以前怎么没发现，你这么没脸没皮？是不是跟过你的女人，都没有离开的自由？如果你觉得这样的游戏很好玩，那不如直接宣判我死刑，不要每次像猫抓老鼠一样缠着我不放，这场游戏，既然你一直说是当初由我开始的，那就也该由我结束。”

“怎么？你就这么不想见到我？”戎行野盯着她，一字一句地问道。

“差不多吧，如果你现在肯放手，就当你没见过我，你继续谈你的生意，我卖我的货，这是我最理想的状态。”

“为什么？”戎行野直接问道。

“为什么？不想跟你在一起，需要为什么吗？”

“不想跟我在一起是因为受了伤，不肯原谅我是因为爱过我，是吗？”戎行野说完，房间里死一样寂静。

黎婠婠从来没有这样当面锣对面鼓地跟眼前这个男人讨论过她究竟爱过他没有。

“戎总，你不觉得你说这句话特别可笑吗？是你当初给我立下的规矩，不要爱你，我一直记得清清楚楚。”

“可你还是爱了，你的微博里，清清楚楚地写着自己是如何爱我。”戎行野逼近她，好似要从这个没心没肺的女人脸上看到那么一丝丝爱意的痕迹，以此来抚慰他那颗现在看似平静，实则已经掀起惊涛骇浪的心。他已经经历了那么多，没什么事情能够让他惊慌失措，没什么可以让他的心落不到实处。

可是眼前这个女人，她的一个带着嘲讽的笑意，就能将一切击垮。真是不费吹灰之力。

黎婠婠并不意外戎行野能查到那个隐秘的微博。

“那又怎么样呢？你制定规则，我遵从规则，爱从不宣之于口，如今正好，我也已经不爱了。你如果看过那个微博，也就应该知道，我已经很久没有登录过了，一段荒唐的过去，实在不值得继续纪念。”

戎行野的心犹如火烧一般。

“你已经逾越了规则，却还要觉得它不配，也不值得被记住？”

“我爱过你这件事有那么值得拿出来说吗？”黎婠婠看着他愤怒的眼神。

原来从这个角度去看生气的戎行野，是这样的感觉。她不再害怕他的离开，不再担心将来的去处。她有自己做后盾，也不怕即将来临的暴风雨。她在以一个平等而冷漠的角度，审视这个男人。

“戎先生，在一个女人感到绝望无助，而且无能为力的年纪里，遇到了一个帅气英俊，愿意为她解决一切麻烦的男人，爱上他是一件很简单的事情。我跟这世上任何一个平凡的女人一样，没有能够抵抗你那时候的魅力。你不吭声，我害怕你的厌倦、你的戏谑，很难不成为你的掌中之物。你稍微关心我一点，我就以为能与你并肩而立。爱上你是多么轻而易举的一件事，爱你的女人也不止我一个，而我也不止一次被你警告不要爱上你。戎总，忘了当初你的教导了吗？如今我不过是遵从了你的意思，放弃爱你罢了。”

戎行野看着她漂亮的小脸，听着她嫣红的小嘴里吐出的令他厌烦的话，却头一次这么安静。

“既然爱过，那么再次爱上也不是什么难事。”

黎娮娮仿佛听到了什么好笑的笑话一般：“不好意思，你这个人，我爱过了，没什么意思。”她拿上自己的东西，“想来我今天又惹得戎总不高兴了，那我就不多待了，免得打搅了戎总的雅兴。”她说着，面无表情地要从他的身边离开，却被戎行野一把攥住了胳膊。

“干什么？”黎娮娮其实心里也没底，这个男人到底要做什么？

戎行野看着她：“我这次来，是来带你回去的。你出租屋里的东西，在你出门的时候，已经有人进去收拾了。”

黎娮娮猛地抄起了自己的包抬手就要砸过去，却被男人制止了。

“省着点力气，打我也改不了任何结果。”他平静地宣布他的决定。他不打算放过她。就算她不爱了，他也不会放过。

“你这样有意思吗？好聚好散你不懂吗？”黎娮娮试图跟他讲道理。

戎行野一笑：“好聚好散？没人心甘情愿，何来好聚好散？委屈自己看着你跟其他男人谈笑风生，看着你跟别人结婚生子？我办不到。你所谓的好聚好散，从我的角度看来，无非就是不爱了，所以可以看着对方走，看着她离开，然后再说一些冠冕堂皇的漂亮话祝对方幸福。不好意思，我这个人性格阴暗，如你所说的，恶劣到你不想再爱。可是怎么办？黎娮娮，你招惹上我了。我死也不放手，这句话给我记清楚了。这辈子你想嫁给别的男人，办不到。”

“戎行野，你是神经病吗？”

房门被打开，黎娮娮直接被扯了出来，身上还穿着那件被弄脏了的衣服。

戎行野一路将她拽下了楼梯，然后把人抱起来，就这么出了门。

戎行野这么一走，盛晚棠下楼：“人呢？”

“刚才那位先生抱着黎小姐离开了。”

盛晚棠揉了揉眉心，他到底会不会哄人啊？人都给他安排好了，还能把事情搞砸了，不会说话就把没用的舌头割了加点醋当下酒菜吧！

盛晚棠打电话给戎行野："喂，你把人给我带哪里去了？"

"回江城。"

"那我的钱付给谁？"

"店里有店员。"

"行啊！你小子，看来都查得一清二楚了，根本不需要我提问了。别的我可管不着，那小姑娘我挺喜欢的，你别乱折腾把人给弄丢了！男人不会说话可以闭上嘴，多做点事！"

戎行野听她骂完，挂断了电话。

黎婠婠拍打，踹车子都没用，只能看着车越走越远。

"戎行野！你有病是吗？你凭什么替我决定？你凭什么限制我的自由？"

"不凭什么。"戎行野控制着她的手。

"怎么？跟何嘉敏不订婚了？还是你以为我会安心地给你当小三！"

戎行野睨了她一眼："我说过，我不会跟别人结婚，订婚不过是为了公司发展的权宜之计，但现在，我连订婚都不想订了，黎婠婠，咱们两个好好过，以前的一切全部推翻。"

谁在乎他到底跟谁订婚？真是太好笑了。

两个人说着，又陷入了僵局之中。戎毅跟司机连大气都不敢喘，生怕有一丁点动静，身后这两个人又要闹腾。

黎婠婠看着车子距离机场越来越近，很怕戎行野是来真的，她想了想："你真的不订婚了？"

"嗯，已经取消了订婚，何家应该已经收到了通知。"

"那我跟你回去。"

戎行野挑眉道："这么乖？"他抚摸着她的头发，"放心，这样的事情以后不会发生。"

他现在很高兴，黎婠婠爱他，同样舍不得他。他们是两情相悦。

黎婠婠被他抱在怀里，眼里却没有一丁点儿温度。她只想逃离眼前这个男人。

戎行野将她送回了半山别墅，黎婠婠却发现他要走。

“你要走？去哪里？”

戎行野亲了一下她的额头：“为了取消订婚，还有后续一堆麻烦事，这些不用你操心，晚上我会回来陪你，记得别锁门。”

黎婠婠看着他急着离开，心里微微一沉。看来他是来真的。何家难道会这样善罢甘休吗？

戎行野回到老宅的时候，何宏华果然气得不轻，正在那里等着他。戎行野一坐下，他就立刻发难！

“戎行野，你现在是欺负我何家没人了，是吗？”

“哪能啊？反正我已经做了决定，趁着现在事情还没开始发酵，对外宣称不合适，解除婚约，也不妨碍你的女儿再找个结婚对象吧。总比跟我订婚后，再解除婚约好。”

何宏华猛地一拍桌子：“你上次开的条件，我答应了，就算这样也不行？”

戎行野来了点兴趣，看向了何宏华：“独家的核心技术，你家愿意共享？”

“你何必装腔作势？逼我到这个份上，不就是为了这个？”

戎行野微微一笑：“说得倒也没错，不过我现在的要求是，你们双手奉上。”

“不可能！这个因为是给嘉敏的嫁妆，我们家已经额外让你们提前分享了。”

“何叔叔，你好像不太明白我的意思，我不是在跟你商量，我是通知你，如果你想继续合作，只有这么一个办法。”

“戎行野，你无法无天了是吧？我的女儿难不成非得嫁给你不可？”

“合同都签了，不想也可以，我倒是无所谓，只是到时候你们家是什么下场，我可不好说啊。”

何宏华气得发抖：“你，你欺人太甚！”

“要么你亲自送上来，要么我自己去拿，虽然费点功夫，但应该拿得到。”

“你疯了吗？我们两家如今是一条绳上的蚂蚱！你非要拆伙，你也别想好过！”

戎行野转动着手上的打火机，眉眼俊美，可是脸色阴冷到了极致。

“那你要不要试试，看看是你们家先倒霉，还是我最后拿到全部？”

何宏华气得颤抖着手去找降压药。

一晚上，何宏华都在给自己的老友打电话，然而肯帮忙的没几个。第二天，何氏因为何嘉敏的丑闻股市暴跌的消息传来，何宏华直接进了急救室。

清醒过来，何宏华就急着联系了戎行野。

“你，你到底想怎么样？”

“我昨晚已经告诉你了，双倍，另外，我要全部的核心技术，且不再与你们共享。你也可以不答应。”

“……好，但是我有个条件。”

“你说。”

“订婚的那一日，合同正式签订，早一日，晚一日，都不行。”何宏华挂断了电话，浑身脱力，又打给了戎慎。

这一次，电话里说了很久。

戎行野是一匹狼。他盯上了这块肥肉，如果不啃下来，决不罢休。

别说只是订婚，就算结了婚，这小子也可以翻脸无情。

订婚日……戎行野，你真的当我何家只能任你宰割！

…………

戎行野很忙，但是再忙也会每天回来，与黎婠婠缠绵一番，告诉她等这段时间忙完后，他会给她什么样的惊喜。

黎婠婠只能配合着答应，戎行野脸上的笑容也越发多了起来。她接收不到外界的讯息，戎行野也不会主动提。

如果他不在家，黎婠婠经常一坐就是一整天。

周末，戎行野是突然回来的。

黎婠婠还在发呆，他打开门的时候，她被吓了一跳，才转回了头。

“要不要出去散散心？”

黎婠婠摇了摇头：“我不想出去。”

“回你家，也不想吗？”

黎家位于南山别墅群。在二十年前，算是当地第一豪宅区。只是随着变迁，现在的年轻人都不住在这儿了。这里统共就十户人家，独门独栋，带大庭院。即使想走到对面人家，都得绕一大圈，私密性极好。

戎行野的车开进来的时候，黎婠婠看着那扇古典西式铁闸门，攥紧了手里的玉佩。她没想到自己有一天，还能再回来。

从小看到大的蔷薇墙、枫林路、人工湖里的天鹅，还有小码头、位于活动中心的篮球场、读书阅览室。

黎婠婠每一次回忆起来，都有些难过。以前她会坐在爸爸开的车的副驾驶座上，跟他说着一天发生的事情。

爸爸总是会很耐心地听着，然后像个好朋友一样认真地跟她讨论。

一路蜿蜒，到达家里的时候，黎婠婠的视线已经模糊。

“不下去看看吗？”

黎婠婠很想说不去了。然而戎行野打开了车门，拉着她下了车。

“这座别墅当年是被我拍下来的。”他将钥匙塞进了她的手里，“里面的东西没变过。”

黎婠婠震惊地看着他：“什么时候？”

“你跟我在一起的第二天，正好赶上法拍，反正也要替你还债，不如就把这儿给拍下来了，那会儿就是觉得，错过了的话，也许哪一天我会很后悔。”

黎婠婠看着这座别墅，的确外形还同她住在这里的时候一样。院子里应该刚刚整修过，还散发着泥土的清香。爸爸为她种下的芍药也还在。推开大门进去的时候，迎面最大的一张照片，赫然就是她跟爸爸的合照。那时候的她，笑得很灿烂，很漂亮。

黎婠婠没有进去，只是站在那儿看着曾经的自己。

戎行野就这么站在她的身后。

“你看，只要你愿意，一切都不会改变。”

黎婠婠慢慢走进去，摸着沙发上自然的裂痕，笑了笑，怎么会没有改变呢？不过是自欺欺人。

黎婠婠没有在老宅待太久。她只是去爸爸的书房坐了一会儿，又回了自己以前住过的房间。抚摸着这里的每一寸地方，仿佛感受着曾经存在过的痕迹。大概是物是人非，那种撕心裂肺的不舍早就随着时间淡忘了。留下的，是一种怅然若失的感觉。

“这两天对我很重要，你先住在一号公馆，东西都准备好了，李妈也会在那儿照顾你。”

黎婠婠对他的安排没有任何意见。反正她在哪里，都犹如笼中鸟雀。

回到一号公馆时，黎婠婠自顾自地往屋里走，却在车前被人拉住了手腕扯了回来。她一下栽进了他的怀里。

戎行野身上淡淡的气息传来，身上的味道让她感到有些恍惚。

从什么时候开始，他有了喷香水的习惯了？

好像上次被他抓回来，就一直有这股味道。

戎行野看着她，吻上了她的眉心。

黎婠婠心想，她该怎么形容这个吻？缱绻，温柔，甚至充满了怜惜与爱慕。她在这个男人的眼里，看到了不一样的东西。

“等我。”

黎婠婠垂眸：“我累了。”

她想转身进门，他却不让：“过两天，所有的事情都会了结。”

“你没有什么事跟我交代吗？”她给了他最后一次机会。

“没有。”

“好的。”

黎婠婠转过头，闭了闭眼睛，到底还在对这个男人期待什么？

他这次一去，他们再无以后。

戎行野捧起她的脸狠狠地吻了下去，像是要将一切想跟她倾诉的话尽数付诸唇舌之间。也不知道为什么，明明已经很抗拒这个男人的接近，已经很厌烦跟他再产生任何关系。可是在这一刻，她突然很想抱抱他，也许是诀别吧。

这辈子她曾经撕心裂肺地爱过的人，唯有他。她开始慢慢回应。

…………

李妈是在睡梦中惊醒过来的，房间里雾气弥漫，火警警报响起。李妈赶紧掀开被子下了床，发现别墅里起了火。住在两侧的保镖也都冲了过来。

二楼只有李妈可以上去，她上去的时候房间里空空如也，只有阳台的窗户打开着。

“黎小姐不见了！”

戎行野睡醒的时候，人还在办公室的办公椅上。睁开眼睛，万籁俱静，整个办公室里只有他一个人。他的心里有一瞬间感到空落落的。

沈确推门进来：“戎总，等会儿要回老宅接老太太，然后再去何家，订婚仪式会在十二点正式举行。”

戎行野懒得讲究这个规矩：“事情进行得怎么样了？”

“不出意外的话，今天何氏的资金链就会断掉，关于何宏华买凶杀人的罪证，也在刚才提交到了公安局。”

戎行野“嗯”了一声，这才心情愉快地起身。等何宏华正式把合约签了，就能把这个送给黎婠婠当礼物了。

戎行野看了一眼腕表，进了内室换上了订婚礼服。他不喜欢穿花里胡哨的款式，西装常年都是低调的黑与灰两色，衬托得他宽肩窄腰，长腿笔挺。

何嘉敏准备的领结，他也没佩戴，反正只是走个过场而已。

上车准备前往老宅的时候，就接到了李妈的来电。

“戎先生！婠婠小姐不见了！我们睡到半夜起来发现失火了，身子昏昏沉沉的，不舒服！可是我们的饮食都是经过严格地检查的，也不知道怎么回事！”

“还等什么，还不去报警？”

戎行野直接扯掉了外套，沉着脸拿着手机往外走。

“戎总！”

“去一号公馆！”

“那订婚呢？”

“没有订婚仪式，你代表我去，一定要拿到合同。”

戎行野急匆匆地赶到一号公馆的时候，警方已经开始排查了，黎婠婠最后出现的地方，竟然是海边。

“就在海滩边上，她的行李都在，我们猜测，很可能是自杀。”

戎行野一瞬间耳鸣起来，视线有些模糊，他看着那苍茫辽阔的海域，实在不太明白，什么叫自杀。

“你说什么？”他先是很平静地问了一句。

警察道：“我们推测很可能是自杀……”

“不可能！她不会自杀，她还说过要等我回来，她不会自杀！你听见了没？她不可能自杀！找，她一定还在附近，不知道跑哪儿去了！”

戎行野捋了一把头发，为自己的情绪失控、口不择言而道歉：“我，我太紧张了，反正她不可能自杀。”

他还在笑着，可是眼底却充满了惊恐。

一个小时过去了。

两个小时过去了。

没有任何消息。

时间在悄悄地流逝。

手机收到很多电话。戎行野不管不顾，到处联系人。

“只能在海里。”警方依旧给出了这样的答案。

直到戎毅回来，说附近有钓鱼的渔民看到，当时仿佛有个女人跳海，还拿出了视频给戎行野。视频很模糊，从视频上面看，那个女人的确很像黎婠婠，还穿着她喜欢的白色裙子。

当那段视频被反复播放的时候，戎行野仿佛石化一般。过了良久他才红着眼睛，艰难地道：“活要见人，死要见尸。”

可是来了那么多的搜救队，那么多的打捞人员，都没能找到黎婠婠。

夜幕低垂，一切尘埃落定，豪华的订婚宴早已成了一场笑话。

而当事人之一的戎行野却在海边呆呆地站着，任凭海风吹拂在他的脸上，等待着最后的审判。

一辆车停在了灯塔附近。

一身狼狈的何嘉敏穿着华丽的礼服，跌跌撞撞地朝着戎行野冲了过来，却被戎毅攥着胳膊扯开了。

“行野，到底是怎么回事？为什么？为什么我爸爸会被警方带走？为什么警察要我去公安局？今天不是我们订婚的日子吗？满堂宾客在等我们，为什么一签订完合同，什么都变了，我们不是要订婚了吗？”她的语气里充满了怨恨和委屈。

“你知不知道我有多期待今天？你知不知道那些人都在看我的笑话？他们一直在窃窃私语，我在等你啊，你怎么不来？你为什么不来？行野，你说句话啊！”

何嘉敏崩溃了，脸上原本精致得毫无瑕疵的妆容，已经被她的泪水模糊。斥巨资打造的订婚现场，造就了一个男方不曾出现的笑话！她何嘉敏，何家，已经彻头彻尾成了个“倒贴豪门”！

“我劝你现在别刺激他。”戎毅面无表情地道，“不然等会儿他做任何事，都没人能阻拦。”

“我不刺激他，那谁来管我的死活？我爸都被抓走了，集团都要接受调查了！我们是一根绳上的蚂蚱，他是我爸爸的女婿，他不应该帮忙吗？”

“姐！”何嘉俊停下车，直接冲了过来拉着她就走。

“你为什么拦着我？”

“你还不明白吗？这一切都是戎行野做的！就是戎行野害的爸爸，他等的就是今天，为的就是得到我们公司的核心技术！你只是被利用了！”

何嘉敏哭着摇头：“为什么？我那么爱他，为什么啊？”

何嘉敏直接甩开了戎毅，朝着戎行野跑了过去：“行野，你回答我！不是你做的，对不对？”

何嘉敏哭着跪倒在他跟前：“行野，行野……”

“把她带走吧。”戎毅说。

何氏融资一夜之间陷入了丑闻。订婚宴上的笑话、戎行野的失踪，在接下来的一段时间里，成了江城人人津津乐道的故事。

何家难以翻身，更因为资金链断裂面临巨额赔偿！

海港咸湿的海风还在吹。

戎行野放下所有的事情，他在这儿不吃不喝待了多久，霍司丞和楚昔就在这儿陪了他多久，直到搜救队再次无功而返。

直到戎老太太来了，打也打了，骂也骂了，他整个人就像没了魂一样。只有提到一点关于黎婠婠的消息，他才会有一丝丝的反应。

楚昔想打他，都不知道怎么下手，因为这个男人好像成了个木头人，仿佛脆弱得推他一下，他都有可能会倒下。

这个从来没有哭过的男人，表情木然，只是看着那依旧平静的海面。

那天黎婠婠跌落的视频，他反复看了不知道多少遍。

“行野，回去吧。”

“黎婠婠她不会回来了。”

搜救的队伍越来越多。一个纤弱的女人，还能如海妖一般，即便沉入海中也能再回来吗?

“我知道婠婠在哪儿。”这时候，楚昔突然开了口。

坐在原地的戎行野猛地转过头，朝着她跌跌撞撞地冲过来。

楚昔却猛地给了他一巴掌:“我知道她在哪儿，她只是走了，她不想见到你。”

“她没走，她不会走。”戎行野喃喃自语。

“她给我留了一封信，你自己看看吧，她想走很久了。你这么折腾你自己有什么用? 她不想亏欠你什么，你继续做你的高高在上的戎行野就行了，她不想跟你有任何瓜葛！”

男人听了她的话，不自觉地踉跄了一下，楚昔将那封信拍在了他的身上。

戎行野颤抖着手打开。信的内容很短，只留下了几个字。

戎先生，我走了，谢谢你三年的照顾。——黎婠婠

好狠的一句话。好绝的一句话。

她甚至到最后，也不过是说了一句，她走了。

那他呢? 他又一次被抛弃了是不是?

戎行野觉得心口的疼痛蔓延开来，那种窒息的感觉紧随其后。两眼一黑轰然倒下的时候，他的手里还死死地抓着那封信。

“戎行野！”

霍司丞赶紧让人抬着戎行野上救护车。他已经到了强弩之末。

第十章 失所爱

“滴，滴，滴——”机器发出机械的声音。

“创嵘集团今日正式收购何氏融资，不过创嵘集团总裁戎行野依旧未曾露面，何宏华涉嫌贪污巨额资金案今日开庭……”

所有的事情尘埃落定，可是本该与他一起分享的女人却不在了。

戎行野醒过来的时候，第一时间将沈确叫了过来。

“戎总。”

“我要立遗嘱。”

沈确一愣，戎行野如今才二十七岁，是江城最炙手可热的黄金单身汉，这个年纪谁会立遗嘱？

“戎总？”

“记下来。第一件事，将我名下所有的股份、财产，赠予黎婠婠。”

沈确知道劝不动戎总，只能写下来。

“第二件事，给所有人发请帖，欢迎他们来参加我和黎婠婠的婚礼。”

“戎总？黎小姐她生死未卜，这样……”

“去办。”

“是。”

“第三件事，成立黎婠婠基金会，资助贫困大学生。第四件事，一号公馆修缮回原本的模样，她的东西等我回去亲自整理，她不喜欢别人碰。”他开始喃喃自语，“她不喜欢我抽烟，也不喜欢我总是瞪着她。”

沈确俯下身，看着戎行野。他好像沉浸在自己的世界。

“戎总？”

戎行野决定的事情，无人能更改。戎老太太知道的时候，也随他去了。

“胡闹就胡闹吧，等彻底死心了，也就明白，那个丫头是真的死了。”

二十多天，搜救未停。但凡有人发现，也该打电话来了。生要见人，死要见尸，可是这个丫头无影无踪。戎老太太说着，拿起了佛珠，闭上了眼睛。冤孽，都是一场冤孽。

“大爷被关在宗祠，真的要送他去疗养院？”

“他既然不安分，将我的话当耳旁风，如今行野这副样子，都拜他勾结外人所赐，行野与他，我总要选择一个。”戎老太太嘲讽着道：“或许这就是戎家男人的命数，天生就是孤狼，不能有两头并存。”

戎慎跟何家联手，结果戎行野没在现场，也能将他们的计谋算得一清二楚。戎慎，不能再留了。

“远远地送走吧，创嵘已经是一艘在快速前行的船，掌舵者身边，不能留有余地。”她这辈子的心血都在戎家，必须为未来的家主清除一切障碍！至于那个可怜的孩子，只能说跟戎行野有缘无分。

“阿弥陀佛……”

红尘男女，各有命数。戎行野自己的命，也得他自己闯一闯了。

…………

黎婠婠睁开眼睛的时候，发现自己在自家老宅，这里的布置简直跟以前的黎家是一模一样的。可是黎婠婠知道这里不是。

有一个保姆照顾她，她不知道自己是怎么从一号公馆来到这里的，问那个女人，她也不回答。直到在书房里发现了大量宋清让跟自己的合照，她才感到脊背发凉，察觉到关着自己的人到底是谁！

“你发现了？”

一直没露过面的男人此刻就站在书房门口看着她，黎婠婠只觉得浑身的汗毛都竖起来了。

“很意外吗？为什么这么看着我？”

宋清让靠近。

“你为什么把我带到这里来？”

“因为我爱你，我一直爱着你。”

“你爱我就囚禁我？”

“我是在保护你，戎行野那样的人，哪里会真心对你？不过要不是他，我怎么能跟何宏华联手得到你？现在估计戎行野都跟何嘉敏订婚成功了。”

黎婠婠指着桌上的文件：“这些又是什么？在这两个月的时间里，那个保姆死死地盯着我，这些都是你的要求，是吗？”

“那些，只是我得到你的途径。谁让你爸爸这么不识相，不肯把你嫁给我呢？我苦心孤诣让所有人都针对你、厌恶你，散播你的谣言，我想的是让你投靠我。谁知道你居然去投靠了戎行野，婠婠，你让我好失望。”宋清让说着，摇了摇头，“不过没关系，只要你现在改变心意，乖乖地听我的话，你还是我的好姑娘。”

他说着就要吻她，黎婠婠却感到一阵恶心，直接吐在了他的身上。

“我爸爸，黎家，都是你害的！”

宋清让面无表情地掏出手帕，擦了擦身上的污秽：“这么惊讶干什么？为了达到目的，总是要牺牲一点的。你也别太激动了，肚子里有了孩子，总是要情绪稳定一些。”

黎婠婠一愣：“孩子？”

“你还不知道吧？你的肚子里有了戎行野的种，可惜你的身子弱，打不掉，不过没关系，等你生下来，我会一点点清除这个男人在你身上留下来的烙印，让你彻彻底底地属于我。”

黎婠婠不敢置信地看向了自己的肚子，一时之间脑子里纷乱不清。

这个孩子居然在这时候来了，自己在这个世界上，又有了一个亲人，她说不出那是一种什么感觉。这是她跟戎行野的孩子。

黎婠婠原本以为，她会被宋清让囚禁一辈子。因为害怕被人发现，所以宋清让辗转带她在各个地方躲着，孩子是在一个雨夜里早产的。她疼得死去活来，直到有什么东西滑出体外，她才仿佛活了过来。

“是个漂亮的小姑娘呢，跟你小时候一样可爱。可惜跟个猫崽子似的，出气多，进气少，看来活不过今晚了。让我想想，戎行野一定很想知道你去哪儿了吧，如果他发现你没死，再加上这个死掉的女婴，他会不会疯？”

宋清让想到这儿，对黎婠婠露出了一个变态的笑容。

“我好期待那个场面。”

陆斯昂将车停在旁边道：“那边是什么东西？”

保安探出头，发现草丛里居然有人放了个竹篮子。保安蹙眉道：“不知道啊，平时都有保洁打扫这里的，今天那个负责的人请假了，我去看看，陆少，您先进去吧。”

“是小猫吗？”声音小得可怜，一阵一阵的。

陆斯昂突然想起黎婠婠小时候那会儿，在学校的图书馆那儿发现了一窝小猫，拿自己的伞给猫撑着，自己在那儿淋雨。他心念一动，打开车门跟保安一起过去了。

“是个孩子啊！”

保安吓傻了。怎么会有人把孩子丢在这个地方？也不知道过了多久了，孩子的脸哭得通红，气若游丝。因为还下着蒙蒙细雨，保安将亭子里的窗户关上了，孩子又被放在了死角，保安压根儿没看到。

“这儿怎么会有个孩子的？”保安重复着，差点哭出声来，这要是有人说出去，自己的饭碗就保不住了啊！

陆斯昂俯下身，那个小小的孩子连眼睛都还没有睁开，小脸紧紧地皱在一起，小小的手朝着空中乱抓。他一伸手，小拇指就被孩子抓住了，而孩子的一整个小手也就只能抓着这么半根手指，却很有劲。

陆斯昂看到了这个孩子的脖子上有一根红绳，心念一动，他将绳子扯出来，才看到了那块玉佩。玉佩上面刻着“婠”字。陆斯昂感到一阵狂喜，之后将竹篮抱上了车。“快！快开门！”

保安赶紧去按了通行健。

陆斯昂将篮子放在副驾驶座上，也不知道这个孩子被放在草丛里多久，浑身都是凉的。陆斯昂发誓，自打碰车以来，他从来没开出过这样缓慢的速度。

陆斯昂小心翼翼地停好车后，霍司丞刚出来，没好气地道：“我以为是哪个老太太开了你的车。”打老远就看到他开车慢得跟蜗牛似的。

陆斯昂赶紧道：“戎行野呢？你在也行！孩子，孩子！”

“你把舌头捋直了说话，什么孩子？”

“黎婠婠的孩子！在车上！”

霍司丞猛地一把推开了他，看到了篮子里的幼小生命。

“快去把那人给我叫下来！也许他有救了！”

霍司丞的心绪起伏激荡。

陆斯昂以最快的速度冲进了别墅，连戎毅都没能把他拦下。

戎行野正准备吃安眠药，房门猛地被撞开的时候，他一脸不高兴地叫陆斯昂不要进入他跟黎婠婠的房间，却被陆斯昂抓着手腕往楼下拖。

“你要死吗？”戎行野不高兴地骂道。

陆斯昂扭头道：“你有孩子了。”

“你说什么胡话……”他的话还没说完，楼下就传来了孩子的哭声，戎行野的身子瞬间僵硬。

霍司丞一边打电话一边吩咐李妈：“赶紧拿条毯子过来。对，这里有个孩子，应该刚出生，立刻过来！”

霍司丞抱着怀里的婴儿看着二楼的男人道：“你可以继续寻死觅活的，但这个孩子，恐怕就要当孤儿了。”

戎行野不知道自己是怎么下楼的。他想去从霍司丞怀里接孩子，但又不敢碰。

“谁生的？”他的脑子还没转过弯来，因为想得到一个确定的回答，就这么问出口了。

“你还有其他女人？长成这样的孩子，还能是谁的孩子？”

戎行野看着那小小的手里抓着的红绳。他一步步走近，红着眼睛轻轻握住了那双小手。

玉佩！是他修好的玉佩，黎婠婠走到哪儿都会戴着的东西！

“她果然还活着。她真的还活着。”他喃喃自语着，迫不及待地要冲出去找人，却被霍司丞一把抓住了。

“孩子需要急救，情况很不好。”

戎行野扭过头，震惊地盯着那小小的一团。这是黎婠婠给他生的孩子。

紧急抵达医院，新生儿科以及其他科室的医生一起就位。

霍司丞看戎行野都不知道应该怎么抱孩子，只好自己抱着孩子送进了抢救室。戎行野跟在后面，已经彻底不知道应该做什么了。他只是死死地盯着抢救室，紧张到了极点。

“为什么会有事？为什么呢？为什么她不要孩子？为什么她还活着却不来找我？为什么丢下孩子就走了？”

把孩子冻成这样，也不肯露面。

是恨我吗？是恨的吧。她说过的。

戎行野的脑子里又开始有无数种声音在打转。

“你清醒点！”霍司丞的声音陡然响起，打断了他的思绪。

“孩子是A型血，女孩，跟你一个血型，刚出生不超过十八个小时，时间太短，只能确认这些，目前有呼吸窘迫，还有其他并发症。你，做好准备。”

戎行野死死看着他：“做好什么准备？”

“孩子随时可能……”

“不！霍司丞，你把她给我留下！”

霍司丞深吸一口气：“我们会竭尽全力，医院里的儿科专家都在这儿。”

戎老太太也听到动静赶过来了，出电梯的时候还差点摔了一跤。

“孩子，孩子呢？”

“在里面抢救。”陆斯昂道。

“冤孽，真是冤孽！”戎老太太继续问道，“是男孩还是女孩？”

“女孩。”

老太太喃喃着道：“女孩也好，女孩也好啊。”起码能给戎行野一丁点希望。

戎行野不知道自己是怎么在病房外等着的。他双手握拳，抵在眉心。这一刻，他将自己所有能想到的神明，想了个遍，只求他们，能把这孩子留下。那是黎婠婠给他留下的孩子。

严向宇刚一下飞机就跟岑屹楼急匆匆地过来了。

楚昔急得连车都没停好，直接把车扔在医院路边就冲上来了。

“孩子呢？孩子呢？”楚昔抓着霍司丞，“孩子在哪里？”

“还没脱离危险。”

“她活着，她还活着，那就好。”楚昔又是哭又是笑，又是看着急救室门上亮着的红灯。

谁也不敢再刺激戎行野。

急救室门上的灯灭了，所有人都冲了过去。

“孩子必须得在新生儿科观察一个月，熬过去了，就没事了，熬不过去，只能抱歉。”

戎行野抹了一把脸：“我能不能见见她？”

“不行，那边有专业的护士照顾。”

戎行野没离开，就这样在玻璃窗外，按照编码，一个个找了过去。

等看到了黎婠婠之女的标牌时，这个一向骄傲矜贵的男人却红了眼眶。

视线变得模糊的时候，戎行野才惊讶地摸上了脸。是眼泪。他会落泪。他还以为，这辈子自己都不会再掉眼泪了。

婠婠，我也是有人类的情感的。你回来看看好吗？

戎行野把手贴在玻璃上，看着那个小小的，身上插满了各种管子的粉团子。

“我是爸爸。宝宝，我是爸爸。”他一遍遍地重复着这句话。

“老天爷，求求你，让她留下。从此以后，我积德行善，再也不会跟以前一样。我戎行野，求你们了。只要能留下她，让我失去一切都可以。都可以！”

楚昔看着跪倒在地的高大身影，转过头去泣不成声。早知今日，何必当初。现在人都走了，还来说这些干什么？她擦着眼泪，可是那泪水还是忍不住夺眶而出。

严向宇抽了根烟，抹了把脸，眼睛也有些红。

“我从来没见过他这样。”

“这孩子，有几分把握能活下来？”

“三分。”

霍司丞的声音嘶哑。所有人都心情沉重。如果孩子走了，戎行野的精神都会垮掉。现在，要摧毁他实在太简单了。

严向宇骂道：“查不出来吗？她回来了，总该有点蛛丝马迹。”

“对方并没有在监控里出现。”只这么一句，所有人都沉默了。

“何况，她应该也不想让人找到。”

戎行野现在哪里还敢去找人？万一黎婠婠又生气了，不要他了呢？

他现在起码还能守着个女儿，勉强活下去。只要这个孩子能活着。

突然，戎行野站了起来，就往楼下走。

霍司丞等人立刻追了上去：“你干什么去？”

“之前我陪婠婠去广慈寺，在那边听人说过，只要虔诚地祈祷，就能达成所愿，一定是我当时对菩萨不敬，造了口业，才会报应到孩子身上。我去求，我去求！”

让他在这儿等着，他真的会疯！

“我陪你去！”楚昔是唯一一个不拦着他的。

“婠婠的爸爸也在那儿，黎叔叔一定会保佑宝宝的。”

情人路，纠缠一生。这条路，他陪黎婠婠走过。

上天给了他一个孩子。他要留下她，或许这就是他跟黎婠婠的路。

他是天煞孤星，为人厌弃，生父不容，生母亡故。他富贵已极，不求长命百岁。

“戎行野愿倾尽一切，换我女儿平安健康。以我的寿数，换她长命！”

她就是他的命！

戎毅跟在他旁边，一次次地跟着祈求。

黎婠婠，你要是知道，可会回来？

…………

医院的电梯门打开，沉稳的步伐落下，戎老太太转动着佛珠的手一顿。她抬头，看到了戎行野的外祖父。

“你怎么来了？”

“我来看看这浑小子最近到底闹出了多大的动静。”两鬓皆白的老人看着玻璃窗内，很快就精准地锁定了一个小小的团子。

“我把一个退了休了儿科专家舍下老脸给求来了，希望能救一救。那混账东西呢？”

戎老太太叹了口气。

“去求神拜佛了，你别说他了，他心里比谁都难受。”

老爷子的神情严肃，毕竟是自己的外孙，哪有不心疼的？

“先把孩子救下来吧。”

“今天只喝了这么点儿奶，但是会打嗝了。”

“今天宝宝笑了，还有两个小梨涡，特别可爱。”

“长得很像戎先生呢。”

护士每天都会发视频给戎行野。

戎行野每天唯一的快乐，就是等着看孩子的视频。

出去找黎婠婠的人依然没发现任何消息。

他看着屏幕上的小肉团身上的肉越来越多。

“你们看，她笑了！”他兴奋地说道。

楚昔点头：“看到了看到了，她的眉眼像婠婠呢，鼻子倒是像你，又挺又直，以后一定是个特别漂亮的孩子。”

霍司丞下意识地看向了楚昔，不知道他跟楚昔的孩子，长得会像谁。

“她的手，你看她的小手都有小肉坑了。越来越肉了。”

戎老太太也每天要来一趟。

楚昔也算是见到了戎行野那位神奇的外公。

老人家精神矍铄，看孩子的时候，会露出几分宠溺的笑容，大多数时候，对戎行野没一点好脸色。

“我当初让你继承我的衣钵，你不肯，康庄大道你不走，非要回江城，掺和进戎家这点破事，听说你的父亲被你祖母送走了？”

“嗯。”

“那跟你结婚的那个女人怎么回事？”

“她叫黎婠婠，是我的老婆，不是什么女人。”

“我还以为你小子跟你那爸爸一个德行，没想到竟然是随了你妈。”认定一个人，就痴心不悔。

老爷子一想到戎行野的妈妈，眸光不由得柔和了下来。

“养女孩不比养男孩，你得有点耐心，我听医生说情况已经在好转了。”

戎行野点头：“我说的话，我都会做到，宝宝会留下的。”一定会的。

老爷子欲言又止，想了想道：“嗯。”

接到孩子可以出院通知的时候，戎行野手忙脚乱的，不知道怎么办好。

“我这样子怎么样？宝宝会不会嫌弃我？”

沈确笑着松了口气道：“戎总，您什么时候都是英俊的，去接小姐吧。

家里的宝宝房您都布置得很好了。”

戎行野觉得还不够，他走的时候，特地拿上了一只毛绒玩具。

赶到医院的时候，他将洗过的纯棉宝宝服交给了护士。

等护士将小肉团抱出来的时候，大家齐刷刷地看向了戎行野。他僵硬地张开了胳膊。戎老太太立刻给他调整了一下，使他的臂弯松弛了一点：“这是你闺女，又不是麻袋。”

戎行野咽了口唾沫，紧张得很。

护士笑着将软乎乎的一小团放在他的臂弯。

“怎么这么轻？跟羽毛似的。”戎行野蹙眉。

“不轻啦，已经长到了七斤了，刚来那会儿才五斤呢。”

护士生怕戎行野怪她们没好好喂养。

戎行野低头看着怀里的小丫头。小丫头此刻睡醒了，睁开眼睛吐着口水泡泡，看着戎行野，眼睛一眨不眨。像黑葡萄一样的瞳仁就这么盯着他，里面倒映着他的模样。

戎行野没忍住，心化成了一团。“真像你妈妈。”

“漂亮得像个小公主。”陆斯昂忍不住凑近，“你这闺女真是随便一笑，都让人恨不得把银行卡密码都告诉她。”

戎行野一脸嫌弃地看着他：“一边去。”

“好了好了，快回家吧！”戎老太太催促着，快点回家才安心呢。

事实上这个孩子体弱是娘胎里自带的。这么一个小丫头，就算家里有两个月嫂围着她，戎行野也无法放心。孩子总是容易惊醒，动静稍微大点，小家伙就会醒过来。二月闹的时候，更是把整个别墅里的人都累瘫了。

戎行野经常整夜整夜地不睡觉，把她抱在怀里哄着。家里摆满了各种育儿书，墙壁上写满了育儿知识。在给女儿涂抚触油的时候，他生怕动作大了，会给孩子留下淤痕。

有时候老太太都看不下去了。

“又不是一块豆腐，用力点也碎不了。”

“我们家小唯最干净漂亮了是不是？”戎行野温柔得能掐出水的声音，老太太真是听无语了。

孩子的名字经过大家七嘴八舌的讨论后，最后还是戎行野自己定了下来。虽然他很想把这世上所有美好的字眼都给这个孩子，但最后还是只选了一个字。

唯，唯一的唯。他生命中的唯一。

戎唯小时候的确跟个嫩豆腐似的，戎行野护得如同眼珠子一般。

戎行野这回不用愁睡不着了，他想睡都难。他每天上班最多两小时就会回来，只要监控里传来孩子的哭声，就会立刻打开视频，也不分场合，先看了再说。

霍司丞都替他觉得累，不过他同时松了口气，因为戎行野总算是找到主心骨了，他将生活的全部重心都放在了这个孩子身上。

那个连呼吸都困难的脆弱的孩子，终究还是如同她的母亲一样，倔强地在戎行野的生活之中扎根了。

戎行野每天都会亲自给戎唯洗澡，从一开始的笨手笨脚，到后面的熟门熟路。

戎唯也跟他最亲，虽然没到认人的年纪，但一见到戎行野就会笑。戎行野每天回家都会先消毒，然后贴贴乖女儿才好。

戎毅有些担心，这小丫头以后得被宠成什么样。

“我戎行野的女儿，想要什么不行？没男人宠她，我就自己宠她一辈子。对不对，小唯？明天陪爸爸去开会好不好？爸爸可舍不得离开你太远。哦，想去呀，来，跟爸爸上楼玩。”

有时候他在办公室看报表，女儿就趴在他的胸口睡觉，绵软的四肢摊开，像个毫无负担的小奶狗似的。

沈确放下东西，把消毒好的奶瓶放下，才从办公室出来。

“老板有多久没提起黎婠婠了？”

“有些人不提就不会想了吗？”

沈确抬了抬眼镜。

“只是那毒越深，越难戒了吧。”

若是这么轻易就能把黎婠婠从他的心里剜出来，倒是简单了。

只怕时间越长，毒越浓，不听不见，这样只会随着时间越发难以割舍，早晚有一天，爆发的思念会泛滥成灾。

还好，还好还有戎唯。

只要这个孩子在，戎行野是一辈子都会护着她周全的。

黎婠婠生孩子伤了身子，需要休养，并不能在出月子后就跟男人做点什么。宋清让有些焦躁，让人好好照顾她后，就先去忙自己的了。

黎婠婠每天呆呆地坐着，身体上的疼痛都掩饰不住心疼。她曾经问过宋清让孩子的事情，他说孩子已经死了。

他甚至还拿出了手机让她当着自己的面搜索。但凡戎行野有个女儿，满月酒一定会办得全城皆知，她却根本都搜不到这个孩子的新闻报道，这无疑证明这个孩子早就死了。

变化是从突然闯进别墅的女人开始的。

别墅一直以来都很安静。

深山老林里，什么人会过来？

那个女人突然闯进来踹开了房门，看到黎婠婠的那一刻，女人的眉头一皱，根本不敢相信，这样蓬头垢面，不修边幅，像个鬼一样的女人就是宋清让藏起来的女人。

“你就是宋清让外面的女人？”

黎婠婠冷冷地看着她：“你是谁？”

“我是谁？你还敢问我是谁？我告诉你，我是宋清让的老婆，我们都结婚半年了！你以为他很有钱吗？要不是靠着我爸爸，他哪有这么多流动资金能用？我劝你识相点，有多远给我滚多远！”

“杨宝珠！”男人的声音传来。

很快，宋清让追了上来，一把拉着她往外走。

黎婠婠木然地听着楼下两个人吵架的动静，眼珠子转了转。

也不知道闹腾了多久，宋清让这才有些狼狈地上了楼。

“没什么想问我的？”

“你这样的人，骗女人上位，吃绝户有什么奇怪的？”

宋清让的脸上没有表情：“我不喜欢你这么说我。”

“我不说你就不是这样的人了吗？真是奇怪的逻辑，坏事做尽却不许别人提。”

“婠婠，我坏事做尽也是因为你，谁让你生得这么美丽，这么可爱，偏偏让我动心了呢？”

也许“因果循环，报应不爽”这句话是真的。

杨宝珠来过之后，宋清让减少了来的次数。

然而杨宝珠还是不放心，两个人在一次你追我赶的时候，竟然在夜间行车途中出了车祸，跌入了山崖之中，保姆联系不到人，怕事情曝光，直接拿上值钱的东西跑了。

黎婠婠是在饭点的时候发现保姆不见了的，她立刻逃出了那栋房子。只是四处全是丛林，她甚至看不到一个人影。她穿着单薄的裙子，穿梭在林间，朝着有人烟的地方跑去。

黎婠婠不知道自己要去哪儿，也不知道自己的未来该如何。她只觉得好累，所以在昏迷在路边的时候，没想到在这荒无人烟的地方竟然会有一辆车。

车上下来的人脚步匆忙，将她抱起来的时候，语气显得焦急而温柔：“你好？小姐？你没事吧？”

黎婠婠的视线模糊，张了张嘴却什么都没说出来。

“老板？”

“这里有人晕倒了，来帮个忙。”

“但这附近只有村镇诊所。”

“那也得先救人。”

黎婠婠再次清醒过来的时候，才发现自己在一个干净敞亮的房间里。

进来的男人袖口卷到小臂，露出干净白皙的手臂，从眼前一晃。

“你醒了？”男人坐在一旁的椅子上，“你还记得你叫什么名字吗？我对这个地方不太熟悉，附近的村民也说没见过你，我一直不敢离开，就等你醒过来呢。”

黎婠婠的第一反应是想哭。

“哎，你别哭啊，你怎么了？医生说你大概刚生完孩子，你是遇到了什么不好的事情吗？”

偏远山村，这么好看的女人，男人很容易联想到拐卖的问题上。

“带我离开这里可以吗？我会报答你的。”

男人的心中咯噔一下：“好。”

…………

戎行野猛地惊醒。今晚也不知道怎么了，很久没做噩梦了。他看了一眼躺在自己胸口睡得正香的女儿，轻轻抚摸着。看来又是自己多想了，怎么会想到那么恐怖的画面，黎婠婠竟然在一个荒无人烟的地方喊着自己。他的下巴在女儿毛茸茸的头顶摩挲着。

你要是想我了，为什么不回来？

回来好吗？婠婠。

也不知道是不是他的情绪感染到了怀里的戎小唯。

小丫头带着点哭腔，眼看就要醒过来了。

戎行野立刻抱起来哄着，还哼起了儿歌。

漫漫长夜，父女相依偎……

床头柜上，照片里的黎婠婠笑靥如花，仿佛正在静静地看他们……

番外 那天午后

黎婠婠光脚从楼上跑下来的时候，戎行野还在院子里打电话。

回头的时候，正巧看到她鬼鬼祟祟地要出去。

“事情你看着办，回头告诉我进度就行。”

“先这样。”

他挂断电话，拉开推门的时候，面无表情问了一句，“上哪去？”

难得他今天工作不忙，她这是想趁着他下楼偷溜？

黎婠婠身子一僵，既然被发现了，也干脆坦荡：“临时接了个活，时薪很高呢，我没禁得住诱惑。”

戎行野顿觉匪夷所思：“比陪我还重要？”

这个女朋友怎么当的？他难道平时亏待她了不成？

黎婠婠双手合十求饶：“但之前已经答应人家这个人情必须还的，我保证今天在你吃晚饭之前回来。”

戎行野抿唇，手撑在门上：“我要是没记错的话，你昨晚上还答应了今天要给路西法洗澡再做个全身 SPA，怎么，小猫咪就能被放鸽子了？”

突然被提及的路西法慵懒地路过，顺便伸了个懒腰。

“我回来给它带最好吃的罐头。”

戎行野不爽：“你要是去了，我可不去接你。”

“没事，我坐地铁再转两路公交就回来了。”

黎婠婠完全不吃这套，说着就脚步轻快换上了一双鞋，再拿上一双高跟鞋放进背包里。

“李妈我先走啦。”

门被关上，戎行野一个人站在客厅，路西法在他脚边打着转。

他低头看了眼：“人都走了你还撒什么娇？”

亏他还准备了红酒蛋糕，还有她之前一直在找的老电影的典藏版碟片，准备今天下午抽空陪她一会儿。结果，黎小姐比戎总要忙活。

这一等，一直等到晚上八点。

李妈看着晚饭都冷了，这才上楼询问。

戎行野自己一个人待在影音室，手机就在他手边，一点动静都没有。

李妈对这对小情侣的了解并不多，只知道自己是被安排来照顾黎小姐的，便轻声问道：“戎先生，要不要先吃晚饭啊？我给黎小姐打个电话。”

男人视线没从屏幕上挪开，语气冰冷：“打给她干什么？”

她可半点没想起他来。

“吃饭。”他起身，捞起猫就往楼下走。

只是刚到一楼，看着满桌子菜，还有那副黎婠婠亲自买回来的碗筷，他还是叹了口气，打了个电话出去。

“查一下黎婠婠在哪。”

沈确很快回电了：“戎总，黎小姐还在工作，今天现场比较火爆，黎小姐身为人气模特，这会儿抽不开身。”

戎行野也不等他说完，直接把电话挂了。

碗都端起来了，下一瞬却又沉沉放下。

他起身拿上了车钥匙，一路抵达展会门口。

这会儿江边风还不小，空旷的展会大门口，还有人群陆陆续续从里面出来，手上拿着各种伴手礼。

他拿出手机，想告诉黎婠婠赶紧出来，自己在门口等她，可是又把打的字默默删了。

他觉得这女人真是没什么契约精神，自己这个男朋友还没这些散工来得重要？想要工作跟他撒撒娇不就完事了？

修长的手指在方向盘上打了两下，他最后还是打开车门下了车。

他告诉自己，就进去看看她在干什么，至于她回不回家他可不管。

高大挺拔的男人逆着人流前行，引起了周围人的注意。

偌大一个展厅，他的目光扫视了过去。

因为已经准备收工，工作人员也都开始拆道具了。

戎行野一直绕到了最后一块区域，面上不显，实则心里有些自己都没察觉到的焦灼。

他心里还暗暗想着，要是她一声不吭先走了，他回去非得好好收拾她不可。

内心戏走了四五轮，在终于看到她的时候，心就这么结结实实地落了地。

黎婠婠趴在展会的玻璃柜台上，脸埋在臂弯间，旁边两个男生好像打算问她要号码，戎行野脸一黑，几步走了过去。

他正好听到那男生问了一句："小姐姐，可不可以问你要个联系方式？"

"不可以。"冷冽低沉的嗓音响起，男生扭头，就见戎行野低头睨了自己一眼，"她有男朋友。"

"啊，不好意思啊。"

对方一走，戎行野看了眼还在睡的女人，俯身凑近，在耳边道："睡得好吗？"

她手一动，扭了一下头："不要吵……"

行，脾气还不小。

戎行野打开手机，立刻给她转了一笔钱。

手机震动，随后传来电子音："支付宝到账……"

还没放完呢，黎婠婠猛地就惊醒了，第一时间掏出手机看了看。

戎行野直接气笑了，指节扣了扣玻璃柜台面："黎小姐，您的专车司机已到达，回不回家？"

黎婠婠诧异地抬头，呆呆地看着戎行野。

她怎么都想不到，这个男人会出现在这里。

可惜他一张嘴，直接把她拉回了现实中。“乐傻了？”

“你怎么来接我啦？”

戎行野有些别扭，扯不开脸，高冷道：“路西法拉肚子，闹着要你回去，不是我想来的。”

黎婠婠看他这样子就觉得好笑：“哦，原来戎总不想来啊。”

“走了。”

他双手插兜走了两步，黎婠婠拿上包准备跟上，结果差点扭到脚。

男人顿住脚步，低头蹙眉看着她那双“恨天高”。

每次出来打工，那脚上准得贴上几个创可贴。

黎婠婠正低头看着鞋上缠着的胶带，猛地被人打横抱起放回了折叠凳上。

向来高冷矜贵的男人单膝蹲下，握住了她的脚踝，将鞋子脱了。

黎婠婠的脚就被他搁在膝头。

大多数时候，她其实是害怕这个男人的，只有在安全范围内，才敢跟他撒撒娇。

他对她也总是若即若离，有时候，她自己都看不透他想要什么。

像这样温柔的时刻，更是少之又少。

“包给我。”他低头看着她脚上的红痕，皱紧的眉头就没松开过。

黎婠婠每次打工都会随身带一个包，里面什么乱七八糟的东西都有，戎行野有一回打开，还为这像是什么移动万能背包而感到震惊。

他在里面的夹层翻了翻，果然找到了创可贴和自带碘附的棉签。

男人有力修长的手帮她清理了一下破皮的地方。

黎婠婠没忍住，“嘶”了一声。他动作不着痕迹地放轻，全部弄好后，才转过身，侧首道：“上来。”

黎婠婠瞪圆了眼：“你要背我？”

这里距离门口，起码要走个二十分钟。

戎行野不等她说话，直接扯过了她的手，轻巧地将人背了起来，顺手勾起了她的高跟鞋。

黎婠婠心里有一丝异样的感觉，好像被什么东西撩拨了一下。

酸酸软软的还带着甜。

黎婠婠闻着他身上熟悉的气息，原本紧绷的身体渐渐放松了下来。

将身体贴上去的时候，她看着远处的灯光，眼眶突然有点热。

爸爸走了之后，她已经很久没感受过别人给予的关心了。

晚归的路上，大多数时候都是只有她一个人。

“戎先生。”她的声音闷闷的。

戎行野侧首：“嗯？”

“你对每个人都这么好吗？”

“背你就算对你好了？”

黎婠婠垂眸：“至少很久没人对我表达过善意了。”

戎行野看着前方：“好好地说什么傻话？”

他背着她出了闷热的展馆。夜风一吹，她的发丝拂过他耳后的皮肤。黎婠婠看着地上的影子被路灯的光影拖长。

他们两个人好像融为了一体，黎婠婠伸出手，在虚空中的影子上，慢慢贴近他。

好像这样，在无人知道的角落里，就能隐藏住她的小心思。

“咻——砰——”

各色烟花绚烂地在天空亮起，黎婠婠看得目不转睛，戎行野回头看着她。

“喜欢？”

“嗯。”

“那每天都给你放。”

黎婠婠扭头，男人说得轻描淡写，她的手握紧后又慢慢松开，她轻声道："不用了。"

只要每天能看到你，就算看到最绚烂的烟花了。

只可惜这份喜欢，她恐怕永远无法宣之于口了。

她不知道的是，因为她的喜欢，这里原本每逢过年过节才会绽放的烟花，此后每天晚上十点都会绽放一次。